BASTEI LÜBBE TASCHENBUCH

Weitere Titel der Autorin

Denn das Glück ist eine Reise
Als das Leben überraschend zu Besuch kam
Und wenn es die Chance deines Lebens ist?
Die Nostalgie des Glücks
Eine Blume für die Königin

Über die Autorin

Caroline Vermalle wurde 1973 in der Picardie geboren. Nach dem Studium der Filmwissenschaft in London drehte sie Dokumentarfilme für die BBC. 2008 erschien ihr Romandebüt DENN DAS GLÜCK IST EINE REISE – von der Presse hoch gelobt und ausgezeichnet mit dem PRIX CHRONOS DE LA LITTÉRATURE 2011 und dem NOUVEAU TALENT 2009. Weitere Veröffentlichungen folgten. Caroline Vermalle lebt mit ihrer Familie in der Vendée.

Caroline Vermalle

Das Herz von Paris

Roman

Aus dem Französischen übersetzt
von Ulrike Werner

BASTEI LÜBBE
TASCHENBUCH

BASTEI LÜBBE TASCHENBUCH
Band 17593

Dieser Titel ist auch als E-Book erschienen

Vollständige Taschenbuchausgabe
der bei Lübbe Ehrenwirth erschienenen Hardcoverausgabe

Umschlaggestaltung: ZERO Werbeagentur, München
Unter Verwendung eines Motivs von © FinePic®, München
Kirschblüten-Illustration im Innenteil: © shutterstock / Art'nLera
Satz: Dörlemann Satz, Lemförde
Gesetzt aus der Adobe Garamond Pro
Druck und Verarbeitung: CPI books GmbH, Leck – Germany

ISBN 978-3-404-17593-2

2 4 5 3 1

Sie finden uns im Internet unter www.luebbe.de
Bitte beachten Sie auch: www.lesejury.de

Für meine Pariser Freunde:
Petit Ska, Caro, Paco, Kate und Co.
Allesamt Pariser … und alle auf der Durchreise.

Man ist nicht Pariser, nur weil man sich in Paris befindet. Nie dürfen Sie Leute (…), die Ihnen sagen: »Paris … oh, Paris! – Für mich gibt es nur Paris! – Mein Paris« usw. für Pariser halten. So viel Begeisterung zeigt man nur für Dinge, die man erhofft oder denen man nachtrauert, aber nie für solche, die man besitzt. Man ist Pariser, so wie man witzig ist oder gesund – ganz unbewusst. Ein echter Pariser liebt seine Stadt nicht, aber er kann nirgendwo sonst leben.

Alphonse Karr
Le Diable à Paris, 1845

Paris will leben; es will leben um jeden Preis.

George Sand
La Rêverie à Paris, 1867

PROLOG

Kapitel 1,
in dem wir unseren Helden kennenlernen

Wären Sie zufällig am Sonntag, dem 20. April, durch die Rue de Belleville geschlendert, hätten Sie durch das Fenster des Restaurants *Foodie Nam Nam* vielleicht einen Blick auf die Gestalt eines nachdenklichen Mannes erhascht. Er mag nicht besonders auffällig gewesen sein, dieser Mensch, das stimmt, aber er saß ganz allein an einem Tisch und sah aus, als warte er auf etwas, obwohl auf der Schiefertafel an der Tür das Wort »Geschlossen« stand. Neben ihm lagen ein großes, in knallblaues Papier gepacktes und mit blasslila Geschenkband verschnürtes Paket und ein kleines flaches Päckchen in einer goldenen Hülle. Der Mann betrachtete das Paris draußen vor dem Lokal, ohne es wirklich zu sehen. Kein Zweifel: Er war ein Pariser.

Aber was bin ich doch dumm: Sie waren sicher nicht dort und konnten ihn folglich auch nicht beobachten, den guten Kerl. Man spaziert über die Champs-Elysées oder durch das Marais-Viertel, aber niemals durch Belleville. Für den Besucher ist Belleville weniger ein Stadtviertel als vielmehr eine klägliche Episode, etwas, das man später erzählt, um sich wichtig zu machen –

obwohl man sich in der Situation selbst alles andere als sicher war. Dabei genügen ein verrückt spielendes GPS, die schönen Augen eines Straßenjungen oder dass einem schlicht das Geld ausgegangen ist, und siehe da, Paris präsentiert uns Belleville – das lumpigste Stadtviertel, Orientierungspunkt der letzten Mohikaner, mit seinen wütenden Graffiti, seinen übervollen Mülltonnen, seinem Multikulti-Gewimmel und seinen Bars, die viel zu spät schließen. Wenn Paris eine vornehme Dame ist, dann ist Belleville die geschwätzige Waschfrau, die ihr mit lautem Lachen einen Klaps auf den zart besaiteten Hintern versetzt.

Aber selbst Leute, die sich verlaufen, folgen nur selten der Rue de Belleville bis kurz vor die Metrostation Pyrenées. Zwischen einem indischen Gewürzladen und einem algerischen Kebab liegt der Impasse Emile Ajar, ein winziges, gepflastertes Sträßchen, das als Sackgasse endet. Gegenüber, vor der Rue de Belleville Nummer 72, sind auf drei etwas schiefen Stufen winzige rosafarbene Mosaiken eingelassen, eines davon hat die Form eines Herzens. Auf diesen Stufen wurde Edith Piaf geboren, und zwar »in bettelarmen Verhältnissen«, wie uns die Gedenktafel an der Hauswand wissen lässt. An der Ecke des Impasse Emile Ajar und der Rue de Belleville befindet sich besagtes *Foodie Nam Nam*, mit seiner alten roten Wandverkleidung und dem Träumer im Innern. Eigentlich schade, dass Tagesbesucher sich so gut wie nie hierher vorwagen, denn wenn sie sich umdrehten, würden sie das entdecken, weswegen sie manchmal von weit her nach Paris gekommen sind: Am Ende der leicht kurvigen, abschüssigen Straße sieht man in weiter Ferne kerzengerade zwischen den Dächern, kokett und stolz darauf, sich endlich einmal fast von der Spitze bis ganz unten zeigen zu können … den Eiffelturm.

Aber kehren wir zu unserem Helden zurück. Ja, wir können es auch gleich verraten: Er ist der Held dieses Buches, auch wenn er nicht wirklich wie ein Held wirkt.

Er ist hochgewachsen, hat gerade Schultern und hält sich gut. Seine Finger sind lang und fein, sein Haar ist braun, lockig und einen Tick zu lang, sein ovales Gesicht hat nichts Auffälliges, seine Haut ist eher blass, er hat sich gestern das letzte Mal rasiert, sein sehr feiner Mund zeigt ein etwas schiefes Lächeln, am rechten Augenwinkel hat er eine winzige Narbe, und der Blick aus seinen grünbraunen Augen ist offen und wohlwollend (dass er Kontaktlinsen trägt, verrät er nicht gern). Mit seinem grauen, fadenscheinigen Kaschmirpulli, der dunkelblauen Jeans und den braunen Derby-Schuhen, die mehr erlebt zu haben scheinen als er selbst, wirkt er ein wenig wie ein Yuppie. Dreimal in der Woche joggt er fünf Kilometer durch Paris. Er hat zwei Strecken, eine für gutes und eine für schlechtes Wetter. Nie weicht er von den zur Gewohnheit gewordenen Laufwegen ab. Er heißt Guillaume Degénicour, und er feiert an diesem Tag seinen sechsunddreißigsten Geburtstag.

Seine nur scheinbar entspannten Bewegungen deuten darauf hin, dass ihm die Tatsache zu altern an sich zwar keine Furcht einflößt, dass es ihn aber durchaus nachdenklich macht, ein Jahr älter zu werden, wenngleich es ein Jahr ist, das nicht weiter zählt. Vor allem, wenn man an einem Sonntagnachmittag ganz allein ist und die Sonne sich bereits anschickt unterzugehen. Und vor allem, wenn man sich viel für sein Leben vorgenommen hat und mit sechsunddreißig plötzlich merkt, dass man weniger erreicht hat als ursprünglich geplant. Obwohl er die besten Voraussetzungen hat, denn er spricht mehrere Sprachen.

Er wirft einen Blick auf seine Uhr, zieht kurz eine Grimasse und kratzt sich an der Stirn. Dann schaut er wieder aus dem Fenster. Ich weiß, was sich jenseits des Fensters befindet: Es ist nicht Paris, nein. Es ist der rote Faden seines Lebens. Und auf diesem Faden setzt er einen Fuß vor den anderen, sagt sich: »Bisher ist alles gut gegangen«, und zwingt sich, nicht in die Tiefe zu sehen, wo sich die große alltägliche Leere ausbreitet: die Vorwürfe seiner Mutter, die Prophezeiungen verbitterter Leute, die Wege, die ins Nichts führen. Guillaume Degénicour spielt den Seiltänzer.

Woher ich das weiß? Weil ich selbst Guillaume Degénicour bin.

Es gibt übrigens auch eine Heldin, und sie ist in dieser Geschichte sehr wichtig. Ebenso wie der Held ist es nicht die Person, von der man es annimmt. Sie können mir ruhig glauben, denn davon kann ich ein Lied singen.

DER ANFANG

Kapitel 2,
in dem erzählt wird, wie Guillaume sich – ohne es zu wollen – verliebt hat

»Wo bleiben unsere Leute denn bloß?«

Omar, ein hochgewachsener Schwarzer, betritt, in eine Kochjacke gekleidet, den Gastraum. Hinter seinem Ohr klemmt eine Zigarette. Omar ist ein unverfälschtes Produkt von Belleville, zugleich aber auch wieder nicht, denn er hat sich seine kulinarischen Sporen in New York und Singapur verdient. Von dort kam er mit einem Konzept für ein Restaurant mit »Fusionsküche« zurück, in der nacheinander vegetarische, vegane, glutenfreie und laktosefreie Kost serviert wird – die Art von Gerichten, die uns glauben machen, wir könnten hundertfünfzig Jahre alt werden. *Foodie Nam Nam* fördert gewissermaßen das Vorrücken der Reichen und Schönen ins Viertel, von Leuten also, die bisher noch in der Minderheit gegenüber denen sind, die schon immer da waren: unter ihnen vor allem Chinesen, aber auch ganz Afrika und der Mittlere Osten, Moslems, Juden und Konfessionslose. Omar wirft einen entrüsteten Blick auf die altmodische Pendeluhr an der mit weißen Metrokacheln verkleideten Wand. »Immerhin schon zwanzig Minuten.«

So sieht es aus. Wir haben den 20. April, es ist 16:21 Uhr, und ich bin offiziell der letzte pünktliche Mensch in Paris. Auf der Einladung zur Feier meines Geburtstages im Restaurant unseres Freundes Omar stand 16 Uhr. Mein altes, ziemlich zerkratztes Smartphone vibriert seit einer halben Stunde, die rührendsten Entschuldigungen treffen ein.

»Also wirklich! Nicht ein Einziger schafft es, pünktlich zu erscheinen. Das ist schon ganz schön abgedreht.«

Ich muss über diese Ironie lächeln. Wenn Omar von sich behauptet, pünktlich zu sein, dann nur, weil er sich physisch an Ort und Stelle befindet. Aber auch er hat mich zwanzig Minuten allein gelassen, um mit seinem Kellner Alexandre irgendwelchen Papierkram zu erledigen.

»Mach dir keinen Kopf«, sage ich und tue so, als hätte ich gar nicht bemerkt, wie die Zeit vergeht. »Ich fühle mich wie vor zwanzig Jahren. Erinnerst du dich noch an die Fete zu meinem sechzehnten Geburtstag?«

»Leider ja«, erwidert Omar und schaltet die minimalistischen Hängeleuchten über der alten Metzgertheke an.

Auf der anderen Straßenseite hebt ein Hund drohend sein Bein an der fast komplett mit Graffiti besprühten Fassade eines chinesischen Gemischtwarenladens. Der Eigentümer gestikuliert hinter der Scheibe, um das Tier zu verjagen, das sich aber, als echter Pariser Straßenköter, keinen Deut darum schert.

»Siehst du«, erkläre ich seufzend, »und jetzt koste ich das Glück aus, alt genug zu sein, um mich nicht mehr damit zu beschäftigen.«

Omar gluckst. Über Omars Lachen haben wir im

Freundeskreis schon oft debattiert. Unser Freund hat den Körperbau eines Footballstars, seine maskuline Präsenz schüchtert Kundinnen ein, und seine dunklen Augen strahlen eine ruhige Autorität aus. Aber sein Lachen … tja, sein Lachen. Gemeinsam sind wir zu dem Schluss gekommen, dass es klingt wie das Lachen eines kleinen Mädchens, das Spaß daran hat, seine Barbie im Toaster zu grillen; es ist ein eigenartiges, absolut lächerliches Gackern, das Omars Charme aber erstaunlicherweise nicht den geringsten Abbruch tut, eher im Gegenteil.

»Zum sechzehnten Geburtstag«, sagt Omar, »hättest du eine Spielekonsole, eine Langspielplatte oder eine Marsupilami-Boxershorts haben können. Aber wo wären die heute? Stattdessen …«

»… bekam ich eine Universallektion über die Frauen, die Freundschaft und die Anziehungskraft schöner Schwimmbäder.«

»Unbezahlbar.«

»Der wahre Reichtum der Alten, Omar, ist die *Perspektive.*«

»Dank ihrer können wir darüber lachen. Vor zwanzig Jahren fanden wir es weniger lustig.«

Omar macht sich an der Stereoanlage zu schaffen. Angesagte Experimentalmusik klingt durch den Gastraum. Er reckt den Hals und schaut zum Fenster hinüber.

»Schau mal: Ich glaube, das ist für dich.«

Auf der anderen Straßenseite erleichtert sich der Hund mit fröhlicher Ungezwungenheit. Auf dem gegenüberliegenden Trottoir steht Amanda. Amanda ist dreißig, hat ein sorgfältig geschminktes, hübsches, rundes

Gesicht und langes schwarzes Haar, das auf einen teuren Anorak fällt. Ihre großzügig bemessenen Waden stecken in gewienerten Lederstiefeln und blassrosa Strumpfhosen. In ihrem Blick spiegelt sich Unruhe, in den behandschuhten Händen hält sie einen von Post-its strotzenden Paris-Führer. Amanda war noch nie in Belleville, ganz klar. Ich weiß genau, dass sie jetzt gerade um die Perlen in ihren Ohrläppchen, ihre Vuitton-Tasche und ihre Würde als Amerikanerin fürchtet.

»Ach, sie ist tatsächlich gekommen«, sage ich. (Ich wirke ein wenig verkrampft, aber dagegen kann ich nichts tun.)

»Wer ist das?«

»Amanda. Sie ist Praktikantin in unserem Reisebüro. Kommt aus Connecticut oder Massachusetts, ich weiß es nicht mehr genau. Jedenfalls von der East Coast. Sie ist seit letztem Monat in Paris.«

Omar wirft mir einen prüfenden Blick zu. Ich bemühe mich, ihn nicht anzusehen, aber ich spüre genau, dass er weiß, dass ich ihm etwas verberge.

»Und?«

»Nein, nichts ›und‹. Das ist Amanda, sie ist gekommen, das ist alles. Juhu!«

Omar formt seinen Hühnerpopomund und sein Doppelkinn, und ich kapituliere:

»Ich vermute, dass Edie mich mit ihr verkuppeln will und sie deswegen eingeladen hat. Aber ich bin nicht sicher, dass ich … also, dass sie … du weißt schon.«

»Zunächst einmal würde es mich wundern, wenn Edie die Absicht hätte …«, beginnt Omar.

»Du willst doch jetzt nicht etwa behaupten, das wäre nicht ihre Art«, falle ich ihm ins Wort, froh darüber, das Thema wechseln zu können. »Darf ich dich daran erinnern, dass du ihr deine glückliche Beziehung verdankst?«

Omar übergeht meine Bemerkung, aber das hatte ich erwartet.

»... und zweitens sieht diese Amanda ausgesprochen schnuckelig aus.«

»Das ist nicht das Problem.«

»Ach nee. Ist bei deiner Internetsuche schon irgendwas rausgekommen?«

»Ja, Falten. Ich schwöre dir, ich bekomme davon Falten. Sieh mal«, sage ich und kneife die Augen zusammen.

Omar kneift ebenfalls die Augen zusammen. Dann bemerkt er, dass ich mich über ihn lustig mache, und schüttelt den Kopf.

»Moment«, protestiere ich. »Diese Datingseiten wirken auf den ersten Blick ganz harmlos, aber in Wirklichkeit setzt du all deine Hoffnungen auf eine Gleichung. Wie durch ein Wunder gerätst du an ein Profil, bei dem du alle möglichen Kästchen ankreuzen kannst, du lässt dich dazu verführen, und schließlich triffst du eine Frau und bist enttäuscht. Mich deprimiert es, von anderen Leuten enttäuscht zu werden, denn dann habe ich plötzlich das Gefühl, alt zu sein. Als ich noch jung war, fand ich alle Menschen toll.«

Wir beobachten, wie Amanda die Straße überquert. Ich glaube, sie hat uns gesehen.

»Hast du dich schon einmal gefragt, ob Liebe nicht vielleicht doch etwas mehr ist, als Kästchen anzukreuzen?«, sagt Omar wie zu sich selbst.

»Ich weiß es nicht. Der Algorithmus fordert mich auf, die ideale Frau zu beschreiben, und ich reagiere wie ein folgsamer Schüler. Ich antworte.«

»Du antwortest …«

»Na gut, wenn du es genau wissen willst: Sie soll um die dreißig sein, dunkelhaarig, Kurzhaarschnitt …«

Omar verdreht die Augen, aber ich hatte nichts anderes erwartet.

»Lach du nur«, sage ich. »Frauen mit langen Haaren sind eine Werbelüge. Fünf Minuten lang sehen sie richtig hübsch aus, aber dann raffen sie ihr Haar mit Klammern zusammen, machen einen Knoten oder ziehen diese hässlichen Gummidinger um den Kopf, was nach gar nichts aussieht. Außerdem liegen überall im Bad Haare, und das will wirklich niemand. Kurzes Haar dagegen ist prima. Du weißt, woran du bist, sogar wenn es Bindfäden regnet.«

»Ich nehme an, dass du außerdem angekreuzt hast: ein Meter fünfundsechzig, getrennt, ein Kind, Vegetarierin, ehrgeizig, Früh-zu-Bett-Geherin, Diplomabschluss, steht auf asiatische Kunst, Jogging und amerikanische Serien in Originalversion und wohnt im 20. Arrondissement. Es ist drei Jahre her, Guillaume! Solltest du den Algorithmus nicht vielleicht mal verändern?«

»19. Arrondissement wäre auch okay«, murmele ich.

Ich konzentriere mich auf das, was draußen passiert. Amanda kann ich nicht mehr sehen. Vielleicht hat sie unsere deprimierten Gesichter wahrgenommen und sich umentschieden. Ich muss gestehen, es wäre mir fast lieber.

»Du hast leicht reden, du mit deiner Charlie …«, sage ich schließlich.

»Von wegen leicht«, antwortet Omar.

»Ach ja?«

Die Türglocke des *Foodie Nam Nam* beginnt zu läuten. Es ist Amanda. Sie sieht mich und lächelt erleichtert, als befände sie sich endlich wieder auf sicherem Terrain.

»Hallo!«

Es folgt eine sehr ungeschickte Begrüßung. Ich beuge mich zu den in Paris üblichen zwei Wangenküssen vor, während Amanda im gleichen Augenblick zu einer amerikanischen Umarmung ansetzt und sich zu spät daran erinnert, dass man hier Küsse tauscht. Ihre Lippen treffen meinen Hals zu einem unfreiwilligen Kuss, der beinahe frech gewirkt hätte, wäre da nicht die Befangenheit, die er bei uns beiden hervorruft. Um davon abzulenken, taucht Amanda mit hochrotem Kopf in ihre Handtasche ab, aus der sie eine winzige orangefarbene Tüte mit dem Logo von Louis Vuitton zutage fördert.

»Herzlichen Glückwunsch, Guillaume!«

Ich nehme das Päckchen stumm, schuldbewusst und mit einfältigem Lächeln an mich.

»Das musste aber doch nicht sein, Amanda. Das wäre doch nicht nötig gewesen. Ich … äh … ich öffne es erst, wenn die anderen da sind, okay?«

Als ich bemerke, dass sie mich beobachtet, immer noch so rot wie ein amerikanisches Feuerwehrauto und immer noch in ihrem Anorak, beschließe ich, die von der französischen Etikette vorgeschriebenen Dankesküsse lieber zu vergessen. Aber was soll ich stattdessen tun?

»Okay, okay«, sagt sie hastig und knetet ihre Hände. »Edie ist noch nicht hier, oder?«

Omar schreitet ein. Gestikulierend und mit lauter Stimme erklärt er, dass alle sich verspätet haben. Dann nimmt er Amanda den Anorak ab, bittet sie, neben mir Platz zu nehmen, und serviert ihr ein Glas Rotwein, ohne vorher zu fragen, was sie trinken möchte. Omar hat wesentlich mehr Ahnung von Frauen als ich.

Amanda und ich sitzen am Tisch und bemühen uns erfolglos um ein einigermaßen intelligentes Gespräch. Sie erklärt mir die Gründe für ihre Verspätung. Mit der Energie der Verzweiflung versucht sie es auf Französisch.

»Die Metro, da waren viele Leute, und dann sie ist stehen geblieben, *like* paff!« (Sie wirft sich vorwärts gegen den Tisch wie eine Metro, die gegen etwas fährt. Reflexartig greife ich nach dem schwankenden Weinglas.) »Und ich so.« (Sie setzt den Gesichtsausdruck einer Frau auf, die sich fragt, was gerade passiert.) »Und ein Mann in Metro macht *yaha, yaha, yaha.*« (Ein schimpfender Franzose mit gerunzelten Augenbrauen und aufgeplustertem Gehabe.) »Ich sage *no, no, no.*« (Sie stellt eine Frau dar, die beschließt, möglichst schnell das Weite zu suchen.) »Ich also gehe auf der Straße, *you know,* ich gehe und gehe eine lange Zeit« (Frau außer Atem), »aber die Straße, *you know*« (Straße geht bergauf), »und …« (sie lässt die Zunge heraushängen). Und so weiter.

Ich klammere mich noch immer an mein Weinglas wie an einen Rettungsring. Auch ich bin außer Atem nach diesem Anstieg durch die Rue de Belleville und auf den unerreichbaren Gipfel der französischen Sprache. Edie hat mir erzählt, dass Amanda an ihrem ersten Tag bei I LOVE PARIS (dem Reisebüro, bei dem wir alle drei beschäftigt sind) darum gebeten hat, in der Folge nur Französisch mit ihr zu sprechen, um schneller Fortschritte zu erzielen. Aber Fortschritte kommen immer langsamer, als man glaubt. Ich kann ein Lied davon singen, denn ich spreche acht Sprachen, wenn man die toten mitrechnet. Es juckt mich in den Fingern, ihr auf Englisch zu antworten, das ich fließend beherrsche, aber hier wie auch sonst bleibe ich der höfliche Junge, der sich an alles hält, worum man ihn bittet.

Nachdem wir das Wetter, den neuesten Klatsch über die Inhaberin unseres Reisebüros und die Steigungen der Pariser Straßen durchgehechelt haben, wissen wir nicht weiter. Schließlich flüchte ich mich in Vertraulichkeiten, um die starre Atmosphäre zu brechen.

»Ich muss gerade an meinen sechzehnten Geburtstag denken. Vor genau zwanzig Jahren. Damals habe ich eine Fete geschmissen. *A Birthday Party.* Ich hatte ungefähr vierzig Leute eingeladen. Es war sehr heiß, fast wie im Sommer.«

Mit einfachen Worten und unter Betonung jeder Silbe erzähle ich ihr von meiner Jugend in der Vendée, am Meer. Omars Großmutter wohnte ebenfalls dort. Als wir klein waren, sahen wir uns nur während der Ferien, aber später zog er zu seiner Großmutter, und wir gingen zusammen zur Mittelschule und aufs Gymnasium. Je mehr ich erzähle, desto klarer kommen mir die Ereignisse ins

Gedächtnis zurück. Das Haus meiner Eltern in Les Sables d'Olonne, die exotische Tapete im Wohnzimmer, wo wir tanzen wollten, der Duft des von Omars Großmutter gebackenen Schokoladenkuchens, der nie ganz durch, aber unglaublich lecker war. Ich sehe mich wieder zwischen vielen Colaflaschen, Luftballons und den auf der Stereoanlage meines Vaters aufgestapelten Singles. Ich hatte mich aufgebrezelt, Gel in die Haare geschmiert und trug einen neuen Pulli, den meine Großmutter schrecklich fand. Völlig unvorbereitet überrollt mich eine Welle der Nostalgie, und das vor dieser Frau, die ich kaum kenne und die ganz offensichtlich die Hälfte ohnehin nicht versteht. Von der Theke aus erkennt Omar, dass ich ins Melodramatische abgleite, und ruft:

»Der Absturz, Guillaume, der Absturz. Erspar uns die Madeleines und den ganzen Kram.«

Bis ich Amanda erklärt hätte, dass es sich bei den Madeleines um eine Anlehnung an Marcel Proust und die Lebhaftigkeit der Erinnerung an längst vergangene Dinge und verlorene Zeit handelt, während der Kram … nun gut. Schließlich seufze ich:

»Kurz und gut: Von den vierzig geladenen Leuten kamen nur fünf. *Only five people came.*«

»Oh«, macht Amanda, wobei ihr ein wenig gezwungen wirkender, bestürzter Gesichtsausdruck weit über das notwendige Maß hinausgeht. Ehe sie jedoch hastige Schlüsse zieht (was ich an jenem schrecklichen Nachmittag vor zwanzig Jahren weiß Gott zur Genüge getan habe), fahre ich fort:

»Am nächsten Tag in der Schule habe ich erfahren,

dass ein Mädchen, mit dem ich einmal ausgegangen war – *dated, you know* –, das ich aber nicht eingeladen hatte, die ganze Klasse zu sich nach Hause gebeten hatte. Ihre Eltern hatten ein Schwimmbecken. *A swimming pool. Revenge.* Rache.«

In diesem Moment erstrahlt Amandas Gesicht in einem seligen Lächeln. Während ich mich noch frage, wie meine todtraurige Geschichte der Grund für einen wie auch immer gearteten Jubel sein kann, ruft sie aus:

»*I know!* An dem Tag hast du Edie kennengelernt!«

»Das werden wir bestimmt nie vergessen«, sagt Omar und setzt sich zu uns.

»Meine vier besten Freunde waren trotzdem da …«, fahre ich fort. »Unter ihnen Omar, der damals noch Dreadlocks trug. Und einer kam mit seiner neuen Freundin. Sie war blond, komplett verrückt und trug total abgedrehte Klamotten, heute würde man Vintage dazu sagen, und außerdem Pailletten auf den Lidern. *Totally crazy.* Das war Edie. Alle sind später ins Ausland gegangen, außer Edie und mir. Wir sind nach Paris gezogen.«

»All das macht uns leider nicht jünger«, meint Omar und streicht sich mit der Hand über seinen haarlos glatten Schädel.

Als er wieder hinter seinen Tresen zurückkehrt, schaue ich wie von selbst zur Uhr. Amanda bemerkt es. Sie lehnt sich zu mir herüber, versenkt ihren Blick in meinem und erklärt mir sanft auf Englisch, dass ich mir keine Sorgen machen solle und dass meine Freunde heute bestimmt kämen. Ich protestiere vielleicht ein wenig zu heftig, dass das Erlebnis kein Trauma bei mir hinterlassen habe. Danach schweigen wir uns wieder an, aber dieser kleine Satz von Amanda, dieser authentische Moment hat mich gerührt. Ich beobachte sie aus dem Augenwinkel. Sie ist wirklich hübsch. Sollte Omar etwa recht haben? Vielleicht sollte ich den Algorithmus tatsächlich verändern.

Das Vibrieren meines Handys reißt mich aus meinen außer Kontrolle geratenen Gedanken.

»Eine SMS von Edie«, rufe ich zu Omar hinüber. »›Rassistischer Taxifahrer Place de la République‹.«

Omar bricht in sein absurdes Lachen aus, aber sein Geglückse wird schnell vom ohrenbetäubenden Röhren eines schweren Motorrads übertönt. Sogar die veganen Törtchen mit Erdbeeren und Rosenblättern erzittern unter ihrer Glasglocke. Eine Harley-Davidson parkt genau vor einer Ausfahrt und einem Parkverbotsschild in der Sackgasse um die Ecke. Ein Typ steigt ab, gedrungen, glattes aschblondes Haar, das Gesicht einer Bulldogge, die Kunstlederjacke mit Perlen und Nieten besetzt, die unterschiedliche Zeichen bürgerlichen Ungehorsams darstellen. Louis-Jean. Er ist mit seinen dreißig Jahren der Jüngste von uns und erst vor fünf Jahren zu diesem Freundeskreis gestoßen, als er die Wohnung über dem *Foodie* bezog. Dort wohnt er zwar inzwischen nicht mehr, aber es ist sein Heimathafen geblieben. Er leitet ein kleines Grafikbüro, das hauptsächlich für Autohersteller arbeitet. In seiner Freizeit produziert er experimentelle Kunstfilme, die seine gesamten Ersparnisse verschlingen. Er zeichnet gern großformatige Pin-ups und schenkt seine gesamte, angeblich nicht existente Zärtlichkeit seinem schwarzen Kätzchen Pabst.

Mit dem Helm in der Hand tritt er ein. Eine Bö von Männlichkeit weht durch das *Foodie Nam Nam*. Ich habe den Eindruck, dass Amanda den Blick senkt.

»Tut mir leid, dass ich zu spät bin«, sagt Louis-Jean. »Die Bullen haben mich angehalten. Rond-Point des Champs-Elysées. Sogar am Sonntagnachmittag wird da gefahren wie beim 24-Stunden-Rennen von Le Mans. Ein Riesenbus mit achtzig Männeken hat die Kurve so schnell genommen, dass er nur noch auf zwei Reifen unterwegs war. Ehrlich, nur noch auf zwei Reifen! Aber wer wird angehalten? Natürlich, der gute Opi, der auf seinem Chopper ganz gemütlich seine dreißig Sachen fährt! Klar. Aber wer einen Helm trägt, muss ja Dreck am Stecken haben. Und hopp, her mit den Papieren. Wir leben in einem Land voller Faschos. Grüß dich, Großer.«

Louis-Jean küsst Omar auf beide Wangen. Der Biker und der große Schwarze wirken dabei wie zwei Mädchen. Amanda registriert es.

»Du bist dreißig gefahren?«, erkundigt sich Omar der Form halber.

»Nee, das habe ich nur so gesagt. Ich war vielleicht mit sechzig Sachen unterwegs, aber das ist immer noch ungefährlicher als diese Verrückten im Touristenbus. Sag mal, ich dachte, wir wären heute Nachmittag unter uns?«, fährt er mit einem Blick auf Amanda fort, die angelegentlich ihr Weinglas studiert.

»Eine Kollegin von Edie«, flüstert Omar. »Amerikanerin. Man muss lang-sam mit ihr sprechen.«

Louis-Jean kommt zu mir und packt mich mit so viel Schwung an den Schultern, dass es mich vom Stuhl reißt.

»Na, mein Kleiner, sechsunddreißig, findest du das etwa nicht toll? Doch, es ist toll. Sag, das es toll ist.«

»Es ist toll, Louis-Jean. Darf ich dir Amanda vorstellen? Amanda, das ist Louis-Jean.«

»Guten Tag, Mademoiselle. Lassen Sie sich bloß nicht von der gallischen Syntax das Maul stopfen. Wie sagt der Dichter? *Wen schert es, was die Lippen reden, wenn man die Antwort der Herzen hört*. Nicht wahr?«

Amandas Lächeln gefriert vor Panik.

»Wie bitte?«

»Louis-Jean is very happy to meet you«, flüstere ich ihr zu.

»Okay. Ich auch«, erwidert sie beruhigt.

Ich werfe Louis-Jean einen vorwurfsvollen Blick zu.

»Was denn! Ich lasse doch nur unsere französische Kultur erstrahlen, genau wie die Ministerin es verlangt. Schau mal, da ist Charlie.«

Ich sehe, wie Omar den Blick zum Fenster erhebt und beunruhigt zu unserem Tisch eilt.

»Kein Wort über das, was ich euch erzählt habe. Sie weiß noch nichts. Okay?«, murmelt er.

»Was, du hast es ihr noch immer nicht gesagt?«, entgegne ich bestürzt. »Das ist jetzt einen Monat her!«

Draußen geht Charlie mit großen Schritten an den Graffiti vorbei und verschmilzt fast damit. Eine enge schwarze Jeans betont ihre langgliedrige Figur, ihre Hände stecken in den Taschen eines schwarzen Sweatshirts. Mit ihren Doc Martens und ihrer gebräunten Haut aus fernen Ländern, die im Schatten der Kapuze kaum zu erkennen ist, erinnert sie an die Sorte Mädchen, die kleinen bürgerlichen Jungs wie mir auf dem Schulhof immer Angst machten. Man muss ein zweites Mal hinschauen – aber wer tut das schon? –, um die gerade Haltung der ehemaligen Balletttänzerin, die Sanftheit ihrer mit Kajal umrandeten Augen und ihre leise, immer die Wahrheit sprechende Stimme wahrzunehmen. Charlie verfügt über eine Weisheit, die weit über ihre siebenunddreißig Jahre hinausgeht, und wir alle – ausnahmslos alle – haben uns ihr irgendwann in schwierigen Stunden anvertraut und ihrem immer gerechten Urteil gelauscht. Sie arbeitet als Beraterin beim Arbeitsamt, aber der Job befriedigt ihren Wunsch, die Welt zu verändern, nicht mehr wirklich. Charlie ist ein ganz besonderer Mensch, und von uns allen besitzt zweifellos sie die schönste Seele.

»Es ist noch nicht der richtige Moment, Leute«, warnt Omar. »Vertraut mir, es passt noch nicht.«

»Nein, klar sagen wir nichts, das ist doch selbstverständlich«, beruhigt Louis-Jean ihn. »Schnauze jetzt, da ist sie.«

»Omar«, spricht er lauter weiter, »was ist das für eine Plörre, die du uns hier servierst? Hast du nicht vielleicht einen Sancerre da? Ah, grüß dich, Charlie!«

»Entschuldigt, dass ich so spät komme. Ich habe mich da unten noch mit einem Typen unterhalten.«

Ein Typ. Wir alle wissen, was das heißt: ein Penner in der Metro.

»Herzlichen Glückwunsch, Guillaume«, fährt sie fort und küsst mich auf die Wangen. »Dieser Pulli steht dir wirklich gut.«

»Dieser Pulli …«, unterbricht Louis-Jean. »Du sagst das so, als besäße er noch andere.«

Charlie ignoriert ihn und wendet sich mit einem breiten mütterlichen Lächeln an Amanda.

»Alles klar, Amanda?«

»Ja, danke«, entgegnet Amanda dankbar. Endlich redet jemand langsam und in leicht verständlichen Sätzen mit ihr.

»Gewöhnst du dich an Paris? Liebst du Paris?«

»Ah …«, beginnt Amanda, ehe sie die Schultern zuckt, um zu sagen, dass sie sich weder auf ein Ja noch auf ein Nein festlegen will. »Nicht so, wie ich dachte. Schwierig, ich … Schwierig.« Mir scheint, als hätten ihre Lippen beim zweiten »Schwierig« gezittert.

»Mit der Zeit wird es bestimmt besser, da bin ich ganz sicher«, sagt Charlie und legt Amanda die Hand auf die Schulter.

Amanda schenkt ihr ein unendlich dankbares Lächeln, als hätten Charlies Worte wie eine Wärmflasche gewirkt. Ich frage mich, wie Charlie es immer schafft, selbst bei Banalitäten so überzeugend zu wirken. Hätte ich dieselben Worte verwendet, hätte man mich für einen herablassenden Einfaltspinsel gehalten. Charlie aber nicht. Vielleicht liegt es daran, dass Charlie seit Menschengedenken niemals gelogen hat und wir instinktiv die Unschuldigen erkennen, welche die Wahrheit sagen.

Ich sehe, wie Charlie auf Omar zugeht, senke aber den Blick, als sie sich küssen. Auch wenn es nur ein flüchtiger Kuss auf den Mund ist. Ihre Lippen berühren sich kaum. Es ist der Kuss eines eingespielten Paares. Trotz einiger Unebenheiten dauert und hält die Liebesgeschichte zwischen Charlie und Omar seit mittlerweile acht Jahren.

Lange genug, dem ansonsten aus Singles bestehenden Freundeskreis Hoffnung zu machen. Charlie bedient sich an einem Stück Bioschokolade aus fairem Handel von der Auslage auf der Theke und fragt:

»Auf wen warten wir noch?«

Aber niemand hat Zeit zu antworten, weil die Tür mit einem triumphierenden Kriegsgeheul aufgerissen wird, ein Wirbelwind durch das Restaurant tobt, auf mir landet und mich fast samt Stuhl umreißt.

»Herzlichen Glückwunsch, Papa.«

Während mir die Ärmchen meines Petit Baz, sechseinhalb Jahre alt, beinahe die Luft abdrücken und seine Küsse so laut in meinem Ohr explodieren, dass ich die Augen zusammenkneifen muss, bemerke ich Juliette. Sie hält zwei Taschen aus geblümtem Stoff und einen Ninja-Schulranzen in den Händen.

Juliette.

Fünfunddreißig Jahre alt, braunes kurzes Haar, ein Meter fünfundsechzig, Vegetarierin, ehrgeizig, Früh-zu-Bett-Geherin, Diplomabschluss, steht auf asiatische Kunst, Jogging und amerikanische Serien in Originalversion.

Sie ist nicht geschieden, weil wir nie geheiratet haben, und wohnt im 20. Arrondissement, nur zwei Straßen von mir entfernt. Mit ihrem Verlobten, Marc.

Juliette begrüßt die versammelte Mannschaft und stellt die Taschen auf einem Stuhl in meiner Nähe ab.

»Ich warne dich, er ist ausgesprochen hibbelig«, seufzt sie und küsst mich auf beide Wangen. »Ich habe ihm vorsichtshalber ein Entwurmungsmittel verabreicht, aber ich weiß nicht, ob es daran liegt. Vielleicht liegt es auch am Vollmond.«

Petit Baz stürzt mit seinen wilden Locken und seiner roten Brille auf der Stupsnase in Richtung Tisch, schnappt sich das große Paket und fragt:

»Was ist in dem Geschenk drin?«

»Ach ja, herzlichen Glückwunsch«, sagt Juliette. »Wir haben übrigens auch etwas für dich.« Sie greift nach einer Plastiktüte der Buchhandlung *Fnac*. »Tut mir leid, aber ich hatte keine Zeit mehr, es einzupacken. Baz hat es ausgesucht.«

Petit Baz greift nach der Tüte und hält sie mir mit vor Aufregung leuchtenden Augen hin. Basile ist noch zu klein, um zu verstehen, dass diese Augen mein schönstes Geschenk sind, ganz gleich, was in der Tüte ist. Aber weil in seinem Alter Geburtstagsgeschenke etwas Heiliges sind, sage ich mit meiner Glücklicher-Papa-Stimme:

»Was ist denn in dieser Tüte? Oh! Eine Harry-Potter-DVD!«

»Mama hat gesagt, ich darf sie mir mit dir anschauen, auch wenn es mehr was für Große ist.«

Juliette verdreht die Augen, als wolle sie sagen: »Du schaffst das schon.« Und so funktioniert unsere Übereinkunft: Wir wechseln uns wochenweise mit der Betreuung von Basile ab. Das Glück unserer merkwürdigen Familie beruht darauf, dass wir gegenseitig darauf vertrauen, dass jeder sein Bestes tut.

»Kann man wohl sagen, dass er hibbelig ist«, lässt sich Louis-Jean vernehmen, der den Jungen kitzelt. Petit Baz lacht laut und macht Ninja-Bewegungen.

Juliette verkündet, dass sie nicht bleiben kann, weil Marc auf sie wartet (mein Magen krampft sich zusammen), gibt Petit Baz einen Kuss, winkt uns allen zu, und dann ist alles, was von ihr zurückbleibt, der flüchtige Duft eines Parfüms, das mich verrückt macht, und die Spur ihres Lippenstifts auf der Wange meines Sohnes.

»Wann pustest du die Kerzen aus?«, erkundigt sich Petit Baz.

»Wir warten noch auf einen Gast.«

Die Uhr zeigt 16:50. Omar grummelt:

»Also ehrlich, das finde ich ganz schön übertrieben.«

»Edie, sie nicht kommt?«, fragt Amanda.

»Doch, sie kommt ganz bestimmt«, lächelt Charlie. »Edie versäumt nie eine Party. Ach übrigens, dieser Typ, mit dem sie zusammen war, dieser Argentinier – wie heißt er noch?«

»Sebastian«, helfe ich aus.

»Richtig. Kommt der auch?«

»Ich glaube nicht«, meint Omar. »Ich habe sie gebeten, niemanden mitzubringen, der nicht auf Dauer bei unseren Familienfesten dabei sein wird. Man gewöhnt sich nämlich an die Leute, und dann, zack, sind sie wieder weg vom Fenster, und man hört nie mehr von ihnen.«

Charlie lacht laut auf.

»Scheiße«, schreit Louis-Jean und lässt seine Pranke auf den Tisch krachen, was Amanda verschreckt und Petit Baz aufjauchzen lässt. »Edie hat unser gemeinsames Geschenk. Ohne sie können wir nicht anfangen.«

»Lasst uns doch schon mal den Schampus aufmachen. Das lockt sie an, glaubt mir«, meint Omar und holt eine Flasche Veuve Clicquot aus dem Kühlschrank. Charlie ist ganz zappelig geworden, kommt näher, lehnt ihre Schulter an meine und sagt:

»Aber das blaue Paket kannst du ruhig schon einmal aufmachen.«

Das lasse ich mir nicht zweimal sagen, zerreiße das Geschenkpapier und hebe den Deckel von der Schachtel darunter. Ich schaue hinein und finde eine rundliche, grüne, über und über mit Stacheln gespickte Pflanze.

»Um deine Wohnung ein bisschen aufzuhübschen«, erklärt Charlie mit schelmischem Blick.

»Für mich? Was ist das überhaupt?«, frage ich, verziehe das Gesicht und bemühe mich, die Pflanze aus ihrem Karton zu befreien.

»Ein Gremlin. Jetzt sieht er noch knuffig aus, aber wenn du ihn gießt, zerstört er dein Leben«, antwortet Louis-Jean, der offensichtlich meine Gedanken gelesen hat.

»Ein Schwiegermutterstuhl. Ganz einfach zu pflegen«, erklärt Charlie geduldig.

Aber ich habe durchaus bemerkt, dass ihr der Schalk im Nacken sitzt, und das macht mich nervös. Amanda prustet plötzlich vor Lachen, und Louis-Jean grinst schräg und nickt. Ich frage mich noch, was so erheiternd an dieser Pflanze sein mag, als Petit Baz mit seinem kleinen Zeigefinger auf den Topf zeigt und zu lesen versucht.

Ich drehe die Pflanze um. Auf dem blauen Blumentopf steht mit schwarzen Buchstaben: I WILL SURVIVE.

Der von Gloria Gaynor gesungene und von einem DJ neu abgemixte Song erfüllt den Gastraum. Omar steht an der Anlage und ist sichtlich stolz auf sich. Natürlich habe ich die Anspielung auf Juliette begriffen, aber ich spiele mit und flüstere dem Kaktus zu:

»Hör nicht auf die da, Alter. Wir beide werden uns gut verstehen.« Alle lachen.

Nun öffne ich auch das andere Päckchen, das in Goldpapier. Es ist eine selbst gebrannte CD von Omar, eine Mischung aus allen Songs, die er gern hört. Es sind hauptsächlich amerikanische Stücke, sehr akzentuiert und ziemlich düster, deren Titel ich immer sofort vergesse. Manchmal habe ich den Verdacht, dass Omar sein Restaurant nur betreibt, um dann und wann den DJ spielen zu dürfen. Ich sage: »Mensch, toll«, und zeige den anderen die CD. Omar scheint mit der Wirkung zufrieden zu sein, und ich stecke die CD in die Jackentasche. Ich besitze bereits ein komplettes Regal voller CDs, die er für mich zusammengestellt hat, seit wir dreizehn Jahre alt waren. Wenn ich bei mir zu Hause ein Fest gebe, stecke ich manchmal eine in den CD-Player, um ein bisschen anzugeben, ansonsten verstauben sie. Aber ein Geburtstag wäre kein richtiger Geburtstag ohne eine von Omar gebrannte CD.

Charlie tanzt bereits. Amanda traut sich nicht aufzustehen, zappelt aber auf ihrem Stuhl herum. Das Fest hat begonnen.

Ehe ich jedoch aufstehen kann, vibriert mein Telefon auf dem Tisch. Louis-Jean beugt sich vor und verkündet, dass auf dem Bildschirm »Oma« steht.

»Omar, für dich!«, ruft er durch das Lokal.

Ich schiebe Louis-Jean mit dem Ellbogen beiseite und

nehme das Gespräch an. Es ist meine Mutter, die aus dem Haus meiner Großmutter auf der Île d'Yeu in der Vendée anruft. Ich muss mein linkes Ohr zuhalten, um zu verstehen, was Mama zu sagen hat, denn Gloria Gaynor grölt noch immer, dass sie überleben wird. »Herzlichen Glückwunsch, mein Liebling. Hier ist alles in Ordnung. Oma ist ein wenig erschöpft, aber das wird schon wieder. Ich will dich nicht zu lange stören, ich weiß ja, dass du mit deinen Freunden feierst. Ich habe dir ein bisschen was überwiesen, denk dran, auf deinem Konto nachzuschauen. Alles Liebe für dich, mein Guillaume. Jetzt gebe ich den Hörer an Oma weiter.«

»Meine Güte, wann hört sie endlich auf, allen zu erzählen, ich wäre erschöpft.« Die Stimme meiner Großmutter explodiert geradezu aus dem Telefon. »Mit achtzig habe ich doch wohl das Recht, meinen Hintern in einem Sessel zu parken, wenn ich meine Ruhe haben will! Mannomann!«

Im Hintergrund höre ich meine Mutter: »Seit letzter Woche steigst du kaum noch aus dem Bett. Ich kenne dich doch. Du bist erschöpft.«

»Hör nicht auf deine Mutter, sie erzählt dummes Zeug. Ich bin topfit. Und du? Immer noch nicht verheiratet?«

»Noch nicht. Aber ich habe beschlossen, die Erstbeste zu heiraten, die vorbeikommt, nur um dir eine Freude zu machen, Oma.«

»Braver Junge.«

Omar hat die Musik leiser gemacht, kommt zu mir und befiehlt: »Gib sie mir mal!«

Ich reiche ihm das Telefon.

»Madeleine? Hier ist Omar. Wie geht es dir?«

Den Rest kann ich nicht mehr hören, weil er sofort in ein Hinterzimmer verschwindet, aber ich weiß genau, dass sie über meine Gefühle für meine Ex sprechen. Wenn die anderen darüber reden, wirkt es tatsächlich mitleiderregend, aber tief in meinem Innern weiß ich genau, dass meine Wahnvorstellungen und ich in Anbetracht der Umstände ganz gut zueinander passen.

Omar spricht mit meiner Großmutter, als wäre es seine eigene, und dafür gibt es einen Grund: In unserer Jugend waren unsere Großmütter beste Freundinnen. Omars zwei Jahre älterer Bruder Bertrand entwickelte sich im Lauf der Jahre zu einem aggressiven Straftäter, und während seine Mutter alles Menschenmögliche tat, um seinen Abstieg in die Hölle zu verhindern, wurde der kleine Omar immer wieder Zeuge der endlosen Konflikte zwischen ihnen. Als die Mutter nach langer Krankheit schließlich starb – Omar ist der Ansicht, dass Bertrand der Grund für diese Krankheit war –, zogen die beiden Brüder zu ihrer Großmutter. Meine Oma beschloss, Bertrand ein wenig unter ihre Fittiche zu nehmen, und der Taugenichts ließ sich entgegen aller Erwartungen darauf ein. Irgendwann fand Bertrand vielleicht nicht ganz auf den rechten, aber immerhin auf einen besseren Weg zurück. Vor einigen Jahren hat er sich sogar bemüht, Buße zu tun, aber darüber weiß ich nichts Genaueres, weil wir in Omars Gegenwart nicht über Bertrand sprechen dürfen. Ich nehme an, dass Omar so gern mit meiner Großmutter plaudert, weil sie allein ihm sagen kann, wie es seinem Bruder geht, ohne dass er sie danach fragen muss. Immerhin ist Bertrand das einzige Familienmitglied, das Omar geblieben ist.

Als Omar mir das Telefon zurückgibt, höre ich, wie Oma zu meiner Mutter sagt:

»Er ist immer so reizend, dieser Junge.«

»Hallo Oma, ich bin es, dein echter Enkel, nicht der, den du gern gehabt hättest.«

»Jaja. Wo waren wir noch stehen geblieben? Ach ja, Omar hat mir von diesen Gleichungen erzählt. Aber weißt du, es gibt Sachen, die kann man nicht mit dem Kopf entscheiden. Das Leben hält immer wieder Überraschungen bereit, so ist es nun einmal. Wenn du eines Tages Großvater werden willst, musst du vertrauen und die Dinge so nehmen, wie sie kommen; aber nicht nur die Dinge, auch die Menschen, die Freude, und wo wir gerade dabei sind: auch den Tod.«

»Ein richtig fröhliches Thema …«, beginne ich.

Aber wenn Oma einmal in Fahrt ist, ist sie schwer zu bremsen.

»Wenn du den Dingen ihren Lauf lässt, bist du viel seltener genervt. Aber vor allem – und das darfst du deiner alten Großmutter gern glauben – kannst du auf diese Art das Beste aus allem herausholen. Du musst nur vertrauen, aber das ist eigentlich nicht schwierig. Hör auf zu suchen, dann wirst du finden.«

»Danke, Oma«, sage ich und mache Omar ein Zeichen, mir ein Glas Champagner zu bringen. »Ich ruf dich nächste Woche mal an, okay? Küsschen.«

»Warte mal, Guillaume«, unterbricht sie mich, »ich wollte dir noch sagen …«

Sie hält für geschlagene zwei Sekunden in ihrem Redeschwall inne, was für meine Großmutter sehr lang ist.

»Du weißt, dass ich dich lieb habe. Du bist ein guter Junge. Ich …«

Aber ich höre schon nicht mehr zu. Draußen auf der Straße passiert gerade etwas absolut Unerhörtes, das mich instinktiv veranlasst, das Ohr vom Telefon zu nehmen. Louis-Jean tritt ans Fenster, um besser sehen zu können, und auch Omar und Charlie, ja sogar Amanda drücken sich die Nasen an der Scheibe platt. Edie kommt keuchend die steile Rue de Belleville herauf. *Auf einem Fahrrad.*

»… rtstag, und alles Gute. (…) Bist du noch da?«, fragt meine Oma aus dem Telefon.

»Ja, ja, Oma. Ich schicke dir auch einen dicken Kuss. Wir hören nächste Woche voneinander. Tschüs! Tschüs!«

Während ich auflege, sagt Omar:

»Ich darf keinen Schampus mehr trinken. Ich glaube, ich habe Halluzinationen.«

»Leute«, prustet Louis-Jean, »das wird ein harter Winter.«

»Ich wusste gar nicht, dass sie überhaupt Fahrrad fahren kann«, sagt Charlie.

»Und sogar ohne Stützräder«, fügt Petit Baz hinzu, der auf einen Stuhl gestiegen ist, um besser sehen zu können.

Ich grinse nur dämlich vor mich hin. Plötzlich vergesse ich alles andere, die verunglückten Küsse von Amanda, die Wurmmedizin von Juliette, Omars Geheimniskrämerei, die Perlen der Weisheit meiner Großmutter und sechsunddreißig Jahre Seiltanz. Ich beobachte Edie auf dem Fahrrad. Amanda ist die Einzige von uns, die vernünftig reagiert: Sie holt ihr Handy aus der Tasche und hält den legendären Vorfall für die Nachwelt auf einem Foto fest.

Wir müssen ziemlich seltsam aussehen, wie wir alle mit der Nase an der Scheibe kleben und Edie bestaunen. Edie hat uns natürlich längst gesehen, aber sie hält sich kerzengerade im Sattel ihres Mietfahrrads, als würde sie so etwas jedes Wochenende machen. Die Radfahrerin trägt Stilettoabsätze, ihre langen Beine stecken in Jeans im Boyfriend-Look, die unterhalb der Knie klatschnass sind, um ihre Schultern ist eine Art peruanischer Poncho geschlungen, ihre langen blonden Haare triefen, und ihre Wangen sind von der Anstrengung ganz rosig. Am Lenker hängt eine völlig zerrupfte Papiertüte.

»So viel Aufregung macht durstig«, sagt Louis-Jean, lässt sich auf einen Stuhl fallen und schenkt sich Champagner nach.

Als die Tür aufgeht, sitzen wir alle wieder auf unseren Plätzen. Edie betritt das Restaurant mit erhobenem Haupt. Der Blick aus ihren dunkelblauen Augen wirkt kaum verlegen, und ihre kleine Stupsnase scheint sagen zu wollen, dass ihr alles egal ist. Es ist, als rausche ein elektrischer Impuls durch den Gastraum. Alle spüren instinktiv, dass es jetzt besser ist, nichts zu sagen. Sogar Louis-Jean. Baz tritt ein paar Schritte zurück, um sie vorbeizulassen. Feierlich schreitet sie zwischen den Tischen hindurch. Ihre Absätze klappern auf den alten Fliesen. Edie ist seit zwanzig Jahren eine meiner besten Freundinnen. Nein, meine beste Freundin. Mit ihren verrückten

Ideen, ihren wirren Liebschaften, ihren zu zahlreichen Talenten und ihren netten kleinen Macken wirbelt sie unsere Existenzen durcheinander. Edie drängt nach dem Leben, manchmal sehr ungeduldig und mit einem gewissen *too much.* Damit ist sie das absolute Gegenstück zu meiner bedächtigen Vorsicht, und doch waren wir schon immer unzertrennlich. Ich bin ihre aufsehenerregenden Auftritte in der Tat gewöhnt, aber dieses Mal beeindruckt sie mich ganz besonders. Vielleicht liegt es daran, dass sie ganz sie selbst bleibt, herrlich gleichgültig gegenüber dem Urteil anderer, leidenschaftlich und dickköpfig. Sie besitzt diese besondere Unerschrockenheit, obwohl sie ihren durchnässten Klamotten, ihrer zerrupften Tüte und ihrem verlaufenen Make-up nach zu schließen irgendwelche Unannehmlichkeiten gehabt zu haben scheint, die vermutlich selbst die Zähesten von uns aus der Bahn geworfen hätten.

Edie setzt sich mir gegenüber und blickt mich aus ihren blauen Augen durchdringend an. Ihr Brustkorb verrät einen starken inneren Tumult, trotzdem bemüht sie sich, entspannt zu bleiben. Mit theatralischer Geste legt sie die durchweichte Tüte, offensichtlich mein Geschenk, vor mir auf den Tisch. Es ist eine zweckdienliche, ausgesprochen schicke Tüte; einige Stunden zuvor muss sie imponierend ausgesehen haben. Irgendein Ereignis jedoch, auf dessen Bericht wir alle warten, hat sie in ein zerfleddertes, armseliges und schmutziges Origami verwandelt, von dem ein feuchtes Goldband herunterhängt. Ich will mich bedanken, halte aber mitten im Wort inne und räuspere mich nur.

Edie greift nach einem leeren Glas und hält es über ihren Kopf, ohne das Päckchen aus den Augen zu lassen. Omar versteht sofort und füllt das Glas eilig mit Champagner. Immer noch sagt niemand ein Wort. Sogar die Musik ist verstummt. Edie trinkt das Glas in einem Zug aus, was eine beruhigende Wirkung auf ihre Atmung zu haben scheint. Kaum ist das Glas leer, hebt sie es von Neuem. Omar gehorcht sofort. Dieses Mal jedoch sagt er:

»Erzählst du jetzt, was passiert ist, oder müssen wir erst zwölf Flaschen leer picheln?«

Aber erst nachdem Edie auch das zweite Glas bis auf den letzten Tropfen geleert hat, geruht sie die Lippen zu bewegen, an denen wir alle wie gebannt hängen.

»Ich hasse Paris.«

Zustimmendes Murmeln. Amanda fragt: »Wegen die Metro, *no?*« Charlie streichelt Edies Arm, Omar greift automatisch nach seiner Zigarette und steckt sie zwischen die Lippen. Zwar wissen wir noch nicht, worauf es hinausläuft, aber de facto fühlen wir alle mit Edie. Und natürlich warten wir auf die Fortsetzung.

Aber Edie wiederholt nur: »Ich hasse Paris.« Mehr kommt nicht.

Nach ein paar Schweigesekunden zeigt Louis-Jean auf das Paket auf dem Tisch.

»Ich will ja niemandem die Stimmung verderben, aber … äh … ist dieses Etwas da unser gemeinsames Geschenk?«

»Nein, das ist bestimmt nur die Verpackung«, wiegele ich ab. Das hätte Charlie an meiner Stelle wohl auch gesagt. »Ich bin sicher, dass das, was drin ist …«

»Nein, nein«, unterbricht mich Edie. »Das, was drin ist, ist auch hin.« Sie macht ein Gesicht, das mich in tiefster Seele schmerzt.

Plötzlich befürchte ich, sie könne in Tränen ausbrechen, und damit bin ich nicht der Einzige. Aber sie lächelt und blickt mich an.

»Was soll ich sagen? Du scheinst mir echt Unglück zu bringen.«

»Ich? Aber ich habe doch gar nichts gemacht!« (Und das stimmt, ehrlich. Ich habe wirklich nichts gemacht.)

Sie atmet tief ein, fährt mit der Hand durch ihr blondes Haar und beginnt:

»Also: Ich rufe mir ein Taxi. Wir haben die erste Ampel noch nicht passiert, als der Kerl mir erklärt, dass es einzig die Schuld der Juden und Araber ist, wenn das Land den Bach runtergeht.«

»Da seht ihr's«, trumpft Louis-Jean auf und schlägt mit der flachen Hand auf den Tisch, »ich habe doch gesagt, dass wir in einem Land voller …«

Ich hebe die Hand, um ihm klarzumachen, dass er seine Kommentare für sich behalten und Edie weiterreden lassen soll.

»Zuerst habe ich ihn quatschen lassen, weil schließlich heute dein Geburtstag ist und ich ohnehin schon spät dran war. Aber an der Place de la République habe ich es nicht mehr ausgehalten. Es war stärker als ich. Sagen wir mal so: Ein Wort gab das andere.«

Niemand von uns bezweifelt, dass diese Worte nicht unbedingt sorgfältig gewählt waren. Unter Edies damenhaften Manieren verbirgt sich ein hochexplosives Temperament und, nur in seltenen Momenten, ein äußerst farbiges Vokabular.

»Also Worte. Und wer hatte das letzte?«, will Louis-Jean wissen.

»Meine Pumps. Die Tür seines weißen Mercedes wird sich daran erinnern, dass ich Schuhgröße vierzig trage.«

Charlie murmelt »oje« und fügt hinzu, dass das auch böse hätte ausgehen können.

»Es regnete, wie üblich gab es kein Taxi, und da hast du dir ein Mietfahrrad genommen«, kombiniert Omar.

»Du nicht genommen hast den Metro?«, fragt Amanda, die offenbar ganz besessen ist von der Metro.

Charlie schüttelt den Kopf und antwortet ihr leise: »Edie fährt nie mit der Metro.«

»Nachdem ich ihn angeschrien und ihn einen Sch…«, fährt Edie fort.

»Sag es nicht!«, rufe ich und halte Petit Baz die Ohren zu. Mein Sohn hängt an Edies Lippen und würde nichts lieber als die gesamte Litanei der Schimpfwörter hören, die Edie dem Taxifahrer an den Kopf geworfen hat. »Schon gut. Wir wissen ja, was gemeint ist.«

»… und mit meinem Zehn-Zentimeter-Absatz in seine Karre getreten habe, ist er mit einem Kavalierstart abgerauscht. Genau in diesem Augenblick fiel mir auf, dass ich das Geschenk für Guillaume auf dem Rücksitz vergessen hatte.«

Kollektiver Aufschrei. Amanda fragt: »Was denn? Was denn?«, und ich bemühe mich zu übersetzen, ohne etwas zu verpassen. *»Her shoe … in the car … left the bag …«* Amanda starrt mich an, und Edie jubiliert insgeheim.

»Und?«, fragen wir im Chor.

»Was und?«, fragt Edie. »Was hättet ihr an meiner Stelle getan?«

»Jedenfalls konntest du nicht zurück ins Geschäft gehen und ein anderes kaufen«, stellt Omar trocken fest, und ich möchte plötzlich unbedingt wissen, was sich in diesem Paket befindet.

»Natürlich nicht. Ich habe einen ganz großen Auftritt hingelegt, bin hinterhergerannt und habe geschrien, dass jemand das Taxi anhalten soll. Schließlich hat der Fahrer das Ding entdeckt, mitten auf der Straße gewendet, fünf Meter vor mir angehalten und das Geschenk in die Gosse geworfen. So viel zu den Pariser Taxis. Herzlichen Dank!«

»Nicht alle sind so«, wendet Charlie ein. »Ich finde, die meisten Fahrer sind durchaus nett. Man darf nicht alle über einen Kamm scheren.«

»Guck dir meine Beine an«, sagt Edie empört und zeigt auf ihre durchnässten Jeans. »Die anderen haben sich auch sofort solidarisch erklärt. Das nächste Taxi ist mitten durch die Pfütze vor mir gefahren.«

»Okay«, schreite ich ein, um die Debatte abzukürzen, »ich würde jetzt gern dieses weitgereiste Geschenk auspacken. Oder was meinst du, Baz? Wir wollen doch endlich wissen, was da drin ist.«

Petit Baz tritt an den Tisch, schnüffelt an der Tüte und sagt:

»Riecht nach Hund.«

Omar tut so, als blicke er streng drein, und gibt ihm damit zu verstehen, dass er den Mund halten soll.

Theatralisch fährt Edie fort: »Aber als ich da so tropfend auf dem Gehsteig stand, kam mir plötzlich eine Erleuchtung.«

Ich weiß nicht, warum, aber ich weiche ein Stück zurück, als befände sich etwas Explosives auf dem Tisch. Natürlich kann ich das Geschenk nicht ausgerechnet jetzt auspacken.

»Ich habe zwei wichtige Entscheidungen getroffen«, fährt Edie fort. »Erstens werde ich ab sofort die Pariser Taxis boykottieren und nur noch Fahrrad fahren.«

Allgemeine Heiterkeit. Man prophezeit den unmittelbar bevorstehenden Zusammenbruch der Taxiindustrie und macht Witze auf Kosten der Fahrradfahrer.

Omar und Charlie verschwinden kichernd in der Küche.

»Und mein zweiter Entschluss lautet«, murmelt Edie, »ich gehe fort aus Paris. Ich ziehe nach New York.«

Louis-Jean lacht laut, Amanda reißt die Augen auf. Ich bin wie vor den Kopf geschlagen. Ich weiß, dass es ihr ernst ist. Wenn sie beschlossen hat zu gehen, dann geht sie. Seltsamerweise ist die einzige Frage, die mir dazu einfällt, wirklich nicht die wichtigste:

»Dieser Sebastian, dein Argentinier, geht der mit?«

Edie zuckt die Schultern und senkt den Kopf. Ich ahne, dass das Nein bedeutet. New York. New York. Im Geiste wiederhole ich diesen Namen, der sich ganz seltsam benimmt: Er will nicht in meinem Gehirn hängen bleiben, obwohl Edie schon jahrelang davon redet, dass sie diese Stadt bewundert und unbedingt einmal hinfahren will, sobald sie es sich leisten kann. Die Vereinigten Staaten. So nah, aber jetzt, da Edie davon spricht, dort hinzuziehen, plötzlich so fern. Aber ehe ich einen Platz für New York in unserem gemeinsamen, uns allen zugänglichen Universum finden kann, gehen die Lichter aus, und Omar intoniert mit dünner Stimme und ziemlich schräg *Zum Geburtstag viel Glück*. Charlie kommt mit einem großen Schokoladenkuchen, auf dem sechsunddreißig Kerzen brennen. Alles geht ein bisschen durcheinander. Louis-Jean und Petit Baz singen sehr laut. Edie scheint den Atem anzuhalten; sie sieht mich an, und ich sehe sie an. Eine feuchte Haarsträhne hängt ihr in die Stirn, und die Flammen der sechsunddreißig Kerzen spiegeln sich in ihren Augen. Ich verliere mich einen Moment in diesen Augen, denn ich finde dort etwas, das ich noch nie gesehen habe, ein zerbrechliches Leuchten, ein kurzes Bröckeln jener unbesiegbaren Lebenslust, die immer Edies Markenzeichen war. Zumindest derjenigen Edie, die ich zu kennen glaubte. Einen Moment später ist das Leuchten verschwunden, und ich sitze vor meinem Kuchen und weiß nicht, was ich mit dem Geheimnis anfangen soll, das meine Freundin mir nur durch einen Zufall anvertraut hat: Auch Edie leidet unter der Einsamkeit. Wir alle haben ihre Liebschaften immer als harmlos abgetan und ihre Gleichgültigkeit und Forschheit für Zeichen ihrer Unabhängigkeit gehalten. Aber jetzt ist mir klar, dass auch sie auf der Suche nach jemandem ist, der ihr wirklich etwas bedeutet, und zwar ganz gleich, auf welchem Kontinent er sich befindet. Dabei dachte ich, ich wäre der Einzige, der auf der Suche ist.

Petit Baz wird ungeduldig.

»Was ist denn jetzt, Papa? Pustest du oder nicht?«

Was dann passiert, ist mir immer noch ein Rätsel. Technisch gesehen hole ich Luft und puste ohne allzu großen Schwung, aber mit der Sicherheit von fünfunddreißig Jahren Erfahrung mit Geburtstagskuchen. Doch die Flammen flackern kaum.

Noch ehe mein Verdacht auf Omar fällt, der möglicherweise aus Jux irgendwelche magischen Kerzen in den Kuchen gesteckt hat, pustet Petit Baz aus voller Lunge, und alle Kerzen erlöschen auf einen Schlag. Alle klatschen, stoßen miteinander an und bedanken sich, aber ich mache nicht wirklich mit. Stattdessen reise ich zurück in die Zeit und sehe die Kerzen von vor einem Jahr und vor zwei, drei, zehn und zwanzig Jahren vor mir. Und ich frage mich, wie es passieren konnte, dass ich diese einfache, diese andere Wahrheit nicht erkannt habe. Ich …

»So, und jetzt mach endlich die Geschenke auf. Auch die, die nach Hund riechen«, befiehlt Louis-Jean.

Meine Arme und Finger arbeiten wie die eines Roboters. Ich öffne das Geschenk von Amanda und finde Manschettenknöpfe aus Metall und schwarzem Leder, die für meine Hemden viel zu schön sind. »*Merci*, Amanda, *thank you so much*« (sie errötet, ich sehe es genau). Ich glaube, dass ein so teures Geschenk der beste Beweis dafür ist, dass Edie mich mit Amanda zu verkuppeln versucht, und bei diesem Gedanken kribbelt es ganz komisch in meinem Bauch. Schließlich landen meine Hände bei der zerfetzten Tüte. »Die Idee stammt von Edie«, höre ich. Ich hebe das Päckchen hoch und halte es vor mein Gesicht. Es klingt vielleicht blöd, aber mir kommen fast die Tränen. Das Glas des Rahmens ist zerbrochen, doch das, was er enthält, ist unversehrt. Es ist ein handsignierter Brief. Unterschrieben von Voltaire.

Meine Freunde sind glücklich. Sie haben gesehen, dass dieses Geschenk mich zutiefst berührt. Um mich herum schwirren Worte: Auktion, Edie hat die Gelegenheit sofort ergriffen, kein besonderer Brief, aber immerhin, sieh mal, dort ist die Unterschrift, den Rahmen kann man ersetzen, das ist nicht weiter schlimm, wer ist Voltaire, Papa? Ich glaube, ich bedanke mich und sehe alle dabei an, aber dann stehe ich vor Edie, und plötzlich wird alles kostbar, drängend und zerbrechlich.

Ich sehe sie vor mir – gestern, vorgestern und all die abertausend Male, die wir zusammen waren. Und ich mit Juliette und danach mit ein paar anderen, sie mit meinem besten Freund, dann mit denen, an deren Namen ich mich nicht mehr erinnere, dann irgendwann wieder Single, mal sie, mal ich, aber nie gleichzeitig. Oder vielleicht doch, und wir haben es nur nicht bemerkt. Mir ist, als hätte unsere Freundschaft Tag für Tag Formen, Striche und Punkte gezeichnet, und heute, nach zwanzig Jahren, trete ich endlich ein paar Schritte zurück und erkenne, erhellt von sechsunddreißig Kerzen, ein neues Bild, das doch völlig vertraut ist – es ist wunderschön und muss nur noch bunter werden.

Ich bin verliebt in Edie.

Kapitel 3,
in dem wir feststellen, dass Paris eine ganz normale Stadt ist

Das größte Geheimnis der Stadt des Lichtes ist nicht etwa, dass sie lediglich erleuchtet wurde, um sie vor Räubern zu schützen. Nein, das größte Geheimnis von Paris ist, dass man hier völlig normal lebt.

Hier wie überall auf der Welt gibt es glanzlose Schicksale, Wecker, die zu früh läuten, und ganze Wochen, die verloren sind. Es gibt hässliche Straßen, Regentage und gescheiterte Existenzen. Es gibt die Metro, die nach feuchtem Tunnel riecht und schrille Töne von sich gibt, wenn sich die Türen schließen. Montagmorgen um Viertel vor neun sind die Bahnen vollgestopft mit Parisern, die zur Arbeit fahren und sich dabei an klebrige Haltestangen und Momente klammern, die nicht jetzt sind. Die meisten denken an den Feierabend, wenn sie endlich nach Hause zurückkehren können.

Ich denke an meinen gestrigen Geburtstag. Als um neunzehn Uhr die Restaurantgäste zum Essen kamen, muss ihnen aufgefallen sein, dass die Atmosphäre im *Foodie Nam Nam* aufgeheizter war als sonst. Unsere kleine Gruppe hatte darauf bestanden, noch so lange bleiben zu dürfen, bis die letzte Champagnerflasche leer war. Erst als Louis-Jean drohte, mit den härteren Alkoholika zu beginnen, setzte Omar uns an die frische Luft. Ich selbst hatte eingedenk meiner elterlichen Verantwortung kaum etwas getrunken. Und doch kehrte ich wie betrunken von diesem seltsamen Nachmittag nach Hause zurück, mein Kind in der einen, Voltaires Brief in der anderen Hand, die Stachelpflanze unter dem Arm und das Etui mit den Manschettenknöpfen in der Jackentasche. Ich brachte Petit Baz zu Bett, las ihm eine Geschichte vor, hüpfte über die Seiten, ohne mir dessen bewusst zu sein, gab ihm einen Gutenachtkuss und schloss die Tür zu seinem Zimmer. Und dann tat ich das, was alle Verliebten tun: nichts. Ich stand im Flur und betrachtete fünf Minuten lang die Tapete, setzte mich auf einen Stuhl, ohne genau zu wissen, wie ich dort hingekommen war, kochte Kaffee und vergaß ihn, bis ich ihn irgendwann kalt trank. Hätte ich Zigaretten gehabt, hätte ich geraucht, was ziemlich dumm gewesen wäre, denn ich hatte sechs Jahre zuvor große Mühe darauf verwendet, mit dem Rauchen aufzuhören. Meine kaum von mir selbst bestimmten Schritte brachten mich schließlich auf den Balkon, und dort kreuzte ich sämtliche romantischen Komödien vorbehaltenen Kästchen an und dachte an die Liebe, während ich den Eiffelturm bewunderte (man kann von meinem Balkon aus den Eiffelturm sehen, wenn man sich ein wenig über das Gitter beugt, was meinem Vermieter das Recht verschafft, eine im Vergleich zum Durchschnitt des Viertels deutlich höhere Miete zu verlangen). Aber das, was sich in meinem Kopf eingenistet hat –

Edies ruhige Augen, die jede meiner Bewegungen verfolgen –, besitzt nicht die Leichtigkeit der Begegnung mit einer Fremden an einem netten Abend. Hier geht es um Edie. Um meine älteste Freundin. Achtung, *molto complicated*. Vorsicht, zerbrechlich.

Die Metro pfeift und ruckelt. Ich denke an das Geschenk. An den Brief Voltaires. Die meisten Leute, die ich kenne, finden es wahrscheinlich seltsam, dass ein solches Geschenk mich derart berühren kann, da ich doch weder ein Sammler noch ein wirklicher Kenner des Philosophen bin. Ich schreibe zwar, aber nur in meinen Mußestunden. Und davon wissen nur Charlie, Louis-Jean, Omar und Edie. Seit einem Jahr arbeite ich an einem Werk, das passagenweise mit Voltaire zu tun haben wird. Aber daran will ich jetzt nicht denken. Kehren wir zu dem Brief zurück. Dabei handelt es sich übrigens nicht um ein Schreiben mit literarischem Bezug, sondern um einen Bericht an Voltaires Buchhalter. Es geht um wiederkehrende Ausgaben und alltägliche Anliegen, insgesamt also ein Blick auf den ganz normalen Menschen François-Marie Arouet (genannt Voltaire). Einen großen Teil der Nacht habe ich damit verbracht, das Stück Papier mit einem besonderen und neuen Glücksgefühl zu studieren. Und dabei an Edie gedacht. Und an New York. An Voltaire. Und wieder an Edie.

In einer Kurve erzittert der gesamte Metrowaggon durch sein eigenes Kreischen. Hinten im Wagen schläft ein ziemlich schmutziger Mensch. Neben ihm sind drei Plätze frei. Selbst in der Rushhour zieht die Menge einen Radius der Leere um das Elend. Es ist grausam. Ich stehe zu weit entfernt, um seinen Geruch wahrzunehmen, aber ich kenne ihn. Wie alle hier. Am liebsten würde ich irgendetwas für den Mann tun, aber ich bleibe, wo ich bin. Große Städte ersticken nicht nur unsere Lungen.

Ich denke an den strengen Blick der Lehrerin, als ich Petit Baz heute Morgen zur Schule brachte, an meine pathologische Unfähigkeit, rechtzeitig aufzuwachen, und an die anderen Eltern, die alle viel begabter für die Elternschaft zu sein scheinen als ich. Ich denke an den Kuss, den Petit Baz mir beim Abschied gegeben hat, ich denke einfach nur an Petit Baz, meinen kleinen Triumph, mein Kind, dieser Strahl reinen Lichts, der meine schlechten Tage repariert. Und dann denke ich wieder an Edie.

An der nächsten Station steigt ein schnauzbärtiger Mann mit einem Akkordeon und einer Lautsprecherbox ein. Er bahnt sich einen Weg durch die nörgelnden Fahrgäste, findet den leeren Raum um den Penner herum und stellt seine Lautsprecherbox auf. Er stützt das Akkordeon auf seinen dicken Bauch und stimmt *La vie en rose* an. Der Penner öffnet ein Auge und schließt es sofort wieder.

Ich bin ganz zufrieden. Trotz einiger falscher Töne bringt die Musik mich zum Träumen.

Edie. Edie. Ich wiederhole ihren Vornamen in meinem Kopf, als könne daraus eine helle Erscheinung erwachsen. Ich versuche es sogar mit Edwige, diesem eigentlich so hübschen Namen, den sie aber schon immer verabscheut hat. Edwige, Edie, Edie. Doch außer komplizierten Konstruktionen erwächst nichts.

Als wir uns vor zwanzig Jahren zum ersten Mal trafen, beschlossen wir in einer stillschweigenden Übereinkunft spontan, dass keiner von uns dem Beuteschema des anderen entspricht. Edie lebte viel zu ausschweifend für einen kleinen, zurückhaltenden Spießer wie mich. Sie war eher der Typ Rockstar, während sich bei mir schon damals der brave Historiker mit Brille abzeichnete. Das hinderte uns allerdings nicht daran, eine ganze Menge Gemeinsamkeiten zu entdecken: Zunächst war es der bei Heranwachsenden übliche Kram (Musik, Bücher, Feste, Weltanschauung), später dann waren es die tiefergehenden Dinge (Musik, Bücher, Feste, Weltanschauung). Wir konnten uns von Anfang an gegenseitig zum Lachen bringen, und zwar in mehreren Sprachen (sie spricht allerdings nur drei). Immer zog sie mich bezüglich ihrer aussichtslosen Liebschaften mit schnell wechselnden Liebhabern ins Vertrauen und brachte mich damit grundsätzlich zum Erröten. Einige längere, ernst zu nehmende Romanzen verliehen mir in ihren Augen die Autorität eines Menschen, der ihr die Weisheit vernünftiger Liebe erklären konnte. Und natürlich durfte ich mich bei ihr anlehnen, wenn die eben erwähnten Romanzen in durchaus unvernünftigen Ausbrüchen, Tränen und Herzschmerz endeten. Während all dieser Jahre dachte ich, dass Edie in einer anderen Welt lebt als ich – sozusagen in einem Paralleluniversum. Als träumten wir so von der Liebe, wie man eine Melodie in unterschiedlichen Tonarten spielt. Bis gestern.

Aber vielleicht bin ich ja gar nicht wirklich verliebt. Vielleicht habe ich doch nur zu viel Champagner getrunken. Ich beobachte die Leute um mich herum und überlege, ob einer von ihnen ebenfalls eine Edie in seinem Leben hat. Kein einziges der bedrückten Gesichter ringsum scheint je von der Liebe gehört zu haben, aber das ist nur der Rushhour zu verdanken. In Wirklichkeit waren alle schon einmal verliebt oder werden es eines Tages sein – das belegt die Wahrscheinlichkeitsrechnung. Aber eine Liebe, die zwanzig Jahre braucht, um erkannt zu werden? Das wohl eher nicht. Kein Dichter hat je eine derart unromantische Liebe besungen. Und wenn man sie nicht besingt, ist sie dann überhaupt wahr? Na, Akkordeonspieler?

Der Akkordeonspieler schiebt sein Instrument zusammen und kommt mit einem McDonald-Pappbecher auf mich zu. Ich nestle ein angewärmtes Zweieurostück aus meiner Hosentasche. Einen Euro für die Musik, einen weiteren für die Antwort.

Als ich an der Haltestelle Odéon aussteige, ist es mir gelungen, mich zu überzeugen, dass die Episode von gestern lediglich ein Irrweg war, eine Überdosis an Gefühlen, basierend auf der Kombination Champagner – Erinnerung – Juliette und Voltaire-Brief. Ja, es muss an Voltaire liegen. An Edie werde ich heute nicht mehr denken, das verspreche ich mir.

Ich steige hinauf in die frische Luft und werfe einen Blick hinüber zum *Café Odéon*. Ich grüße einen der Kellner, der zurücknickt. Zwar regnet es nicht, aber ich habe wie jeden Morgen meinen gelben Regenschirm dabei und gehe zu dem großen Reisebus mit der Aufschrift I LOVE PARIS, der auf dem Boulevard Saint-Germain parkt. Er ist heute mein Arbeitsplatz. Auf mich wartet eine Gruppe chinesischer Touristen.

Ich bin ihr Fremdenführer.

Kapitel 4,

in dem mir eine schwierige Frage gestellt wird

»Meine Damen und Herren, bitte hier entlang«, rufe ich auf Mandarin.

Keine Führung macht mich so nervös wie die durch Saint-Germain-des-Prés und das Odéon-Viertel. Dazu muss ich sagen, dass ich im Lauf der Zeit mithilfe vieler Bücher, Paris-Führer und Google Maps mehrere Routen ausgearbeitet habe. Ihr Verlauf variiert gemäß der Gleichung Wetter + Zugänglichkeit + Maximum an Sehenswürdigkeiten. Alle habe ich in das Navi meines Telefons eingegeben und mit einer Eselsbrücke versehen, falls ich einmal eine vergessen sollte; aber ich vergesse sie nie. Seit Jahren folge ich den gleichen Wegen, und ich kenne jeden einzelnen Friedhof an der Strecke. Die Route von Saint-Germain beinhaltet allerdings weder ein herausragendes Bauwerk noch ein bekanntes Museum oder einen Aussichtspunkt, von dem aus man schöne Fotos schießen könnte. Das Viertel verdankt seinen Ruhm den Leuten, die hier verkehrt haben, und diese Leute sind samt und sonders tot. Das ist ein Problem. Außerdem habe ich das Gefühl, immer irgendetwas zu vergessen, wie zum Beispiel das Wichtigste.

Meine kleine Gruppe schlendert relativ geordnet über den Boulevard und die Straßen des Viertels Saint-Germain. Es sind etwa zwanzig Touristen, die meinem gelben Schirm folgen. Im Gänsemarsch laufen sie durch die engen Gassen, die eine Art Resonanzkörper bilden. Sobald ein Auto vorbeifährt, muss ich schreien, damit alle meine Erklärungen verstehen können, aber wenn ich bei leerer Straße meine Lautstärke nicht drossele, bin ich im ganzen Viertel zu hören. Wir kommen an einer Haltestelle vorüber, als gerade ein Bus hält. Die aussteigenden, eiligen Pariser ärgern sich, weil die Touristen ihnen den Weg versperren. Einige schimpfen. Ich bemühe mich, meine Chinesen anzutreiben, die sich eng aneinanderdrängen und einander gegenseitig schubsen. Eine alte Dame mit einem riesigen Einkaufskorb wird beiseitegestoßen, ich stammele eine Entschuldigung und fühle mich wie ein Verkehrspolizist. Schließlich löst sich das Durcheinander auf, und wir setzen unseren Weg fort. Ich sagte gerade …

»Wir befinden uns hier in Saint-Germain-des-Prés, im Zentrum der Welt der Bücher und der Literatur.« Sie nicken. Es ist gut, dass sie es wissen, denn zu sehen gibt es hier nichts. Man muss es sich vorstellen. Wir gehen durch die Rue de l'Odéon, wo Fitzgerald, Gertrude Stein und Hemingway gewohnt haben. Rue de Buci, der Schlupfwinkel von Jean-Paul Sartre und Simone de Beauvoir. Rue Jacob: Colette. Rue Saint-Benoît: Jacques Prévert und Marguerite Duras. Rue Séguier: Albert Camus. Um sich von den hier lebenden Geistern anrühren zu lassen, müsste man sie allerdings gelesen haben, und die Luxusgeschäfte ringsum – Dior, Louis Vuitton – beinhalten für meine kleine Herde eine unwiderstehliche Ablenkung. Im Lauf des Vormittags ist eine Pause vorgesehen, bei der sie zwischen einer kurzen Shoppingtour im Viertel oder einer Erfrischung auf der Terrasse des *Café de Flore* wählen können. Nur ein einziger Besucher begleitet mich ins Café. Es ist ein älterer Herr. Mir hätte der Gedanke kommen können, dass er sich vielleicht einfach nur einmal setzen will, denn er schwankt fast unter dem Gewicht der drei Fotoapparate, die vor seiner mageren Brust baumeln. Doch er war mir vorher schon aufgefallen, denn er gehört zu denen, die sehr aufmerksam zuhören.

Ich versuche, für ihn die Zeit aufleben zu lassen, in der Paris unter dem Aufruhr dieser engagierten Intellektuellen erbebte; ich rede zu viel, er überhaupt nicht. Er beugt sich vor und blickt sich um. Unsere Tischnachbarn sind Touristen, reiche Leute und Modeblogger. In einer Ecke sitzt eine junge Frau und schreibt. Für eine Schriftstellerin ist sie viel zu ausgesucht gekleidet – vielleicht ist sie Schauspielerin. Mein alter Chinese macht ein Foto von den Kellnern. Dann erstarrt er, wortlos, und fixiert einen Punkt in weiter Ferne, als wäre ich gar nicht da. Ich nehme es ihm nicht übel. Ich weiß, dass die Welt, an die ich zu erinnern versuche, längst vergangen ist. Und so betrachten der Alte und ich das Gewimmel auf dem Boulevard Saint-Germain, Leute, die Selfies machen, hastende Männer, die in ihre Telefone plärren, andere Fremdenführer, die vorübergehen, und andere Ausländer, die Schirmen folgen. An diesem Morgen ist der Himmel grau. Ich habe mir den Wetterbericht angesehen. Es soll trocken bleiben. Trotzdem liegt etwas in der Luft und in den unbeständigen, tristen Farben über der Kirche Saint-Germain – als kündige sich ein Sturm an.

Schon bald ist es Zeit, die Besichtigung fortzuführen. Fabrice, unser Busfahrer, wartet bereits. Es geht in Richtung Sorbonne. Wir parken unmittelbar neben dem Montaigne-Denkmal in der Rue des Écoles, und ich nutze die Gelegenheit für einen kleinen Exkurs und zeige ihnen die blank polierte Bronze am rechten Fuß. Es heißt, dass den Studenten, die den Fuß des Philosophen streicheln und dabei sagen »Sei gegrüßt, Montaigne«, alle Wünsche erfüllt werden. Eine Dame erklärt mir wortreich, dass sie dabei an den Man-Mo-Tempel in Hongkong denken muss, wo Man Cheong, dem Gott der Literatur, geopfert wird und die Studenten seine Hand berühren müssen, um ihr Examen zu bestehen. Einige andere nicken lächelnd. Ich freue mich über diesen Einwurf. Es sind genau diese Verbindungen, die dafür sorgen, dass ich meine Arbeit liebe – die stumme Anerkenntnis, dass wir gar nicht so verschieden sind. In solchen Momenten ertappe ich mich dabei, von gewagteren Routen zu träumen: Gerne würde ich mit den Leuten den Spuren von Jacques Prévert folgen, die Dreharbeiten zu *Die Kinder des Olymp* nachempfinden, ihnen die Türen zum Musée des Éclairages Anciens öffnen, mit ihnen durch das Gelände der Abtei Val de Grâce spazieren, auf der Sonnenuhr von Dalí verfolgen, wie die Zeit vergeht, und unter den ältesten Bäumen von Paris ausruhen. Aber ich weiß, dass das völlig unerheblich ist. Und daher bleibe ich auf den eingetretenen Pfaden.

Ehe es in das für die Gruppe reservierte Restaurant in der Rue de l'Éperon geht, besuchen wir unsere letzte Station: die Buchhandlung *Shakespeare and Company* in der Rue de la Bûcherie 37. Es ist die einzige Buchhandlung, die wir betreten. Die Chinesen sind enttäuscht, weil man nicht fotografieren darf, aber die Pariser Romantik ist natürlich vorhanden. Hier findet man Bücher ebenso wie das poetische Durcheinander und den Charme des Widerstands gegen die großen Ketten, vor allem aber bekommt man hier den untrüglichen Eindruck, dass diese Buchhandlung *lebendig* ist. Und das ist sie auch; abgesehen von regelmäßigen Veranstaltungen und Möchtegernbohemiens, die sich dort treffen, schlägt ihr Herz dank ihrer eigenen Geschichte und dank Paris mit seinen großen literarischen Stunden zwischen den beiden Weltkriegen. Die Gründerin, Sylvia Beach, veröffentlichte den Roman *Ulysses* von James Joyce und war mit Hemingway, Ezra Pound, Samuel Beckett und Scott Fitzgerald bekannt oder befreundet.

»Und diese Schriftsteller waren tatsächlich alle hier?«

Ich habe ihn nicht kommen hören. Es ist der alte Chinese. Gerade hatte ich ihn noch zwischen den Bücherregalen umherwandern sehen, als wolle er den Ort ganz in sich aufnehmen, anstatt seine Fotoapparate auf ihn zu richten. Ich freute mich darüber. Jetzt aber steht er vor mir und will im Grunde wissen, ob die Geister der Literaten tatsächlich hier in seiner Nähe sind.

Ich wage nicht, ihn anzusehen, und brauche Zeit für meine Antwort. Also lasse ich meinen Blick über die bekritzelten Decken, über die Lichterketten und die unordentlichen Ecken schweifen. Als Fremdenführer weiß ich, dass dieser Ort das zweite Leben von *Shakespeare and Co.* ist. Dass sich die Wände, die Hemingway haben vorübergehen sehen, ein Stück weit entfernt in der Rue de l'Odéon Nummer 12 befanden, wo heute ein inzwischen geschlossener Klamottenladen ist. Die Türen des ursprünglichen *Shakespeare and Co.* schlossen sich anlässlich der Besetzung durch die Deutschen 1940 für immer.

Die Buchhandlung, in der wir uns befinden, ist trotz ihrer köstlichen Authentizität ein Fake. Noch sage ich nichts. Aber der Alte beobachtet mich. Unbeweglich steht er inmitten der zwischen den Büchern wuselnden Kunden und wartet auf meine Antwort.

Kapitel 5

Exkurs über Reiselust und die Ängste eines Fremdenführers

Heutzutage wird viel von Reise*lust* geredet. Aber ehrlich gesagt ist doch die einzige Lust, die man wirklich auskostet, die Freude daran, *gereist zu sein*. Bei genauerer Betrachtung hat die Reise selbst nämlich nichts mit den Versprechen aus dem Katalog zu tun. Aber Erinnerungen sind wie Fotos: Sobald man zu Hause ist, wirft man die hässlichen fort.

Wenn ich an den Trubel auf den Flughäfen denke, an Blasen an den Füßen, Jetlag, Rückenschmerzen verursachendes Gepäck, schlechtes Essen und dessen unangenehme Folgen für den Magen-Darm-Trakt, das schlampige Aussehen bequemer Kleidung, vermasselte Reservierungen, schwitzende Menschen in langen Warteschlangen, Leute, die sich anschreien (»Wie, du hast deinen Pass verloren?«), die Lächerlichkeit, eine Sprache zu sprechen, die man nicht beherrscht, das Heimweh, das immer im Hintergrund lauert, und an die ständige Angst, sich zu verirren, irgendwo festzustecken oder – noch schlimmer – als Tourist erkannt zu werden, frage ich mich: Wo genau ist da die Lust an der Reise?

Seit der Mensch jedoch von dem Wunsch getrieben wird, sich in der Fremde umzuschauen, hat er auch begriffen, dass es eine wirksame Möglichkeit gibt, die Unbequemlichkeit dieses Unterfangens zu begrenzen: Er engagiert einen Fremdenführer.

Dabei geht es nicht allein darum, dass ein Führer (die Person) Ihnen mehr mitteilen kann als der Führer (in Buchform), er führt Sie auch an nette, kleine, nur Einheimischen bekannte Orte, erspart Ihnen die Warteschlange vor den Museen und verrät Ihnen sogar, wo genau Sie stehen müssen, um ein Foto zu machen, bei dem es so aussieht, als stünde der Eiffelturm auf Ihrem Kopf.

Vor allem aber schützt ein Fremdenführer den Reisenden vor den beiden größten Gefahren, denen dieser sich aussetzt, wenn er sein angestammtes Zuhause verlässt: vor den Einheimischen und vor dem Unvorhergesehenen. Was nicht bedeutet, dass der raffinierte Tourist sich damit zufriedengibt, in einer hermetisch verschlossenen Blase zu verharren; der Fremdenführer sorgt durchaus dafür, dass er Leute trifft, aber es handelt sich um *ausgewählte* Leute. Ein Kulturschock ist in Ordnung – aber er muss einen ja nicht direkt umhauen.

(Im Übrigen – und hier erlaube ich mir einen Exkurs im Exkurs: Hätten wir nicht alle gern einen Fremdenführer im Leben? Ich schon. Einen wirklich lebenstüchtigen Führer, der bei Gelegenheit durchaus auch geistreich sein darf. Er könnte mich morgens abholen, mit der Lehrerin wegen Petit Baz' Verspätung verhandeln, mittags einen Imbiss für mich bereithalten, und wenn wir schon dabei sind, könnte er am Wochenende auch einen Grund finden, für den es sich lohnt aufzustehen, weil ich mich so ganz allein in Erinnerungen an die Zeit mit Juliette vergrabe.)

Ein guter Fremdenführer jedenfalls ist mehr als das, und die daraus resultierende Vorstellung beschäftigt mich, seit ich vor zehn Jahren beschloss, selbst Fremdenführer zu werden.

Nehmen Sie zum Beispiel die *Mona Lisa*. (Neben dem Eiffelturm, Notre-Dame und dem Arc de Triomphe gehört ein Besuch im Louvre zu allen Programmen unseres Reisebüros I LOVE PARIS.) Vor dem Gemälde drängen sich immer so viele Menschen, dass es fast unmöglich ist, nah heranzukommen. Wäre es nicht im Grunde viel besser, sich die *Mona Lisa* auf irgendeinem Bildschirm irgendwo auf der Welt im Internet anzuschauen, in höchster Auflösung, mit Zoom und allem Pipapo? Nein, denn man hätte sie nicht *in echt* gesehen. Die Ironie liegt allerdings darin, dass alle Besucher, die vor dem Bild stehen, sofort ihre Fotoapparate oder Smartphones zücken. In dem Moment, in dem sie vor der *Mona Lisa* stehen, sehen sie sie nur über einen Bildschirm. (Alle, bis auf den Fremdenführer, aber der schaut sie ohnehin nicht mehr an.)

Die Lust liegt also anderswo. Darin, sagen zu können: *Ich war da.*

Aber genau bei diesem *»da«* drückt der Schuh.

Denn es genügt nicht, da gewesen zu sein. Man muss sich auch Zeit nehmen, sich dort aufzuhalten. Doch genau diese Zeit fehlt immer. Man bleibt nur so kurz, wie man braucht, um zum Wesentlichen zu kommen, man möchte mitten ins Herz der Stadt vordringen, an den Ort, der so authentisch pariserisch ist, dass man Paris nach seiner Besichtigung duzen darf wie einen alten Freund.

Das Herz von Paris. Wo liegt es? Ich weiß es nicht.

Und genau dies ist die Angst des Fremdenführers: viele Dinge zu zeigen und doch auf ewig am Wesentlichen vorbeizugehen. Man findet mich auf den Champs-Elysées, in den Tuilerien, auf Montmartre oder dem Pont Neuf, und ich rede und rede, weil ich in Sachen Paris den Doktortitel habe und viele Sprachen spreche, aber ich bin nur ein polyglotter Hampelmann, der sich an den Straßenecken heiser brüllt, obwohl sich meine Worte im Lärm der Stadt verlieren. Jetzt muss ich mich beeilen, weil wir gleich losfahren, aber ich sehe es in der undurchdringlichen Miene meiner Touristen und lese es im faltigen Gesicht meines chinesischen Opis, dessen alte Schildkrötenaugen auf dieser letzten Reise alles sehen wollen: Sie alle haben Angst, nicht alles verstanden zu haben. Paris nicht verstanden zu haben.

Und daher antworte ich ihm: »Ja, sie waren wirklich hier …« Er nickt und setzt seine langsame Erkundung der Bücherreihen fort. Ich warte, bis er einige Schritte entfernt ist, und füge hinzu: »… im Viertel.« Ich hoffe, dass er mich nicht gehört hat.

Als das Telefon in meiner Tasche vibriert, bin ich über die Ablenkung fast erleichtert. Es bringt nichts, wenn ich anfange, mir die Gefühle anderer Leute vorzustellen. Ich werfe einen Blick auf das Display und bereite mich darauf vor, das Gespräch wegzudrücken.

Es ist Edie.

Kapitel 6,
in dem ich einen seltsamen Anruf erhalte

Ich denke hastig nach. Wie ging das noch mal, ein Gespräch *ungezwungen* anzunehmen?

»Hallo«, sage ich aufs Geratewohl. Es klingt irgendwie ganz anders als sonst.

»Ich brauche dich unbedingt im Büro. Es ist superdringend.«

»Okay, um halb eins habe ich Mittagspause, was ist denn …«

»Gut, sieh zu, dass du schnellstens hier aufkreuzt, ja?«

Sie legt auf.

…

Ich brauche wohl nicht zu sagen, dass der Rest meiner Führung durch Saint-Germain-des-Prés zu einem ziemlich belanglosen Unterfangen wurde.

Kapitel 7,
in dem nicht immer diejenigen die Unglücklichsten sind, von denen man es am ehesten vermutet

Als ich nach einem ordentlichen Sprint vor der Rue des Petites-Écuries Nummer 34 eintreffe, freue ich mich, dass ich an diesem Morgen meinen guten Mantel gewählt habe, der mir ein gewisses Flair verleiht. Trotzdem wiederhole ich in Gedanken die Worte: ICH BIN NICHT IN EDIE VERLIEBT, ICH BIN NICHT IN EDIE VERLIEBT, ICH BIN NICHT IN EDIE VERLIEBT. Ich stoße das Tor zur Einfahrt auf und setze einen Fuß auf das Pflaster des Innenhofs, wo ich einen Moment innehalte und tief einatme. Genau das ist mein Glück, denn just in diesem Augenblick kracht ein nicht näher identifiziertes Objekt aus dem Nirgendwo unmittelbar neben mir auf einen mit Rosen bepflanzten Blumentopf. Der Topf gerät ins Wanken und stößt gegen ein Fahrrad, das unter großem, metallischen Getöse umstürzt. Die Räder drehen sich in der Luft. Habe ich durch diesen Lärm etwa meinen Namen gehört? Ein hastiger Blick nach unten zeigt mir, dass es sich bei dem Objekt zwischen den Blütenblättern um einen dicken blauen Ordner mit der Aufschrift »Rechnungen 2009« handelt.

Ein ebenso hastiger Blick nach oben zeigt mir Edie am Fenster des dritten Stocks, die mir hektisch Zeichen macht, während sie besorgt rückwärts über ihre Schulter blickt:

»Guillaume! Beeil dich!«

Irgendetwas lockt sie nach drinnen. Ich höre, wie sie ruft »Josiane! Hören Sie auf!«, und renne zum Treppenhaus, während ein weiterer Ordner mit der Aufschrift »Buchführung 2003« nebst einem Schwung loser Blätter aus dem Fenster fliegt. Es folgen einer Naturkatastrophe würdige Geräusche. Ich flitze zur Tür, die plötzlich aufgerissen wird und mich nur um Haaresbreite verfehlt. Zwei erschrockene japanische Damen fliehen mit ungeordneten Laufschritten in die entgegengesetzte Richtung. Mir scheint, dass hinter mir Männer in Uniform durch die Toreinfahrt drängen, aber ich folge einzig meinem Instinkt und hechte die Treppen hinauf, indem ich immer vier Stufen gleichzeitig nehme. Je näher ich dem dritten Stockwerk komme, desto lauter werden die Schreie. Auf dem Treppenabsatz treffe ich eine Sekretärin, die den Hals reckt, um besser in den Flur schauen zu können; von der Tür aus höre ich jemanden rufen »Wir haben die Polizei alarmiert!«. Schließlich komme ich vor der letzten Tür an, der zum Büro von I LOVE PARIS, und sehe Edie und Amanda, die sich abmühen, das Fenster zu schließen – als müssten sie einen Orkan im Innern in Schach halten. Eine Menge Sachen fliegen durch die Luft, der Boden ist mit Papier übersät. Edie, die Amanda vor Wurfgeschossen schützt, entdeckt mich und ruft mir zu, ich solle ihr helfen. Ich stürze mich in die Schlacht und entdecke zu meiner größten Überraschung Josiane Talbot, die auf einem der Schreibtische steht und alles, was sie in den Regalen findet, wütend durch die Gegend feuert.

Ihr Haar ist zerzaust, ihr Lippenstift über ihre Wange und auf ihren Ärmeln verschmiert, ihre weiße Bluse ist geöffnet und klafft über dem Lederrock, aber nichts beunruhigt mich mehr als der demente Blick, mit dem sie mich mustert.

»Da ist ja unser Schriftsteller! Der hat gerade noch gefehlt!«, ruft sie. Ich verharre wie versteinert.

»Was ist los, Josiane? Sagen Sie es mir. Ich bin sicher, es ist nicht schlimm«, ist alles, was ich hervorbringen kann.

»Nicht schlimm, sagt er! Nicht schlimm! Ha!«

Sie macht eine Pause, als wolle sie Luft holen, und schreit dann:

»Von wegen nicht schlimm! Es ist sogar sehr schlimm! Ich kann das nicht mehr mit diesem Paris! Paris, das ist vorbei! *Fini, finito, the end!*«

Edie wirft mir einen Blick zu, und ich verstehe sofort. Wir müssen sie ausschalten. Josiane ist zwei Köpfe kleiner als ich, und ich fühle mich der Sache gewachsen. Aber sie ahnt etwas und greift von ihrem Schreibtisch aus nach einem anderthalb Meter hohen Eiffelturm aus Pappe. Das Ding ist schwer. Sie schwankt, als sie es hochhebt, kann sich aber halten und blickt mich streitlustig an.

Ich erkenne den Irrwitz der Situation und sage: »Josiane, lassen Sie das fallen!« Es klingt wie im Film: »Lassen Sie die Waffe fallen.«

Was dann passiert, kann ich nicht im genauen zeitlichen Ablauf schildern. Ich erinnere mich an einen Schlag von harter Pappe auf den Kopf, an Polizisten, die das Büro stürmen, an lautes Schreien und an Edies Arme, die mich in den Flur geleiten. Als ich wieder einigermaßen klar denken kann, sehe ich, dass der Eiffelturm schwer gelitten hat: Er liegt zerfetzt auf dem Boden, neben einem Computermonitor und einem hochhackigen Schuh. Meine Wange schmerzt. Als ich darüberstreiche, habe ich ein wenig Blut am Finger. Ich muss im Kampf angeritzt worden sein. Josiane ist umgeben von Polizisten. Sie tritt, schreit, spuckt und hat Rotz an der Nase.

Es zerreißt mir fast das Herz.

Josiane. Lieber Himmel, Josiane. Wer hätte das gedacht?

Kapitel 8
Exkurs über Josiane

Eine Polizistin fragt uns, wer die Frau ist. Ich antworte. Josiane Talbot, siebenundfünfzig Jahre alt, ist die Geschäftsführerin des Reisebüros I LOVE PARIS. Eine in jeder Hinsicht integre Dame, zum zweiten Mal verheiratet, Mutter, Ausnahmearbeitgeberin und besonnene Geschäftsfrau. Immer ausgeglichen und vernünftig. Die Polizistin seufzt.

Ich hole ein Taschentuch hervor und wische mir das Blut von der Wange, während Edie weitere Fragen beantwortet. Sie erklärt, dass die Krise vermutlich durch den Besuch zweier japanischer Kundinnen ausgelöst wurde, die eine Reise stornieren wollten, dass aber niemand Näheres darüber weiß. Ja, es ist das erste Mal, dass Josiane eine solche Krise durchmacht. Amanda beginnt, sehr schnell auf Englisch auf die Polizisten einzureden. Edie übersetzt. Amanda wiederholt *»Paris Syndrome«*, *»Paris Syndrome«*, weil das die Worte waren, die Josiane hervorstieß, als der Ausraster begann. Edie übersetzt es als »Paris-Krankheit«, aber der Polizist fällt ihr ins Wort: »Schon gut, ich habe verstanden, allerdings noch nie von dieser Krankheit gehört. Wissen Sie, ob Madame Talbot gesundheitliche Probleme hat oder unter Depressionen leidet?« Amanda geht dazwischen und wiederholt: »Nein, es nicht ist Josiane, sondern die japanische Frauen.« Alles geht ziemlich durcheinander. Edie sieht sehr müde aus, und mein Herz schlägt noch immer viel zu schnell. Ich höre nicht mehr zu. Ich kann nicht aufhören, an Josiane zu denken, die wahrscheinlich gerade zum Krankenwagen geleitet wird. Josiane ist eine Pariserin wie aus dem Bilderbuch, nie eine lose Haarsträhne, immer wie aus dem Ei gepellt. Würde man einen Film über sie drehen, könnte ich mir Catherine Deneuve mit Zigarette in der Rolle ganz gut vorstellen. Amanda fürchtet sie, Edie bewundert sie, und ich bin ihr dankbar. Nicht nur, weil das Gehalt, das sie mir seit neun Jahren zahlt, das meiner Branchenkollegen bei Weitem übersteigt, sondern vor allem, weil sie als Erste in mein literarisches Gestammel investiert hat. Eigentlich ist jetzt nicht der richtige Augenblick für Gedanken darüber, aber die Bilder stürmen auf mich ein, ohne dass ich sie aufhalten kann.

Vor sieben Jahren hatte ich, wie man so schön sagt, eine echte Glückssträhne. Ich hatte alle Prüfungen bestanden, meine Diplome in der Tasche, bereits eine Festanstellung bei Josiane, hatte gerade Juliette kennengelernt und war schwer verliebt (dass wir – versehentlich und wunderbarerweise – ein Kind bekommen würden, erfuhren wir erst später). Ein Verleger von Reiseführern, den ich auf einer Tourismusmesse kennengelernt hatte, schlug mir vor, ein kleines Werk über das romantische Paris zu schreiben, und zwar basierend auf den Spaziergängen durch die Stadt, die ich mit meinen Kunden von

I LOVE PARIS machte. Ich widmete mich dieser Arbeit mit einer Hingabe, die bald in gefährlichen Eifer ausartete. Anstatt mich auf die Routen zu beschränken, die sich bei Verliebten schon seit Ewigkeiten bewähren (Pont-des-Arts, die Tuilerien, Restaurants mit schönem Ausblick, Montmartre usw.), führte mich meine noch ungeübte Fantasie auf die Pfade eines eher finsteren Paris, und ich verfehlte das Thema ganz und gar. Aus dem ursprünglich angedachten romantischen Führer für jedermann war *Die Geheimnisse von Paris* geworden, eine Sammlung seltsamer Routen, aus gutem Grund oft abseits der bekannten Wege, die manchmal verbotenes Terrain durchquerten, oft nur bei Nacht begehbar waren und den Spuren Liebender folgten, die schon seit Jahren und immer unter ungeklärten Umständen das Zeitliche gesegnet hatten. Im Text mischten sich historische Fakten mit modernen Sagen zu leicht gruseligen Geschichten. Der Verleger war entsetzt und lehnte das Manuskript ab.

Josiane hingegen las es aufmerksam und schlug mir entgegen jeder Erwartung vor, auf ihre Kosten dreihundert Exemplare drucken zu lassen. Und wie in Verlagskreisen üblich, bekam ich von Josiane tatsächlich fünfhundert Euro Vorschuss bar auf die Kralle. Im Lauf der Jahre verteilte sie mein Werk als Treueprämie an Großkunden, alle Praktikanten des Unternehmens mussten es lesen, und Josiane verschenkte es zu Weihnachten an Leute, die ihrer Meinung nach über literarisches Gespür verfügten. Außerdem gab sie es bei den Buchhändlern im Viertel in Kommission, wo meine Freunde es dann kaufen konnten. Einige Buchhändler machten mir sogar Komplimente. Ob sie weiß, dass sie durch die Veröffentlichung meines Manuskripts – sie, die so etwas nie zuvor und auch danach nie wieder getan hat – zu einer Art Schutzengel für mich wurde? Wir haben nie darüber gesprochen.

Josiane nun so verändert zu sehen – als Frau, die ich nicht wiedererkenne und die sich vermutlich auch selbst nicht wiedererkennen würde –, macht mich sehr traurig. Ich stopfe mein mit rötlichen Spuren verunziertes Taschentuch in die Tasche und wende meinen Blick den Frauen zu. Die Polizistin erklärt uns, dass wir weitere Informationen erhalten werden, und geht. Wir bleiben zurück und starren auf die Unordnung im Büro. Ich hebe einen Stifthalter vom Boden auf, weiß aber nicht, wohin damit. Schließlich stelle ich ihn auf einen wackligen Stapel Ordner auf einem Stuhl und schlage vor: »Lasst uns Mittagessen gehen.« Als wir die Tür hinter uns schließen, höre ich, wie der Stifthalter zu Boden fällt. Wir durchqueren den Hof. Edie sammelt die Ordner ein und stellt sie vorsichtig auf eine Fensterbank. Die Räder des umgefallenen Fahrrads drehen sich noch immer.

Und ich habe völlig vergessen, dass ich in Edie verliebt bin.

Kapitel 9,
in dem ich Überlegungen zum 10. Arrondissement anstelle

Edie, Amanda und ich gehen wortlos die Rue du Paradis hinunter. Meine Brust fühlt sich noch immer an wie zugeschnürt. Es ist schon seltsam, dass völlig überflüssige Überlegungen manchmal im unpassendsten Moment auftauchen: Ausgerechnet jetzt fällt mir auf, wie grundlegend das Viertel sich verändert hat. Wir laufen durch das 10. Arrondissement unweit von der Grenze zum 9. Noch vor wenigen Jahren war das hier eine reizlose Gegend, wo Graffiti sprießten wie Unkraut. Jetzt aber liegt etwas Besonderes in der Luft. Von den Geschäften bis hin zu den Restaurants und ihren Kunden oder Gästen meint man fast … ganz woanders zu sein. Zunächst fällt mir nicht ein, wo, aber dann erinnere ich mich doch. Überall gibt es Burger, Bagel und Bäckereien, und niemand scheut sich, Bezeichnungen mit amerikanischem Vokabular einzusetzen, um die Kundschaft anzulocken. Die Restaurants propagieren ihre *philosophy*, die Kellner tragen *beanie hats*. Das Viertel will wie New York sein, genauer gesagt: wie Brooklyn. Ist das vielleicht der Grund dafür, dass Edie fortgehen will?

Wir wollen ins *Nanashi*, eine Art japanischer Imbiss. Drinnen an den Wänden hängen große Schiefertafeln mit Informationen zu den Bentos des Tages, in der Auslage sind Früchte und Gemüse als Bio gekennzeichnet, die Innenausstattung ist hipstermäßig minimalistisch. Brooklyn, wie es leibt und lebt.

Wir setzen uns an einen der Außentische und bestellen *Green juices*. Ich rühre mit meinem Strohhalm darin herum und traue mich nicht, Edie anzusehen, die mir gegenübersitzt. Wir schweigen. Passanten hasten die Straße mit den Haussmann-Gebäuden entlang, die nur durch einige anonyme Geschäfte verunziert wird. Die Wolken haben sich verzogen, um fast sommerlich anmutenden Sonnenstrahlen zu weichen. Es ist ein schöner Tag. Ich betrachte Edie mit bewusst gleichgültigem Blick. Auch sie ist schön, schöner als sonst. Vielleicht liegt es an der Sonne. Oder an mir. Aber noch ehe mir der Grund für das neue Leuchten in Edies Gesicht klar werden kann, verkündet Amanda, die immerfort auf ihrem Smartphone herumgetippt hatte:

»Paris Syndrome. *There you are!*«

Kapitel 10,
in dem wir etwas über das Paris-Syndrom erfahren

»Als Paris-Syndrom«, liest Amanda mit ihrem amerikanischen Akzent aus Wikipedia vor, *»wird eine vorübergehende psychische Störung bezeichnet, die meist Japaner beim Aufenthalt in Paris trifft. Als Auslöser des Paris-Syndroms gilt die starke Differenz zwischen der Erwartungshaltung der Touristen und der Realität der Stadt. Es besteht die Gefahr, dass Besucher unfähig sind, das populäre japanische Bild von Paris mit der Wirklichkeit in Einklang zu bringen. Sie wollen den Montparnasse der goldenen Zwanziger oder das Paris aus Filmen wie* Die fabelhafte Welt der Amélie *sehen, die die Stadt romantisch verklärt darstellen.«*

»Klar ist das ein Kulturschock«, sagt Edie. »Aber Paris rückt einem den Kopf schnell wieder zurecht.«

Sie ist nicht mehr so blass wie eben, ihre Stimme jedoch klingt tiefer und monotoner als sonst, als würde sie von einem Anker daran gehindert, sich aufzuschwingen.

»Und dabei waren sie nicht mal in Belleville«, gebe ich zu bedenken. Ich zwinge mich, lässig zu klingen, aber auch ich habe einen Anker in der Brust. »Aber das kann es nicht sein. Josiane ist eine waschechte Pariserin, die müsste längst immun dagegen sein.«

Edie schlägt mit der flachen Hand auf den Tisch und bringt damit Amandas grünen Tee zum Zittern.

»Wir Deppen! Nicht Josiane hat das Paris-Syndrom. Sondern die Japanerinnen im Büro!«

»Das ich doch sage die ganze Zeit«, japst Amanda.

Edie beugt sich über das Smartphone und liest vor: *»Symptome: Wahnvorstellungen, Halluzinationen, Verfolgungswahn …«*

»Unglaublich!«, rufe ich.

»… Derealisation, Depersonalisation, Angst sowie psychosomatische Manifestationen, wie etwa Schwindel, Tachycardie und Schwitzen.«

»Endlich spricht es mal jemand aus«, fährt Edie fort. »Wenn ich in die Metro steigen muss, bekomme ich ähnliche Probleme. Mit lauter Zombies in einem Waggon zu sein führt bei mir umgehend zu psychiatrischen Symptomen.«

»Apropos, wie läuft eigentlich dein Taxiboykott?«, erkundige ich mich und nippe an meinem Apfel-Ingwer-Saft.

»Ich habe bald die Waden einer Amazone. Ganz ausgezeichnet.«

Seit dem Beginn unseres Gesprächs ist Amanda sehr ernst.

»Ich glaube, es ist möglich. Doch. Sie hat das Gleiche.«

»Das Gleiche wie wer?«, will ich wissen.

»Das Gleiche wie ich.«

»Ist es wirklich so schlimm?«

Amanda nickt. Ich spüre, dass wir uns schmerzhaften Vertraulichkeiten nähern. Seit meinem Geburtstag lege ich Amanda gegenüber ein gewisses Beschützerverhalten an den Tag, als wäre es meine Aufgabe als Franzose, sie aufzumuntern. Trotzdem bleibe ich in der Defensive, denn ich will keinesfalls irgendwelche romantischen Fantasien fördern. Dass ich die sündhaft teuren Manschettenknöpfe von ihr angenommen habe, verursacht mir Schuldgefühle; ich komme mir vor wie ein Betrüger.

»Weißt du, Amanda, es trifft nicht nur die Ausländer«, sage ich sanft. »Die Hälfte aller Pariser nimmt Prozac.«

»Nur die Hälfte?«, höhnt Edie. »Versuch mal, das zu googeln: Wie viele Pariser nehmen Antidepressiva? Ich wette einen Matcha-Käsekuchen, dass es mehr als drei Viertel sind.«

»Klar ist Paris deprimierend«, gebe ich zu. »Aber was sollen wir tun? Alle nach Larzac umsiedeln?«

»Was ist Larzac? So wie Prozac?«, fragt Amanda.

»Viel schlimmer«, sagt Edie. »Aber wie genau sieht das Bild der Japaner von Paris aus? Was erwarten sie?«

»Moment«, antworte ich, nachdem auch ich mein Smartphone gezückt habe. »Das steht da auch. Bla, bla, bla. Hier ist es: *In japanischen Medien, speziell in Magazinen, wird Paris als altmodischer, anheimelnder Ort beschrieben, wo die meisten Menschen auf den Straßen schön und schlank sind, die Frauen Haute-Couture-Kleidung tragen, während sie durch eine nach Chanel N° 5 duftende Stadt schlendern.*« Edie kippelt auf ihrem Stuhl und lacht so laut, dass die anderen Gäste sich zu uns umdrehen.

»Da kann einen schon der Frust packen! Und die durchschnittliche, eher pummelige Pariserin, die sich bei H&M einkleidet, was ist mit der?«

»… man stellt sich Gärten mit gepflegten Beeten vor, Liebespaare auf Parkbänken und Kellner, die bei jeder Gelegenheit singen.«

»Aber das ist doch lächerlich«, schimpft Edie. Amanda beugt sich ein wenig tiefer über ihre vegetarischen Sobanudeln.

»Auf sechs Millionen Besucher kommt allerdings nur eine sehr begrenzte Anzahl von Fällen: Die japanische Botschaft spricht von etwa zwanzig betroffenen Touristen pro Jahr. Warte mal, ein Stück weiter steht, dass pro Monat ungefähr zwei Fälle bekannt werden …«

»Ich will das mal zusammenfassen«, erklärt Edie. »Es gibt also 5999999 japanische Touristen im Jahr, die sich in Paris amüsieren, ohne Herzrasen zu bekommen? Die in Massen einfallenden Chinesen nicht mitgerechnet? Dann bleibt doch für Josiane eigentlich eine ganze Menge übrig. Ist ja nicht so, als ob der Markt begrenzt wäre …«

»Wo du gerade von Chinesen sprichst … Ich habe da kürzlich einen Artikel gelesen …«

»Ich esse dann schon mal, sonst wird es kalt«, nickt Edie und beginnt, ihre Nudeln zu schlürfen. »Erzähl ruhig weiter.«

»Was chinesische Touristen betrifft, habe ich zwar noch nie vom Paris-Syndrom gehört, aber bei der Arbeit erlebe ich oft, dass sie bei der Abreise enttäuscht sind. Angefangen bei den unfreundlichen Kellnern …«

»Im Chinesenviertel rollen sie uns auch nicht gerade den roten Teppich aus.«

»Viel schlimmer ist, dass die Taschendiebe schnell begriffen haben, dass Touristen ständig Bargeld mit sich herumtragen. Sie werden massenhaft beklaut. Deswegen hatte doch auch der Louvre letztes Jahr geschlossen, wegen eines Personalstreiks für bessere Sicherheitsvorkehrungen …«

»Stimmt, ich erinnere mich.«

»Wusstest du, das die Polizei mittlerweile eine Übersetzungssoftware einsetzt, um Anzeigen in fremden Sprachen aufnehmen zu können? Aber vorher, wer durfte da denn wohl zur Wache dackeln, wenn jemand in Mandarin Anzeige erstatten wollte?«

Amandas Handy klingelt. Sie stammelt *»Sorry, sorry«*, während sie versucht, den Ton abzustellen. Schließlich nimmt sie das Gespräch doch an, sagt auf Englisch »Hallo Mum, warte mal kurz«, und steht hastig vom Tisch auf, um das Gespräch in einiger Entfernung fortzusetzen. Ich spitze die Ohren. Es ist merkwürdig, die normalerweise so diskrete und schüchterne Amanda am Telefon einmal ganz anders zu hören. Sie berichtet, das alles schrecklich ist und ihre Chefin einen Nervenzusammenbruch hatte. Danach höre ich nicht mehr zu, weil Edie mich anlächelt und ich mich daran erinnere, dass wir allein sind und ich verliebt in sie bin.

ICH BIN NICHT IN EDIE VERLIEBT, ermahne ich mich, während ich meine Nase über die Misosuppe halte.

»Alles klar?«, erkundigt sich Edie erstaunt. »Du bist heute irgendwie seltsam.«

»Alles bestens. Abgesehen natürlich von diesem Vorfall …«

»Mensch, ich muss schnellstens ins Büro zurück«, sagt sie unvermittelt und tupft sich den Mund ab. »Versuch herauszukriegen, was mit Josiane passiert. Mein kleiner Finger sagt mir, dass es in der nächsten Zeit ziemlich drunter und drüber gehen wird.«

Sie zückt ihre Firmenkreditkarte und ruft die japanische Bedienung zu sich. In diesem Moment wird mir klar, dass ich, selbst wenn ich mich bereits vor zwanzig Jahren in sie verliebt hätte, nie den richtigen Zeitpunkt hätte finden können, es ihr zu sagen. Wir sind immer in Eile. Ich muss an Omar und Charlie denken. Bei ihnen war es Liebe auf den ersten Blick. Und sehr viel einfacher.

»Du bist echt blass«, meint Edie. »Du wirst doch nicht etwa auch so ein Ding ausbrüten wie Josiane?«

»Sag mal, Edie … willst du wirklich nach New York gehen?«

»Klar, ich bin fest entschlossen. Ich habe es irgendwie auch, dieses Paris-Syndrom.«

»Aber du weißt doch«, sage ich, »dass es in New York nicht anders ist. Wusstest du, dass die New Yorker laut einer Umfrage die unglücklichsten Einwohner in den Vereinigten Staaten sind? Ich glaube, das habe ich in der TIME gelesen. Und die Subway ist noch schlimmer als unsere Metro. Außerdem herrscht auch dort Krisenstimmung, die Wohnungen sind sündhaft teuer, und die Sicherheit …«

»Willst du mir etwa sagen, dass es nicht so ist wie in *Sex and the City?* Oh, wie *shocking!*«, entgegnet sie.

Sie macht sich über mich lustig.

»Keine Sorge, ich bin mit Leib und Seele Pariserin. Daran gibt es nichts zu rütteln. Aber im Moment brauche ich diese Illusion, dass es drüben besser ist als hier. Enttäuscht sein kann ich noch mein ganzes restliches Leben. Verstehst du, was ich meine?«

Ich weiß ganz genau, was sie meint. Eine Minute später bin ich allein. Allein mit der Illusion, dass der Tag kommen wird, wo wir zusammen sind – irgendwann –, und dass es ein glücklicher Tag sein wird. Und danach haben wir das restliche Leben, um enttäuscht zu sein, nicht wahr, Akkordeonspieler?

Kapitel 11,
in dem Josiane mir ihr zweites Gesicht zeigt

»Weißt du, was zwanzig Jahre unentwegter Enttäuschung beinhalten, Guillaume? Na? Zwanzig Jahre, in denen du dir täglich aufmunternd zusprechen musst, dass es vielleicht morgen, nächste Woche oder in zehn Jahren besser wird? Nein, du weißt es nicht. Dazu bist du noch zu jung. Eines Tages wachst du auf und weißt, dass du sterben wirst, wenn du noch zwanzig Jahre so weitermachst. Und dass du dich lieber fragen solltest, wie es dir heute geht. Aber wenn du dich das fragst, fällt dir auf, dass du zwanzig Jahre lang durch die Hölle gegangen bist … na ja …«

»So sollten Sie nicht denken, Josiane …«

Ich sitze auf einem Stuhl neben Josianes Bett und weiß nicht, was ich sagen soll. Ich hielt es für das Mindeste, sie in ihrer Wohnung neben dem Palais Royal zu besuchen, nachdem ich erfahren hatte, dass sie bereits nach zwei Tagen aus dem Krankenhaus entlassen worden war. Nun ist es Mittwoch, der Nachmittag neigt sich seinem Ende entgegen, und ich bin da. Das Zimmer ist unordentlich, schlecht gelüftet und riecht nach Medizin. Ich sitze vor einer ziemlich aufgelöst wirkenden Josiane und habe das Gefühl, in die Kulisse eines aus dem Ruder gelaufenen Theaterstücks geraten zu sein.

Zuvor habe ich mit Josianes englischem Ehemann Colin gesprochen, Fotograf und Kameramann, mit ergrautem Bart und dickem Bauch. Zunächst entschuldigte er sich für die Unordnung und versuchte, noch schnell einen Stapel Bücher und ein Tablett mit Essensresten zu entfernen, was aber keine wesentliche Wirkung hatte. Er sagte etwas von einem gerade zurückliegenden Umzug, und mir fiel ein, dass Josiane davon gesprochen hatte, nach dem Auszug der Kinder in eine kleinere Wohnung ziehen zu wollen. Das war vor zwei oder drei Jahren gewesen. Wir setzten uns in kleine Sessel neben einem Klavier, nachdem ich eine Katze verscheucht hatte, die dort selig schlummerte. Neugierig blickte ich mich um. In der Wohnung gab es unglaublich viele Bücher. Fast hätte ich vor lauter Interesse den Grund meines Besuchs vergessen.

»Es ist ein Burnout«, sagte Colin, wischte sich mit einer Hand den Schweiß von der Stirn und erklärte mir, dass so etwas von jahrelangem Stress und Erschöpfung herrühre und sich plötzlich Bahn breche. Die Ärzte hatten ihr Antidepressiva verschrieben und den Besuch bei einem Therapeuten sowie eine Veränderung in ihrem Leben empfohlen. Zwei Monate Arbeitsverbot. Er vertraute mir allerdings auch an, dass er bezweifle, dass sie es so lang im Bett aushalten würde. »Sie ist kein Mensch, der eine ruhige Kugel schiebt. Dabei wäre es das Beste für sie.«

Jetzt sitze ich neben ihr und sehe sie an. Sie ignoriert

mich und starrt in Richtung Fenster, dessen Läden geschlossen sind. Vielleicht liegt es an der Nachttischlampe, die mit ihrem mit grünlichen Troddeln versehenen Lampenschirm ein trauriges gelbes Licht verbreitet, aber Josianes Augen leuchten nicht mehr.

»Seit zwanzig Jahren plage ich mich damit, Paris für alle Leute schöner erscheinen zu lassen, ich zeige es mit allen Facetten und in fünfundzwanzig Sprachen. Seit zwanzig Jahren beschweren sich Touristen bei mir, und ich wiegele ab. ›Das ist doch nicht schlimm … Sie sind in der falschen Jahreszeit hier, aber die Stadt ist doch trotzdem schön …‹ Es liegt wirklich nicht an sinkenden Buchungszahlen – im Gegenteil, die steigen von Jahr zu Jahr. Es ist der Mangel an Anerkennung. Ja genau, Anerkennung. Ich rede nicht einmal von Dankbarkeit. Meinst du, ein Einziger kommt mal und sagt: ›Das war toll, Josiane‹? Nein, nie. Alle beklagen sich, dass es nicht so war, wie sie es sich vorgestellt haben, ganz anders, als man es ihnen geschildert hat … Aber war es etwa so, wie ich es mir vorgestellt habe? Fragt etwa jemand danach, wie ich mich zwanzig Jahre lang abgerackert habe, um jetzt so zu enden? Zwanzig Jahre Enttäuschung, Guillaume! Meine eigene und die der anderen. Ich kann nicht mehr.«

Ich weiß nicht, was ich darauf antworten soll, aber ich nehme an, es ist einer dieser Momente, in denen es nichts zu sagen gibt. Auch ich starre jetzt auf das Fenster und frage mich, wie man es öffnet, denn es wird von mindestens fünfzig Büchern blockiert. Ist das etwa mein Buch, das da zuoberst auf dem Stapel liegt? Tatsächlich. Und zwischen den Seiten stecken Post-its. Ich freue mich darüber, aber als ich es Josiane mitteilen will, sagt sie:

»Während meiner Abwesenheit soll Edie sich um alles kümmern. Sie schafft das schon. Und was die Gehälter angeht, so habe ich die Buchführung angewiesen, alles wie üblich zu handhaben.«

»Danke sehr, aber deswegen bin ich nicht hier. Ich wollte mich nur vergewissern, dass es Ihnen …«

»Ich weiß, Guillaume.«

Jetzt blickt sie mich an, und ich meine, wieder ein Fünkchen in ihren Augen zu entdecken.

»Edie ist ein feiner Kerl, nicht wahr?«

Ich nicke und wende den Blick ab.

»Was hätte ich nur ohne sie getan?«, fährt Josiane fort. »Wahrscheinlich wäre ich … Das alles wäre vermutlich schon viel früher passiert.«

Josiane dreht sich wieder zum Fenster. Das Fünkchen Licht ist verschwunden. Natürlich bringe ich es nicht übers Herz, ihr zu sagen, dass Edie nach New York gehen will.

»Ich muss Petit Baz abholen«, sagte ich zu Josiane. Sie wünscht mir eine gute Nacht, dreht sich um und streckt den Arm aus, um das Licht der Nachttischlampe zu löschen. Ein Stapel Bücher fällt um, aber das kümmert sie nicht. Es ist noch nicht einmal fünf Uhr nachmittags.

Kurz darauf stehe ich in der Rue de Rivoli. Eigentlich ist es noch zu früh, um Petit Baz abzuholen, daher spaziere ich durch die Tuilerien. Rosa Wölkchen, die sich über dem Louvre zu einem vielschichtigen Spitzenmuster verweben, verkünden den nahenden Abend. Ich fühle mich melancholisch. Zu viele Abschiede, zu viele Veränderungen. Ich wünschte, alles wäre wie früher. Oder lieber doch nicht, denn ich möchte diese neue, lebendige Sehnsucht nach Edie nicht mehr missen, obwohl sie schmerzt.

Aber ich rufe mich zur Ordnung. Morgen sieht alles schon ganz anders aus.

Kapitel 12,
in dem ich schlechte Nachrichten erhalte

Es ist Freitag, ein Tag, den ich nur in jeder zweiten Woche schätze. Diese Woche gefällt er mir nicht, weil ich Petit Baz nach der Schule zu seiner Mutter zurückbringen muss. Immer habe ich Angst, etwas zu vergessen – das Kuscheltier, den Impfpass, das Flash McQueen Ninja-Auto oder eine wichtige Mitteilung für Juliette. Letztendlich denke ich dann doch an alles, aber das Gefühl, etwas vergessen zu haben, bleibt während der ganzen folgenden Woche. Als ich nach Hause komme, erscheint mir die Wohnung schrecklich leer. Ich bin allein. Normalerweise rufe ich dann Louis-Jean an, und wir gehen ins Kino, aber heute Abend hat er schon etwas vor. Ich will gerade zum Abendessen ins *Foodie Nam Nam* gegenüber gehen, als Edie anruft.

Sie fragt, ob sie vorbeikommen dürfe, weil es etwas zu besprechen gebe. Ich frage mich, warum sie es mir nicht am Telefon sagt. Hätte ich nur eine Sekunde nachgedacht, hätte ich erraten, worum es ging, aber es ist schon bemerkenswert, wann ein Mensch sich über etwas Gedanken macht. In diesem Fall Gedanken, die dazu führen, dass ich meinen neuen Pullover anziehe, mich sorgfältig rasiere, die Wohnung gründlich putze und mit einem Raumduft parfümiere, den ich unter der Spüle gefunden habe. Ich überlege sogar, die Bettwäsche zu wechseln. Dabei komme ich mir selbst lächerlich vor, aber eine Stimme in meinem Kopf flüstert: »Man weiß ja nie«, während eine andere antwortet: »Natürlich weiß man.« Schließlich habe ich es satt, befehle den Stimmen: »Schluss jetzt!«, und wechsle die Bettwäsche, weil ich gerade so gut in Schwung bin. Irgendwann frage ich mich, ob sie überhaupt bemerken wird, dass ich mich angestrengt habe. Wenn ja, wäre das blöd. Also zerzause ich mir vor dem Spiegel die Haare. Andererseits wäre es vielleicht gar nicht schlecht, wenn sie bemerkt, dass ich mir Mühe gegeben habe, denn es sind ja kleine Zeichen, die ihr als Hinweis dienen können. Zu viel sollte es allerdings auch nicht sein. Wenn sie aber …

»Hallo Edie.«

»Alles klar?«, erkundigt sie sich noch an der Tür.

»Komm rein«, fordere ich sie betont lässig auf, als hätte sie eigentlich vorgehabt, auf dem Treppenabsatz stehen zu bleiben. Wir sind seit zwanzig Jahren befreundet.

Noch nicht einmal ihr »Alles klar?« klingt wie sonst. Ich bitte sie, sich zu setzen, frage sie, ob sie etwas trinken möchte, sie bejaht, ich gehe zum Kühlschrank, denke wieder an New York, kann meine Gläser nicht finden, halte sie für schlecht gespült. Edie sitzt im Wohnzimmer und sagt nichts außer: »Hier ist es aber schön aufgeräumt.« Ich spüre ihr Unbehagen und hoffe wie ein ausgemachter Blödmann, dass es einen triftigen Grund dafür gibt, doch dann muss ich hören:

»Ich habe schlechte Nachrichten. Josiane macht den Laden dicht.«

Zunächst reagiere ich stoisch. Ich nehme die Information als analytische Gegebenheit auf, die in ein Ganzes einzufügen ist, bei dem sich ein Axiom verändert hat. Ich bin hoch konzentriert und empfinde nicht das geringste Gefühl – bis auf das plötzliche Kratzen meines Kaschmirpullis am Hals. Ich finde sogar den Mut, mir in der Küche ein Glas einzuschenken, und höre mich fragen, zu welchem Termin die Schließung wirksam wird – ich benutze tatsächlich das Wort »wirksam«, wie ein ganz solider Mensch. Edie antwortet, dass die Schließung mit dem heutigen Tag wirksam wird, aber dass Josiane uns während der gesetzlichen Kündigungsfrist selbstverständlich noch das volle Gehalt zahlt. Schließlich setze ich mich Edie gegenüber, mit unseren beiden Gläsern in der Hand.

Sie wählt ausgerechnet diesen Moment, ihren Blick tief in meinen zu versenken, und als hätte sie alles lange zuvor geahnt, beginnt sie sehr schnell zu sprechen. Ich höre viele Sätze mit Worten wie Burnout, wichtige japanische Kunden, kommen in vierzehn Tagen, der Psychiater hat gesagt, Erkenntnis, sechsundfünfzig Jahre, zwanzig Jahre Enttäuschung, letzte Jahre, Enkel, Freiheit, Selbstverwirklichung und so weiter. Aber ich nehme alles nur wie aus weiter Ferne wahr, weil mich eine vom Halsausschnitt meines Pullovers ausgehende Welle überrollt. Mit erschreckender Klarheit werden mir die Klauseln in meinem für einen Freiberufler ausgestellten Vertrag bewusst, darunter die lediglich einmonatige Kündigungsfrist, die zwölf Prozent Arbeitslosigkeit in Frankreich und all die Fremdenführer, die durch Apps ersetzt werden. Ich muss an meinen Vater denken, der mir immer gepredigt hat, dass der Beruf des Fremdenführers jemandem, der acht Sprachen beherrscht und ein Diplom in Geschichte besitzt, einen eklatanten Mangel an Ehrgeiz attestiert, an meine Mutter, die zwar nichts sagt, aber dasselbe denkt, an meine Miete, die Rechnungen, die Ganztagsbetreuung für Petit Baz, und mir verschlägt es den Atem.

Edie verlangsamt ihren Wortschwall. Sie hat erkannt, dass es zu spät ist und dass ich begriffen habe.

Plötzlich nimmt sie meine Hand.

Ich wiederhole diesen Satz noch einmal. Nur für mich, damit ich mich immer an diesen Augenblick erinnere.

Sie nimmt meine Hand.

Am liebsten würde ich mich an diese Geste klammern, an ihre Haut unter meinen Fingern, die sich nicht zu rühren wagen. Ich denke daran, dass sie weggehen wird, und frage mich, warum erst alles in die Binsen gehen musste, ehe sie diese Geste macht. Vielleicht müssen wir uns nur an den Händen nehmen, und dann wird alles gut. Ich beschließe jedoch, ganz männlich zu bleiben, so schwer es mir auch fällt, sage: »Geht schon«, und entziehe ihr meine Hand.

»Und du? Was ist mit New York?«, gelingt es mir hervorzupressen.

Sie studiert ihre Hände.

»Willst du mal das Komischste hören?«

»Mm.«

»Josiane hat mir vorgeschlagen, dass ich den Laden übernehme.«

»Was, du?«

»Klar. Ich. Wenn du mal genauer darüber nachdenkst, ist das gar nicht so abwegig. Ich kenne das Geschäft in- und auswendig.«

»Ich zweifle keine Sekunde daran, dass du es könntest, aber willst du es auch?«

Immer noch begutachtet sie ihre Fingernägel, die in einem hübschen Kobaltblau lackiert sind.

»Ich habe immer schon gedacht, dass ich eines Tages gern einen eigenen Laden hätte. Ein Reisebüro war zwar nicht unbedingt das, wovon ich als Kind geträumt habe, aber solange ich noch nicht wirklich weiß, was ich genau will, ist Josianes Unternehmen so gut wie jedes andere … Ich habe schon mit dem Steuerberater gesprochen. Der Laden ist gesund und schuldenfrei, für die kommenden Monate gibt es bereits Verträge, und es wäre die perfekte Gelegenheit, mich mit Management vertraut zu machen und meine Talente als Unternehmerin zu testen. Das einzige Problem mit I LOVE PARIS ist …«

Sie sieht mich an, zuckt die Schultern und sagt traurig:

»… dass es sich in Paris befindet.«

»Ja, das ist natürlich wirklich ein Problem.«

Sie seufzt.

»Ich habe meinen Glauben an Paris längst verloren und fühle mich deshalb wie eine Heuchlerin. ›Kommen Sie, sehen Sie sich unsere wundervolle Stadt an, *the city of lights*, bla, bla, bla‹, obwohl Paris für mich zunehmend … Ich weiß nicht, wie ich es ausdrücken soll. Früher war es eine lebendige Stadt, deren Herz pochte, und es war, als würde hinter jeder Straßenecke eine Überraschung warten. Man brauchte die Dinge, die sie uns bot, nur anzunehmen, und sie erfand täglich Neues, um uns zu überraschen – verstehst du, was ich sagen will? Aber heute ist Paris ganz und gar … Ich weiß nicht … ganz … Bäh. Es gibt keinen Rhythmus mehr … Paris ist träge geworden.«

Mit ihren Fingern umklammert sie etwas Imaginäres. Sie sieht aus wie eine Wahrsagerin mit einer Kristallkugel. Aber ich weiß ganz genau, was sie sagen will. Mit schuldbewusster Miene sieht sie mich an.

»Glaubst du noch daran?«

»Woran? An Paris?«

»Ja. Ich weiß, dass ich dir wie ein verzogenes Gör vorkommen muss, wenn ich mich so beklage, aber du bist doch Historiker. Kannst du mir sagen, ob die Sternstunde von Paris schon hinter uns liegt?«

Ich lehne mich zurück, fahre mir mit der Hand durchs Haar und seufze.

»Keine Ahnung, ob wir diese wichtige Frage heute Abend noch klären können. Aber Josiane hat in einer Hinsicht recht: Das Paris, das die Touristen sehen möchten, ist nicht die Stadt, in der wir leben.«

»Stimmt genau!«, ruft Edie. »Die in Dior gekleideten Frauen, die mit ihren Schoßhündchen an der Leine durch die Straßen flanieren, die 2CV, die kleinen Buchhandlungen an jeder Ecke, die Liebespaare, die sich auf den Caféterrassen küssen – das alles gab es vielleicht in den fünfziger Jahren, aber heute?«

»Auch damals nicht, Edie. Das hat es nie gegeben. Diese Seite von Paris ist die Filmkulisse für eine romantische Komödie.«

Edie blickt erst mich an und dann ihr Glas. Ein Engel geht durch den Raum. Schon vergesse ich unser Gespräch, denn ich spüre, dass sie aufbrechen will. Ich stelle mir ihren leeren Platz vor und mich, wie ich mich ganz allein mit dem Wunsch herumschlagen muss, sie noch bei mir zu haben. Und genau so geschieht es zehn Minuten später. Sie hat noch etwas vor, sie muss gehen, sie entschuldigt sich dafür, mir so schlechte Nachrichten überbracht zu haben. Zum letzten Mal fragt sie mich, ob alles okay sei. Ja, ich komme klar. Dann ist sie weg.

Ich kehre zu meinem Sessel zurück. Es ist still, bis auf das Geräusch von ein paar Autos unten auf der Straße. Mein Blick gleitet zu dem Kalender, der mit Magneten befestigt an der Kühlschranktür hängt, dann zur Tür des Zimmers von Petit Baz und schließlich nach draußen über die Dächer von Paris.

»Ich komme schon klar, keine Sorge«, hatte ich Edie geantwortet.

Komisch, dass ich das gesagt habe. Denn in Wirklichkeit komme ich ganz und gar nicht klar.

Kapitel 13
Selbstgespräch mit Blick auf den Eiffelturm

Nein, ich komme nicht klar. Ich habe das Recht, das zu sagen, und sogar das Recht, es herauszuschreien. Ich habe einen Sohn, der essen muss und der mich lieben soll. Aber kann ein Kind einen arbeitslosen Vater lieben oder gar einen Loser? Und was, wenn Petit Baz krank wird? Wenn er eine dieser extrem seltenen Krankheiten bekommt, die man nur im Ausland behandeln kann – wie soll ich das hinkriegen ohne Geld? Ich ermahne mich, nicht zu übertreiben, doch es hilft nichts. Edie geht weg, Juliette ist schon fortgegangen, ich habe keine Arbeit mehr, kein Geld, und meine Zukunft ist hinüber. Der Seiltänzer in meinem Kopf stürzt ab. Ich sitze wie festgenagelt in meinem Sessel und starre in den Abend jenseits des Balkons hinaus. Unter den nachtblauen Dächern sehe ich viele kleine orangefarbene Vierecke. Manchmal schreiten darin Silhouetten vorbei. Es sind die Wohnungen von Leuten, die ich nicht kenne. Innerhalb der Vierecke spielen sich neben fröhlichen Ereignissen sicher auch Dramen und komplizierte Dinge ab. Aber in diesem Moment glaube ich, dass die ganze Welt glücklicher ist als ich.

Ich weiß nicht, warum – vielleicht liegt es am illuminierten Eiffelturm über den Dächern –, aber plötzlich erinnere ich mich an den Herbst, als ich achtzehn Jahre alt war. Ich wohnte noch bei meinen Eltern in der Provinz, stand aber kurz davor, nach Paris überzusiedeln. Ich hatte mir einen Stadtplan gekauft, denn damals gab es noch keine Smartphones, und meine Mutter hatte ihn in Papier eingebunden, um ihn zu schonen. Ich zählte bereits die Tage bis zu meiner Einschreibung an der Sorbonne. Ich würde in Paris leben! Ich, der nichtssagende Wicht aus der Ferne, würde meinen Koffer in der Stadt abstellen dürfen, die Hemingway, Proust, Sartre, die Aufklärung und den Jazz erlebt hatte. Zwar würde ich weder ihre frühere Vollkommenheit noch ihren damaligen Glanz erleben, aber Paris als Stadt würde mir bleiben. Jeder kann Paris besitzen. Jeder kann den Spuren der Großen durch die Straßen folgen. Ich verbrachte ganze Abende mit dem Studium meines Michelin-Plans, lächelte beim Klang der Straßennamen, entdeckte Geheimnisse und Möglichkeiten und fuhr mit dem Finger Wege nach.

Ich werfe einen Blick auf mein unter den vielen Büchern durchhängendes Ikea-Regal. Dort steht er immer noch, mein Stadtplan. Das Einbandpapier sieht ziemlich mitgenommen aus. Warum habe ich ihn behalten? Ich schlage ihn auf und sehe Straßen, Namen und Orte, die ich in- und auswendig kenne und die alltägliche und manchmal lückenhafte Erinnerungen für mich bergen. Wo sind die geheimnisvollen Wege geblieben?

Neben dem Stadtplan steht ein Regal voll mit Werken, die mich bei der Recherche zu meinem nächsten Buch unterstützen. In der Hauptsache sind es Bücher über Voltaire. Das Manuskript befindet sich in der Schublade des kleinen Schreibtischs in meinem Schlafzimmer. Ich habe es seit Monaten nicht mehr angefasst, aber es gestattet mir trotzdem nicht die Freiheit, es zu vergessen. Es ist immer da und brennt Löcher in meinen Stolz. Darüber habe ich den Brief von Voltaire gebreitet. Ich muss unbedingt noch den Rahmen ersetzen.

Langsam spaziere ich durch meine Wohnung. Die Arbeit als Fremdenführer hatte nur vorübergehend sein sollen. Vor neun Jahren hatte ich damit angefangen, weil ich für jede andere Arbeit überqualifiziert war und nichts finden konnte. I LOVE PARIS war eine gute Einnahmequelle. Ich hatte mir geschworen, schnell etwas anderes zu suchen und mein Buch fertig zu schreiben. Noch so ein Fehlschlag.

Ich öffne die Balkontür, um ein wenig frische Luft zu schnappen. Es ist Frühling und angenehm mild. Gegen meinen Willen betrachte ich den Eiffelturm.

»Du hast deine Versprechen nicht gehalten«, sage ich zu ihm.

»Welche Versprechen?«, höre ich ihn fast antworten.

Alle Versprechen. Das Versprechen, dass man sich im Zentrum der Welt befindet, wenn man in Paris lebt. Dass man da ist, wo es wichtig und richtig ist. Dass man versteht, wie die Welt funktioniert, und dass man sich mit ihr dreht. Das Versprechen, groß und bedeutend zu sein. Das Versprechen, nie mehr woanders sein zu wollen.

»Vielleicht sollte ich auch nach New York gehen«, sage ich, wie um ihn zu verhöhnen.

Aber das glaube ich mir selbst nicht. Von welchem Geld? Und was soll ich dort machen? Dann ist da auch noch Petit Baz. Juliette würde nie zulassen, dass ich ihn mitnehme. Außerdem bin ich längst zu alt für einen Neubeginn.

Ich gehe wieder hinein, schließe die Tür und ziehe die Vorhänge zu. Meine Panik verursacht mir einen unangenehmen Geschmack im Mund und lässt mein Blut gefrieren. Mein Blick fällt auf die Pflanze in dem Topf mit der Aufschrift I WILL SURVIVE. Der Kaktus ist ein ziemlich unerquicklicher Scherz, finde ich. Aber es stimmt, das bin ich. Überall Stacheln, an denen alles hängen bleibt, und außerdem nicht wirklich geliebt. Irgendwann finde ich den Mut, zu Bett zu gehen, aber ich kann nicht einschlafen. Wie üblich breitet sich mit der Nacht die Verzweiflung in meinen Gedanken aus. Plötzlich flimmert etwas in meine Schlaflosigkeit. Ich drehe den Kopf zum Fenster.

Es ist der Eiffelturm, der funkelt. Durch die Vorhänge kann ich ihn nicht sehen, aber ich weiß es. Es ist ein Uhr.

Ich ziehe mir die Decke über den Kopf. Jetzt ist alles dunkel. Doch selbst im Dunkeln funkelt der Turm weiter wie eine eigensinnige Fee.

Kapitel 14,
in dem Edie uns mit einer Idee überrascht, die vielleicht von mir stammt

Als ich mich dabei ertappe, Edies Spaghetti Carbonara eigentlich gar nicht so übel zu finden, wird mir endgültig klar, dass ich mich wirklich bis über beide Ohren in sie verliebt habe.

»Bitte sehr. Vielleicht ist nicht genügend Salz drin. Wartet, ich hole welches.«

Mit Backofenhandschuhen an beiden Händen stellt Edie eine dampfende große Auflaufform auf den Tisch und geht in die Küche zurück. Omar, Charlie, Amanda, Louis-Jean und ich sitzen vor den Nudeln, die wir – bis auf Amanda – zur Genüge kennen. Es ist eine Art gelber Beton, durchsetzt mit nicht ganz durchgebratenen Speckwürfeln. Über dem Ganzen glibbert ein rohes Ei. Omar atmet tief durch und greift zum Servierlöffel.

»Amanda, soll ich dir etwas auftun?«

»Ein großes Stück, *please!*«, ruft Amanda. Anfängerirrtum. Amanda ist zum ersten Mal bei Edie zum Abendessen eingeladen. Glücklicherweise ist Omar ein freundlicher Mensch.

»Du kannst ja später noch einmal nachnehmen«,

meint er und serviert ihr nur einen kleinen Löffel, dessen Inhalt leblos auf ihren Teller klatscht.

»Es wäre auch schade, wenn nicht genug für die anderen bliebe«, bemerkt Louis-Jean.

Charlie wirft ihm einen mahnenden Blick zu, lächelt aber. Edie kommt mit dem Salz zurück, wir nehmen uns mit unerbittlicher Begeisterung von ihren Nudeln und machen »Hmm«. Als Edie sich jedoch erkundigt, ob jemand einen Nachschlag will, entschuldigen sich alle, die Vorspeise sei ziemlich mächtig gewesen, man wolle noch Platz für den Nachtisch lassen und so weiter. Nur ich bejahe. Und da sitze ich nun.

Beim veganen Schokoladenkuchen kommt mir schließlich die Erkenntnis. Nach einer Woche des Leugnens, der Ablehnung und des Abwägens des Für und Wider sämtlicher Gründe, die sich in meinem verliebten Schädel tummeln, steht mir mein Zustand plötzlich sonnenklar vor Augen: In einem Teller ungenießbarer Nudeln, die trotzdem irgendwie nach Glück schmecken, sehe ich meine Zukunft mit Edie vor mir. Wie die Kirsche auf einem Törtchen. So weit, so gut. Und was soll ich nun tun?

Ich tauche aus meinen Gedanken auf und stelle fest, dass Louis-Jean mir einen prüfenden Blick zuwirft. Charlie hält den Kopf über den Teller gebeugt, aber ich habe genau gesehen, dass sie lächelt. Omar bittet Edie um etwas Brot, um das Ei aufzutunken, und während sie in die Küche geht, flüstert er mir zu:

»Bist du krank?«

»Weißt du«, sage ich und tupfe mir den Mund ab,

»wenn man die Nudeln so isst, wie sie sind, und nicht damit hadert, wie sie sein sollten, sind sie gar nicht so übel. Wer möchte noch einen Schluck Bordeaux?«

Charlie hebt ihre Gabel, und ich werte es als Geste der Zustimmung.

Omar macht sein Doppelkinn. Was das bedeutet, weiß ich ganz genau: Halt mich nicht zum Narren. Ich schenke Amanda Wein nach, um die Leute auf andere Gedanken zu bringen. Edie kommt mit dem Brot zurück. Ehe sie uns androht, noch einmal nachzulegen, sagt sie:

»Ich muss euch etwas mitteilen.«

»Du heiratest«, platzt Louis-Jean heraus.

Ich höre auf zu kauen.

»Nein«, sagt Edie, »ich habe beschlossen, Josianes Laden zu übernehmen.«

»Oh!«, haucht Charlie.

»Na, dann viel Spaß!«, unkt Omar und fährt sich mit der Hand über den Schädel.

»Ich dachte, du wolltest lieber die Finger davon lassen«, wundere ich mich.

»Moment mal, ich habe nicht gesagt, dass ich das Unternehmen bis in alle Ewigkeit führen will. Aber ich habe Lust, ein neues Konzept für I LOVE PARIS auszuprobieren. Wenn es in die Hose geht, verlieren wir nichts. Josiane hört ohnehin auf, und ich gehe dann nach New York. In Gedanken habe ich alles schon durchgespielt. Aber wenn es funktioniert, na ja …«

»… wirst du Unternehmerin«, fährt Charlie fort.

»Mal sehen. Aber vor allem sehe ich für uns die Möglichkeit, reich zu werden.«

Charlie kneift skeptisch die Augen zusammen, Omar wirkt plötzlich sehr konzentriert. Sogar Amanda hebt den Kopf. Dabei dachte ich, sie hätte gar nicht zugehört.

»Erklär das mal genauer«, fordert Louis-Jean sie auf.

»Die Idee stammt eigentlich von Guillaume«, sagt Edie.

»Von mir?«

»Ja, von dir!«

»Du hast uns bisher geflissentlich verborgen, dass du Ideen hast, die reich machen, mein Freund«, sagt Louis-Jean.

»Du sprichst immer von *uns* – wen meinst du mit *uns?*«, erkundigt sich Omar.

»Uns alle hier am Tisch«, antwortet Edie. »Ich erkläre es euch. Habt ihr schon einmal vom Paris-Syndrom gehört?«

»Ja«, ruft Amanda und stellt ihr leeres Glas auf den Tisch. »Das ist, wenn man ist enttäuscht von Paris.«

Edie bestätigt die Definition, fügt ihr aber noch einige Elemente hinzu, die von langem Nachdenken zeugen. Ich verstehe noch immer nicht, was ich mit alledem zu tun habe, aber es ist ja grundsätzlich nicht schlecht, Ideen zu haben, die reich machen – vor allem, wenn man kurz davor steht, seine Arbeit zu verlieren. Edie fährt fort:

»In vierzehn Tagen kommt eine Gruppe Japaner. Eine der Teilnehmerinnen ist eine sehr einflussreiche Lifestylebloggerin.«

»Aha«, grummelt Louis-Jean. »Was, bitte sehr, ist eine Lifestylebloggerin?«

»Sie heißt Katzuko Kosawa, ist fünfundzwanzig Jahre alt, wohnt in Tokio und berichtet in ihrem Blog über ihr Leben. Es geht um die neuesten Trends in Sachen Mode, Schönheit, Musik und solches Zeug, aber auch um Reisen. Sie reist sehr viel. Tausende Leute folgen ihr in den sozialen Netzwerken und kaufen ganz nebenbei das, was sie kauft, reisen, wohin sie reist, und so weiter. Kurz und gut, Katzuko ist für gut betuchte Jugendliche in Tokio und darüber hinaus ein Trendsetter. Sie kommt mit ihrer Familie nach Paris. Wenn sie I LOVE PARIS gut findet, wäre das eine Wahnsinnswerbung für uns, vor allem in Japan.«

»Okay, kapiert«, sagt Omar. »Wichtig ist also, dass sie auf gar keinen Fall das Paris-Syndrom bekommt und dass SHE *LOVES PARIS*.«

»LOVES, LOVES, LOVES PARIS!«, korrigiert Charlie.

»Das ist jetzt so weit klar«, sagt Louis-Jean. »Dürfen wir Armen im Geiste denn jetzt auch Degénicours geniale Idee erfahren?«

»Guillaume hat festgestellt, dass das Paris, das diese Japaner sich vorstellen, in Wirklichkeit gar nicht existiert. Es hat nie existiert und wird es nie tun. Es ist eine Filmkulisse. Und daher, liebe Freunde«, Edie beugt sich mit blitzenden Augen und konspirativer Miene über den Tisch, »daher werden wir ihnen das ganz große Kino bieten.«

*

Vor uns auf dem Tischtuch, inmitten von Rotweingläsern und halb geleerten Tellern, liegen ein Stapel Bücher und Zeitschriften, ein Tablet und Edies grünes, mit Goldlettern geprägtes Notizbuch, das sie immer bei sich hat. Amanda neigt sich über eine Collage, die aus Eisenbahnreklame aus der Nachkriegszeit, Fotos aus der *Vogue* und Peynets Liebespaar besteht. Bilder eines romantischen Paris. Louis-Jean erkennt die Stars der *Nouvelle Vague* wieder, die Terrasse des *Café de Flore* in Schwarzweiß, eine Zigarettenreklame. Das wiederum ist das intellektuelle Paris, literarisch und cool, wie Jazz. Auch ein epikureisches Paris liegt vor uns auf dem Tisch: Paris, die Hauptstadt der guten Küche und des Vergnügens. Omar wird nachdenklich. Für jeden Geschmack ist etwas dabei, und doch bleibt es immer Paris – ein Paris der Träume, ein Paris voller Magie, ein Paris, das sich seines Platzes in der Welt gewiss ist.

Ich nehme die Gelegenheit wahr, Edie anzusehen. Edie, das Mädchen aus der Provinz, das in Amandas Augen und in denen vieler anderer zur echten Pariserin geworden ist. Eine Pariserin, die nach New York gehen will, weil Paris nicht mehr lebendig genug ist. Aber ich weiß, dass für Edie, die wie ich in einem viel zu kleinen Ort aufgewachsen ist, die Collage vor uns das Gleiche darstellt wie damals mein Michelin-Stadtplan für mich. Es ist das, wovon sie im Leben träumt. Und auch das, was sie bedauert.

»Wenn ich dich richtig verstehe«, fasst Louis-Jean zusammen, »willst du ein künstliches Paris vorgaukeln …

So ähnlich wie es in Las Vegas gemacht wird. Aber hast du eine Vorstellung davon, wie viel Las Vegas gekostet hat?«

»Nein«, wiegelt Edie ab, »ich will kein Disneyland. Ich will eigentlich gar nichts Unechtes … na ja, zumindest nicht zu viel.«

»Kannst du uns vielleicht ein Beispiel nennen?«, frage ich.

Edie schlägt eine andere Seite ihres Notizbuchs auf und zeigt uns Listen und ein paar Skizzen, die sie mit ihrer Kinderhandschrift erstellt hat.

»Erstens verkleinern wir die Gruppen, erhöhen dafür aber die Preise.«

»Bis hier können wir dir problemlos folgen«, sagt Omar.

»Zweitens muss dieser Bus verschwinden«, fährt sie fort. »Er ist schrecklich.«

»Kein Bus mehr? Also auch kein Fabrice mehr«, folgere ich.

»Willst du etwa überall Citroën-Enten?«, erkundigt sich Louis-Jean.

»Ich weiß!«, ruft Amanda. »Fahrrad fahren!«

»Das nicht«, erklärt Edie. »Wenn wir allerdings irgendwo aussteigen, möchte ich schon Leute auf Fahrrädern sehen. Aber darauf komme ich später zurück.«

»Oje, da sehe ich aber Schwierigkeiten in der Durchführung«, seufzt Omar. »Wie willst du deine Japaner denn transportieren?«

»In einem Citroën-Lieferwagen.«

Alle starren Edie ungläubig an. Sie zeigt uns ein Foto und fährt fort:

»Das hier ist ein sogenannter TUB. Mein Großvater hatte so einen. Auch die Autos gehören zum französischen Mythos – Citroën DS, Citroën 2CV, Renault 4L … Aber Touristen können wir nur mit dem TUB transportieren. Louis-Jean, könntest du einen dieser Lieferwagen für uns aufstöbern? Du bekommst natürlich Provision, das ist klar.«

»Müsste gehen«, murmelt Louis-Jean und knabbert an einem Stück Brot.

Ich kenne diese verdrossene Miene. Eigentlich möchte er etwas sagen, aber eine Stimme in seinem Kopf warnt ihn: »Halt die Klappe, Louis-Jean. Es kommt ohnehin nur Unsinn dabei raus.«

Edie hat es auch gesehen. Sie seufzt und wendet sich an Omar:

»Also, Louis-Jean legt wirklich eine enorme Begeisterung an den Tag. Das freut mich. Du, Omar …«

»Ich soll sicher den Pariser Playboy spielen, richtig?«, gluckst Omar. »Als Maurice Chevalier wäre ich sicher gut. Mit Kreissäge und Spazierstock, davon habe ich schon immer geträumt. Ich könnte aber auch den Saxofon spielenden Schwarzen im weißen Smoking geben.«

Edie schüttelt den Kopf:

»Also weißt du, die vegetarische Küche im *Foodie Nam Nam* mag ja zeitgemäß sein, aber …«

Omar kneift die Augen zusammen:

»Ich fürchte, ich weiß, worauf du hinauswillst.«

Charlie hebt die Hände, als weise sie jegliche Verantwortung von sich, lächelt aber komplizenhaft.

»Ich warne dich, Edie. Und wenn du mir noch so

schöne Augen machst – Schnecken serviere ich nicht. NIEMALS.«

»Aber vielleicht den einen oder anderen Froschschenkel …«, säuselt Edie. Ich weiß zwar nicht, worauf sie hinauswill, aber ich amüsiere mich köstlich. Louis-Jean lacht sein tiefes Lachen, und Amanda stöhnt leise: *»Ohmygod!«*

»Ich bin Vegetarier«, quengelt Omar. »Froschschenkel, Schnecken, Kalb, Rind und Schwein sind außerhalb jeglicher Diskussion.«

»Komm schon«, neckt Edie ihn. »Ein-, höchstens zweimal. Ein Abend mit rot-weiß karierten Tischtüchern, Steak mit Fritten, Bœuf bourguignon, alles ein bisschen retro … Natürlich entlohnen wir dich auch fürstlich.«

»Nein«, schreit Omar, nun richtig schlecht gelaunt. »Was hast du da überhaupt für eine Musik aufgelegt, Edie? Französische Gassenhauer? Wir sind doch hier nicht in der Metro.«

Tatsächlich ist aus einer Ecke des Wohnzimmers Edith Piaf zu hören.

Edie steht auf, um die Musik zu wechseln, warnt Omar aber, dass sie ganz bestimmt nicht seine nervige Mucke auflegen wird. Als sanfte Jazztöne erklingen, sind alle erleichtert.

»Wie du weißt, war das *Foodie Nam Nam* ja mal eine Metzgerei«, sagt Charlie leise zu Omar. »Es wäre doch eine Ehre für das Ladenlokal. Nur für den einen Abend.«

Omar dreht sich zu Charlie, und – diese Wirkung hat Charlie fast immer – sein Widerstand beginnt zu bröckeln. Edie lässt sich die Gelegenheit nicht entgehen und beginnt über eine Sache zu klagen, die wir nur allzu gut kennen: Wo findet man heutzutage noch ein Restaurant, das sämtliche Kriterien erfüllt, die den Touristen wichtig sind: eine ausgezeichnete Küche, vernünftige Preise, nostalgisches Ambiente und – jetzt kommt ein ganz wichtiger Punkt, für den Edie eigens eine Beurteilungsskala von 1 bis 10 aufgestellt hat, die wir inzwischen alle nutzen – freundliche Bedienung? Wir anderen protestieren, dass Edie übertreibt. Jeder von uns weiß eine persönlich erlebte Geschichte zu erzählen, von ganz besonderen Stätten, die eines naturhistorischen Museums würdig wären, von Kellnern, die wir mit der Kategorie null bewertet haben, weil sie hundsmiserabel waren, von typisch Pariser Bedienungen, die zum Leidwesen der Wissenschaft und der Pariser aber allmählich aussterben.

»Wie dem auch sei, Edie«, verkündet Omar, »ich koche nicht französisch wie bei Muttern zu Hause. Punkt. Ich kann gerne mit ein paar befreundeten Restaurantbesitzern reden, ob sie bereit sind, dir zu helfen, aber ich habe Stammgäste, die militante Vegetarier sind. Von einem Steak Tartar würden sie sich nie erholen. Du hast ja keine Ahnung, wie biestig die werden können. Im Zweifel legen sie vielleicht sogar Bomben, wie damals bei McDonald's im Baskenland.«

»Wusstest du, dass die französische Küche wie bei Muttern zum Weltkulturerbe der UNESCO zählt?«, fragt Edie. Das Bombenargument berührt sie nicht im Geringsten.

»Ist mir doch egal! Die französische Küche führt zu Verstopfung.«

Amanda hat sich inzwischen bei Wikipedia kundig gemacht und erklärt, dass es bei der französischen Küche über die eigentlichen Gerichte hinaus auch um das Ritual des Essens geht, mit dem wichtige Momente im Leben von Einzelpersonen und in Gruppen gefeiert werden, es ist eine originelle Mischung aus Geselligkeit und Gastronomie, wenn sich die Franzosen an einen gedeckten Tisch setzen und sich an qualitativem Essen und dem passenden Wein erfreuen.

Alle Blicke wandern zu Amanda, die auf ihren Einwurf sehr stolz zu sein scheint. Während wir sie dümmlich angrinsen, spricht Louis-Jean endlich aus, was ihm schon die ganze Zeit unter den Nägeln brennt:

»Ist doch merkwürdig. Da haben wir den Eiffelturm, die Notre-Dame und die Ufer der Seine, ja sogar eine ganze Stadt voller kleiner Wunder an jeder Straßenecke, und trotzdem müssen wir für die Touristen den Hampelmann machen. Wenn deine Kunden nicht nur für zweieinhalb Tage, sondern für einen Monat kämen, hätten sie vielleicht mehr Spaß.«

»Darf ich dich daran erinnern, dass du mir gerade gestern noch erklärt hast, dass du Paris und seine Faschos nicht mehr erträgst?«, stellt der immer noch aufgebrachte Omar fest.

»Das habe ich gesagt, weil ich in dieser Stadt lebe und mir das alles hier manchmal wirklich gehörig auf den Keks geht. Aber ehrlich: Würde ich Paris zum ersten Mal sehen, würde ich vermutlich denken, dass es zumindest ein kleines bisschen die schönste Stadt der Welt ist.«

»Die schönste Stadt der Welt!«, explodiert Omar. »Ich glaube, du brauchst tatsächlich mal Urlaub, Alter. Auf den Champs-Elysées geht es längst nicht mehr so zu, wie Joe Dassin es besungen hat. Da gibt es McDonald's und Quick, also Marken, die du auf der ganzen Welt findest, herumstreunende Gauner, hupende Autos und alle zehn Meter eine bettelnde Familie. Da ist nichts mehr mit: *Da sah ich dich vorübergehn / Und sagte ›Bonjour‹*, wie in dem Song, dazu hat kein Mensch mehr Lust.«

Louis-Jean hat seine Arme vor seinem Bärentorso gekreuzt, und ich spüre, dass er kurz davor steht zu explodieren.

»Es ist ja nicht so, als würden die Touristen Paris nicht lieben …«, wage ich mich vor.

»Omar«, mischt Charlie sich ein, »Paris besteht nicht nur aus den Champs-Elysées. Und es gibt bei euch sicher auch zufriedene Touristen, oder, Edie? Könnte es nicht sein, dass ihr gerade wegen einiger Einzelfälle eure eigenen Vorurteile hätschelt und euch einbildet, dass die ganze Welt Paris hasst?«

»Sag das mal Josiane. Sie hat seit einer Woche ihr Bett nicht verlassen«, wende ich ein. »Also gut, ich will hier zwar nicht den Experten spielen, aber ich habe mich auch schon mit dieser Frage beschäftigt. Es ist in der Tat nicht so, dass die Touristen Paris nicht mögen, sie sind einfach …«

»… zu anspruchsvoll, und ich verstehe das sogar«, unterbricht mich Edie.

»Es ist also nicht so, als würden sie Paris nicht mögen«, beginne ich von Neuem, weil ich mein Argument an den Mann bringen will, doch dieses Mal unterbricht mich Louis-Jean.

»Anspruchsvoll? Dass ich nicht lache! Hast du sie schon mal am Sonntagmorgen an den Canal Saint-Martin zum Brunch gebracht? Oder in eines der kleinen Programmkinos mit hohem, künstlerischem Anspruch, in denen kein Mainstream läuft? Zum Beispiel in die *Pagode*. Du willst doch wohl nicht behaupten, dass es da nicht toll ist, oder?«

»DARF ICH JETZT ENDLICH AUCH MAL WAS SAGEN?«, platzt es ziemlich laut aus mir heraus, glücklicherweise ohne jemanden zu unterbrechen. »Ich meine, dass es nicht daran liegt, dass sie Paris nicht lieben, sondern dass sie nach Dingen suchen, die es nicht gibt.«

»Zum Beispiel?«, erkundigt sich Edie.

»Liebenswürdigkeit.«

Amanda nickt.

»Lebensfreude.«

Amanda nickt wieder und trinkt einen großen Schluck Bordeaux.

»Eine gewisse Unschuld, eine antiquierte Anspruchslosigkeit und natürlich …«

»Natürlich was?«, fragen Omar und Charlie unisono.

»Liebe«, ende ich ein wenig melodramatisch.

In diesem Moment lässt uns ein lauter Ausruf zusammenfahren.

»*That's right! Paris SUCKS!!!*«

Alle Blicke wenden sich Amanda zu. Ihr Gesicht ist knallrot angelaufen.

»Was hat sie?«, fragt Louis-Jean. Seine schlechte Laune ist verflogen.

»It it it … it sucks!!!«, stammelt Amanda.

Hilfesuchend klammert sie sich an ihr Glas. Alle spüren, dass da Worte sind, die hinauswollen, aber sie sprudeln schließlich nicht auf Französisch, sondern auf Englisch hervor. Grob übersetzt sagt sie Folgendes:

»Ihr habt ja keine Ahnung! In Amerika wird dir schon als kleines Kind erklärt, dass französische Kinder viel besser erzogen sind als du. Aber das stimmt überhaupt nicht. Sie sind Monster, die herumkreischen und Widerworte geben. Als Jugendliche wirft man dir vor, dich auszustaffieren wie ein Clown, während die Pariserinnen richtig Klasse haben, oh ja, und all die Schnepfen aus Manhattan, die schon mal nach Paris geflogen sind, um bei Vuitton zu shoppen, die haben dann diese französische Klasse, aber du, du bist natürlich nicht gut genug. Und irgendwann behauptet deine Mutter, dass es einen Franzosen braucht, um dir gute Manieren beizubringen, so einen Lacoste-Typ mit einem Schloss an der Loire, der weiß, mit welcher Gabel man den Fisch isst. Schließlich sagst du dir: Na gut, dann gehe ich eben nach Paris, verliebe mich, und dann wird alles toll. Du erzählst es rum, du sparst jahrelang darauf, und deine Eltern setzen riesige Hoffnungen in dich. Und dann kommst du endlich in Paris an, und alles ist ganz anders. Das fängt schon in den Bäckereien an. Wenn du als Ausländer ein Baguette kaufen willst, wirst du gefragt: ›Ein Grand Siècle, ein Pétrisane oder ein Gourmande?‹ Und dann: ›Knusprig oder nicht knusprig und heller gebacken? Geschnitten?‹

Am Ende kaufst du lieber das ekelhafte Brot aus dem Supermarkt, um nicht in Anwesenheit all der ständig hastenden Pariser vor Scham zu versinken. Außerdem erzählt man dir von der französischen Küche, der tollen französischen Küche, bla, bla, bla! Die Restaurants sind unbezahlbar, und kein Mensch in Paris kann kochen. Wenn du zu einem Abendessen eingeladen wirst, ist es leider ungenießbar. Tut mir leid, Edie, aber so ist es nun mal. In Amerika kochen wir um Längen besser. Und die Typen? Von wegen große Liebe! Sie machen sich über dich lustig, waschen sich nicht, rufen dich nie an, sind alle arbeitslos und gehen fremd. Es ist schrecklich!!! *PARIS SUCKS!!!*«

Am Tisch herrscht tiefstes Schweigen. Niemand wagt, Edie anzusehen, die kaum noch zu atmen scheint.

»Stimmt das? Waren die Nudeln nicht gut?«, erkundigt sie sich schließlich bei Charlie. Charlie atmet tief ein und will antworten, doch es dauert eine kleine Ewigkeit, ehe sie sagt: »Na ja, vielleicht lag es an dem Ei …« Sie wirkt fast erleichtert, als Louis-Jean explodiert:

»Was quatscht diese Amise da eigentlich? Wir sind doch nicht zum Vergnügen anderer Leute Franzosen, Scheiße noch mal!«

»Doch, ein bisschen schon«, sagt Charlie friedlich. »Schau dir mal die Wirtschaft an. Die Luxusgüter im Export oder den Tourismus, das ist für die anderen.«

Louis-Jean lässt sich nicht beruhigen:

»Aber wir werden doch nicht wegen einiger hysterischer Amerikanerinnen und ein paar neurotischer Japanerinnen alle im Citroën herumfahren und Pudel im blau-weißen Streifenpulli spazieren führen. Und was die große Liebe angeht: Wer glaubt, dass irgendein Unbekannter daherkommt und einem Blumen schenkt und all das andere Zeugs, der muss doch wohl ziemlich naiv sein, oder?«

»Du wolltest sicher sagen: im blau-weißen Streifenpulli Pudel spazieren führen«, kontert Edie schroff. »Pudel tragen keine Streifenpullis. Okay, wenn ihr dann mit Edies ekelhaften Nudeln fertig seid …«

Sie steht auf und beginnt, die Teller abzuräumen.

»Nein, aber …«, beginnt Omar und schenkt uns allen Wein nach. Aber es gibt nichts mehr zu sagen.

»Siehst du, Amanda«, erklärt Louis-Jean und faltet seine Serviette zusammen, »Edies Nudeln gehören zum Weltkulturerbe. Nicht, weil sie die besten Nudeln der Welt wären, sondern weil es Spaß macht, bei Tisch zusammenzusitzen. Aber das wird eine Amerikanerin wohl nie kapieren. Stimmt's, Omar? Edie?«

Charlie und ich sind offenbar die Einzigen am Tisch, die kein langes Gesicht ziehen. Nach einem schier endlosen Schweigen steht Charlie auf und sagt: »Soll ich den Nachtisch holen?«

Niemand hat Einwände. Amanda schenkt sich Wein nach. Ein Besoffener krakeelt auf der Straße herum. Dann wird es still.

*

Edies Wohnung ist groß und schön, und wir sind alle neidisch darauf. Sie hat glänzendes Parkett, weiße Zierleisten, zwei gemütliche Zimmer und Fenster, die auf ein

Sträßchen mit schiefer Häuserfront hinausgehen. Und das alles im 1. Arrondissement, einen Katzensprung vom Kaufhaus *Samaritaine* entfernt. Ihr Gehalt bei I LOVE PARIS würde nie und nimmer für eine derartige Wohnung reichen, aber Edie – das ist typisch für sie – profitiert von einer obskuren und veralteten Klausel im französischen Recht, nach der ihre Miete auf dem Stand von 1990 eingefroren ist. Das passt insofern gut, als sie bestimmt nicht in einer der winzigen, altmodischen Buden leben könnte, wie wir anderen sie bewohnen.

Was mir hier besonders gefällt, ist Edies Stil, der sich in allerlei Kleinigkeiten zeigt. Es gibt keinen einzigen geschmacklichen Irrtum, und trotzdem sieht die Wohnung nicht aus wie aus einem Hochglanzmagazin. Fotos, ausgefallene Objekte, lustiger Kleinkram – alles ist ganz bunt und steht genau am richtigen Platz, als solle es ununterbrochen bewundert werden. Dies hier ist Edies eigene Welt, ein Ausdruck ihrer Lebenslust. Es ist eines ihrer Talente, aus dem sie keinerlei Nutzen zieht und das nur für sie selbst und für uns als ihre Gäste existiert.

Obwohl die Stimmung im Keller ist, Omar am Fenster steht und eine Zigarette pafft, Louis-Jean auf seinem Smartphone herumtippt und Amanda mit schwankenden Schritten in Richtung Toilette verschwunden ist, wissen wir alle, dass die schlechte Laune nicht von Dauer sein wird. Und selbst wenn wir es nicht glauben wollten – die Wohnung weiß es. Hier kann man nicht unglücklich sein. Aber vielleicht ist das auch nur meine Ansicht. Ich habe mich hier immer sehr wohlgefühlt. Als ich mich an diesem Abend umblicke, nimmt plötzlich alles eine leicht melancholische Färbung an. Ich weiß, warum. Ich wünsche mir, dass Edie all das hier mit mir teilt. Aber wie soll ich ihr das sagen? Wie soll ich sie zu diesem Tanz auffordern, der uns einander näherbringt?

»Der Nachtisch ist angerichtet!«, verkündet Charlie.

Es ist ein Paris-Brest, Brandteig mit Haselnusskrokant-Buttercreme, Mandelblättchen und Puderzucker. Mein absoluter Lieblingsnachtisch. Und Edies. Für Omar gibt es eine Portion Fruchtsalat.

Wir setzen uns wieder an den Tisch. Edie starrt auf ihren Teller. Ihre Dessertgabel schlägt klingend gegen das Porzellan. Sie seufzt:

»Also gut. Wahrscheinlich funktioniert meine Idee ohnehin nicht. Aber wenigstens hätte ich einmal im Leben etwas ausprobiert ...«

»Immer mit der Ruhe, Edie«, widerspricht Louis-Jean, der hilflose junge Damen noch nie ertragen konnte. »Natürlich funktioniert sie.«

»Hör zu«, sage ich, während ich mir mein Paris-Brest auf der Zunge zergehen lasse, »mir gebührt keinerlei Ruhm für diese Idee. Sie stammt ganz allein von dir, und soll ich dir mal sagen, was ich davon halte?«

»Lieber nicht«, erwidert sie traurig und schaut mir in die Augen, was mich fast um den Verstand bringt. Sei mutig, Guillaume!

»Ich halte sie für schlicht genial. Es spricht doch absolut nichts dagegen, unsere Touren mit einem Hauch Magie aufzupeppen. Sie haben im Lauf der Jahre zwangsläufig ein bisschen Staub angesammelt.«

»Siehst du«, trumpft Charlie auf. »Es macht durchaus Sinn, mal etwas Neues auszuprobieren.«

»Schön, dass wenigstens ihr beide mir nicht in den Rücken fallt. Wir sollten uns noch kurz unter sechs Augen unterhalten ...«

Sie wendet sich an Charlie und mich, und mir wird ganz warm ums Herz.

»Jetzt übertreib mal nicht. Wir sind doch auch nicht gegen dich«, räumt Louis-Jean ein. »Natürlich bekommst du deinen Lieferwagen. Wenn du willst, sogar gratis.«

Amanda hat sich erneut Wein eingeschenkt. Ihre Bewegungen sind unsicher, ihr Blick unstet. Sie interessiert sich nicht mehr für das, was um sie herum vorgeht. Ich werfe Edie einen Blick zu, und wir verstehen uns sofort: Unsere Amerikanerin ist ordentlich beschwipst. Aber wir vergessen Amanda sofort wieder, denn Omar verkündet mit feierlicher Stimme:

»Einen Abend.«

»Was?«, fragen wir im Chor.

»Ich gestehe dir einen Abend mit Fleisch zu. Nicht mehr!«

Edie springt auf, läuft zu Omar und gibt ihm einen schallenden Kuss auf die Wange.

»Danke! Danke, danke, danke! Sie werden dir sicher gefallen, meine fleischfressenden Japaner, du wirst schon sehen.«

Wer hätte je Zweifel an diesem Ausgang des Abendessens gehabt? Und wer hätte je Zweifel gehabt, dass Edie bekommt, was sie will? Ich sicher nicht! Der Abend geht fröhlich zu Ende. Amanda ist betrunken, also ist Louis-Jean der größte Pechvogel dieses Abends, denn er ist mit dem Auto da, und Amandas Wohnung liegt auf seinem Weg. Er mault zwar, nimmt sie aber mit. Edie sagt, es war das letzte Mal, dass sie Amanda und Louis-Jean zusammen eingeladen hat, weil die beiden sich einfach nicht verstehen. Omar und Charlie fahren mit der Metro nach Hause. Hand in Hand. Edie verspricht Charlie, sie morgen anzurufen.

Und ich?

Ich bleibe mit Edie allein.

Ich helfe ihr beim Spülen.

Kapitel 15,
in dem es komplizierter wird

Wir waschen in Edies winziger Küche ab. Sie spült, ich trockne ab. Es ist so wenig Platz, und wir sind uns so nah, dass sie sich jedes Mal über die Spüle beugen muss, wenn ich zum Geschirrschrank gehe. Wir sprechen nicht. Das Schnurren der alten Spülmaschine und der Pariser Lärm, der durch das halb geöffnete Fenster dringt, übernehmen die Konversation für uns. Es ist kurz nach zwei Uhr morgens. Wir haben die Anlage leiser gedreht, aber ich kann immer noch die Stimme von Sathima Benjamin hören, die *I Got It Bad And That Ain't Good* singt. Die Ironie ist mir durchaus bewusst. Ich bin hier mit Edie auf engstem Raum und weiß nicht, was ich tun soll. Und dabei habe ich gleich zu Beginn des Abends beschlossen, dass heute etwas geschehen muss.

Während ich eine Pyrexschüssel mit so viel Hingabe wienere, dass sie selbst in der nur von einem funzeligen Retrolämpchen erhellten Küche glänzt, und mir den Kopf über den richtigen Satz zerbreche, der mir beim besten Willen nicht einfallen will, zieht Edie ihre hellblauen Spülhandschuhe aus dem schaumigen Wasser und bemerkt mit niedergeschlagenem Blick:

»Eigentlich wollte ich es dir nicht sofort sagen, aber wo du schon mal da bist …«

Mein Herz hämmert in meiner Brust. Ich unterbreche das Abtrocknen. Sie hebt den Kopf, lächelt mir zu und fährt fort:

»Schreibst du noch?«

»Äh, ja, schon, oder vielmehr nein, na ja, vielleicht doch«, entfährt es mir, erleichtert und enttäuscht zugleich.

»Gut. Kommst du voran?«

»Sagen wir mal so: Weniger wird es nicht. Trotzdem … Aber was wolltest du mir eigentlich sagen?«

»Ich möchte dich um einen Gefallen bitten. Für dieses Projekt von I LOVE PARIS, du weißt schon. Du sollst dabei nicht mehr einfach nur ein Fremdenführer sein, sondern ein Schriftsteller, der durch Paris führt.«

Ich lächle.

»Schau«, fährt sie hastig fort, »die Leute kommen nach Paris, in die Stadt der Literatur, da zeugt ein französischer Schriftsteller doch von ganz besonderem Stil, er trägt zum Mythos bei. Zwischen einem Fremdenführer mit Pullover und Regenschirm, der in einem Bus an der roten Ampel etwas über das literarische Paris erzählt, und einem echten Schriftsteller, mit weißem Hemd im Stile von Bernard-Henri Lévy, der mit einer Fluppe im Mund auf der Terrasse des *Café de Flore* mit unseren Gästen plaudert, liegen ganze Welten. Ich denke, dass man dann als Besucher den Eindruck mitnimmt, eine echte Erfahrung zu machen und nicht nur ein Zeuge zu sein, der lange nach der Schlacht zufällig vorbeikommt.«

»Einverstanden«, sage ich leise und wende meine Pyrexschüssel.

»Du weißt ja, dass manche Leute ein wahres Vermögen dafür ausgeben, hier in Paris einen Literaturkurs zu besuchen, obwohl sie das Ganze in Kleinkleckersheim oder im Internet viel billiger haben könnten. Hier in Paris ist es wie mit der modischen Klasse: Man glaubt, es genügt, sich auf die Terrasse eines Pariser Cafés zu setzen, und schon ist man Hemingway. Und weißt du, es geht um eine Bloggerin … Warte, was hast du gesagt?«

»Ich sagte: Einverstanden. Mit Ausnahme der Fluppe.«

Sprachlos starrt sie mich an.

»Jetzt bleibt mir aber die Spucke weg! Ich hatte mir eine ganze Litanei zurechtgelegt, weil ich dachte, dass du eher … Aber gut! *Cool!*«

Gluckernd leert sich das Spülbecken, und direkt unter uns lachen ein paar Betrunkene viel zu laut.

»Das mit der Fluppe ist okay«, fügt sie hinzu. »Ein Glas Irgendwas funktioniert auch.«

Sie hat das leise vor sich hin gesagt. Fast beunruhigt. Ich glaube, verstanden zu haben, lasse einen Moment verstreichen und taste mich schließlich mit ganz sanfter Stimme vor:

»Jetzt, wo wir alle zugestimmt haben, kannst du keinen Rückzieher mehr machen, oder?«

»Genau das habe ich auch gerade gedacht«, murmelt sie, als sei sie erleichtert, dass ich sie verstanden habe. »Jetzt stehe ich da, mit der Möglichkeit … tja, genau genommen mit der Möglichkeit des Scheiterns vor Augen.«

»Du ahnst nicht, wie gut ich dich verstehe«, seufze ich

und steige auf einen Hocker, um die letzte Schüssel im obersten Fach des Schranks zu verstauen.

Als ich wieder hinuntersteige, steht sie da, unmittelbar vor mir, gegen den winzigen Besenschrank neben der Tür gelehnt. Die Handschuhe liegen auf der Spüle. Das Geschirr ist fortgeräumt. Es gibt keinen Grund mehr für mich, hier zu sein.

»Wusstest du eigentlich«, sage ich und werfe mir das feuchte Geschirrtuch über die Schulter, hänge es nach kurzer Überlegung dann aber doch an den Fenstergriff, »dass dein Plan eine sehr alte Pariser Tradition fortsetzt?«

»Ach ja? Welche denn?«

»Illusionen zu verkaufen. Paris ist mindestens seit dem 19. Jahrhundert ein einziger Betrug.«

Mir ist völlig klar, dass ich versuche, Zeit zu schinden, und es klappt tatsächlich: Edie bietet mir eine Tasse Kräutertee an. Ich hasse Kräutertee, versuche aber, mich zu überzeugen, dass es möglicherweise ähnlich funktioniert wie bei den Spaghetti Carbonara. Aber nein. Ich mag nun einmal keinen Kräutertee. Also gebe ich vor, an meinem Kamillengebräu zu nippen, und zähle ihr Beispiele von Fremdenführern auf, die gutgläubigen Paris-Besuchern eine echte Pariser Erfahrung verkauft haben.

In den zwanziger Jahren, der glorreichen Zeit des Viertels Montparnasse, organisierten Reisebüros für angeblich handverlesene Kunden Besuche in Künstlerateliers. Immer wenn der Tourist aufkreuzte, »überraschte« er den Maler und seine nackte Muse in einer leicht anrüchigen Situation. Die überraschte Muse verschwand daraufhin sofort, der verärgerte Künstler rügte den Fremdenführer, und der zutiefst verlegene Tourist versuchte, sein Eindringen in die Arbeit des großen Künstlers wiedergutzumachen, indem er zu einem sehr großzügigen Preis ein Bild erwarb. Sobald der Besucher gegangen war, bekam der Fremdenführer eine Provision, die Muse kehrte zurück, ein weiterer, vor langer Zeit gemalter Schinken landete auf der Staffelei, wurde mit einigen frischen Farbstrichen versehen, und das Spielchen fing mit dem nächsten Besucher von vorn an.

Am anderen Ende von Paris schickte man vornehmlich russische Touristen zu einem Besuch in die angeblichen Verstecke der sogenannten Apachen, jener typisch Pariser Kleinkriminellen, die sich auf dem vom Volksmund in »Boulevard des Verbrechens« umgetauften Boulevard du Temple herumtrieben. Die edlen russischen Herren tanzten zwischen goldhaarigen Straßenmädchen und jungen Männern mit gefährlichen Gesichtszügen. Natürlich gab es Streit, es wurde laut, Messer wurden gezückt: Die Besucher bekamen einen ordentlichen Adrenalinstoß für ihr Geld. Kaum aber hatten sie der Szene den Rücken gewandt, wurde das Ochsenblut abgewaschen, und die Männer und Frauen, die vermutlich noch nie im Leben einen Apachen zu Gesicht bekommen hatten, gingen mit ihrem Schauspielergehalt in aller Gemütsruhe nach Hause.

Ich erzähle noch mehrere Anekdoten dieser Art, weil ich den Eindruck habe, dass sie Edie interessieren. Manchmal verzieht sie das Gesicht und sagt, sie will ihre Kunden nicht reinlegen, sondern nur ein bisschen Schwung in die ausgetretenen Pfade bringen. Ich rechtfertige ihr Vorhaben, schmeichle ihr und so weiter. Gemeinsam stellen wir uns Schulter an Schulter an das kleine Küchenfenster und atmen die frische Nachtluft ein, die über die grauen Dächer weht.

Es ist drei Uhr morgens. Ich habe nichts mehr zu sagen und hier nichts mehr zu tun. Edie hat mehrmals gegähnt. Ihr Pferdeschwanz ist aufgelöst, sie hat dunkle Ringe unter den Augen, und links ist die Mascara ein wenig verlaufen. Sie ist wunderschön. Ich weiß es nur allzu gut: jetzt oder nie. Ihre Hand liegt auf dem schmalen schmiedeeisernen Geländer ganz dicht neben meiner. Ich warte, bis Edie schweigt, wende ihr mein Gesicht zu und blicke ihr tief in die Augen. Länger als sonst. Viel länger. Sie schaut mich ebenfalls an, und ihre Augen glänzen. Noch nie war sie so schimmernd, so sehr Edie wie in diesem Moment. Ich vergesse alles, was ich eigentlich sagen wollte, denn gerade jetzt genügt es mir, sie anzusehen. Mein Herz zieht sich zusammen, und mein Atem stockt. Wir sind uns so nah.

»Was ist denn?«, fragt sie mich schließlich.

Genau in dem Moment, als sie spricht, rutscht meine Hand wie von einem Nachtgeist verzaubert zu ihr hinüber, ohne dass ich es bemerke. Mein kleiner Finger berührt ihren Daumen ganz sacht, wie eine Feder auf ihrer Haut. Ich empfinde es wie tausend Zärtlichkeiten. Sie senkt den Blick, schaut auf ihre Hand und blickt mich wieder an. Sofort verliere ich den Boden unter den Füßen. »Nichts«, stammle ich und sage, dass ich heimgehen will.

Nur Minuten später stehe ich unten auf der Straße

unter den gelben Laternen. In mir fühle ich ein riesiges Loch. Mir scheint, ich bin nur noch ein Schatten; alles, was ich einmal war, habe ich an jenem Fenster zurückgelassen, das ich hinter mir spüre. Ich weiß nicht, warum ich mich so leer fühle. Weil ich es ihr nicht sagen konnte? Oder weil sie meinem Blick und der kleinen Geste, zwei völlig neuen Dingen zwischen uns, nicht ausgewichen ist?

DIE FORTSETZUNG

Kapitel 16,
in dem ich lerne, dass einige Schritte zählen, andere jedoch nicht

Eigentlich hatte ich gehofft, der Samstagabend bei Edie würde dem Lauf der Dinge neuen Schwung verleihen. Immerhin hatte ich meine Hand auf ihre gelegt (nun ja, ein winziger Teil meiner Hand hatte einen winzigen Teil ihrer Hand berührt, aber wir wollen in Sachen Oberflächenberechnung ja nicht päpstlicher sein als der Papst), und wir hatten uns im Mondschein auf einem Balkon vor ganz Paris tief in die Augen geschaut. So etwas zählt doch, oder etwa nicht? Aber leider tat sich überhaupt nichts. *Same old, same old*, wie die Engländer so schön sagen. Auf den Samstag folgte der Sonntag. Und dieser Tag war zeitweise von einem langen inneren Kampf rund um die eine Frage beherrscht: Sollte ich Kontakt zu Edie aufnehmen oder besser nicht? Schwierig gestaltete sich der Sonntag darüber hinaus durch die lapidare Erkenntnis, dass man in meinem Alter besser nicht mehr bis drei Uhr morgens aufbleibt. Noch bevor ich eine Entscheidung treffen konnte, kam eine SMS von Edie. Sie schrieb, sie hoffe, dass ich gut nach Hause gekommen sei, und dass sie sich jetzt in die Arbeit an ihrem Projekt stürzen würde, dass sie ein paar Tage auf Tauchstation gehen und mich nächste Woche anrufen würde, um mit mir über ihre Überlegungen zu sprechen. Küsschen. Ich bin ein ausgezeichneter Übersetzer und verstand natürlich sofort, was das in Edie-Sprache zu bedeuten hatte: Die winzige Geste, die sich als großer Schritt ausgab, wurde auf den ihr zustehenden Platz der Bedeutungslosigkeit zurückverwiesen. Die Moral von der Geschichte lautet, dass Edie und ich so in den Gewohnheiten unserer langjährigen Freundschaft festgefahren sind, dass es weitaus mehr als eine Strecke von drei Zentimetern braucht, um einen Unterschied zu machen. Und doch war es, verflucht noch mal, ein wunderschöner Weg!

Und jetzt stehe ich da. Der Montag kam ebenfalls, dann der Dienstag und der Mittwoch. Ich absolvierte drei Touren durch Paris, mit Italienern, Amerikanern und Chilenen. Außerdem brachte ich meinen Lebenslauf auf Stand und schickte E-Mails an verschiedene Kontakte, um das Terrain für einen neuen Job zu sondieren. Ich glaube zwar nicht, dass Edie mit ihrer so schwungvoll in Angriff genommenen Idee scheitert, ich hege lediglich gewisse Zweifel, dass sie ihre Begeisterung lange genug aufrechterhalten kann. Der Triumph wird vermutlich großartig, aber kurzlebig. Und anschließend wird sie dem nächsten Hirngespinst nachlaufen. Wahrscheinlich New York. Aber auch New York würde schnell seinen Reiz verlieren. Ich lächle traurig. Wer bin ich schon, zu hoffen, dass sie ihre Jagd um meiner schönen Augen willen abbricht?

Um nicht ständig über diese Frage nachzudenken, gab ich mir große Mühe, jeden einzelnen Tag beschäftigt zu sein. Meine Rundfahrten gestaltete ich mit großem Eifer und sympathisierte einmal sogar mit einem Texaner. Während seine Landsleute sich für einen Schaufensterbummel in der Rue de Rivoli Richtung Place da la Concorde entschieden, schlug ich ihm vor, mich zur Ecke Place Vendôme und Rue de Castiglione zu begleiten, wo ich ihm das verwitterte Schild der texanischen Botschaft zeigte. Im Jahr 1836 wurde Texas von einer mexikanischen Invasion bedroht und bemühte sich um internationale Verbündete. Frankreich war das erste Land, das die Republik Texas als unabhängige Nation anerkannte. Nachdem Texas schließlich 1845 von den Vereinigten Staaten annektiert worden war, wurde zwar die Botschaft geschlossen, das Schild aber blieb. Der Texaner schüttelte mir dankbar die Hand, und wir versprachen, einander zu schreiben.

Ich ging dann trotzdem im Reisebüro vorbei, einfach so, ganz lässig, um Prospekte zu holen. Edie war nicht da. Amanda berichtete, sie sei für ihr Projekt auf Tour bei den Hotels. Sofort fiel mir auf, dass Amanda viel lebhafter wirkte als sonst und weniger mit ihrem Schicksal zu hadern schien. Ihre Jeans war ein klein wenig enger als sonst, sie trug höhere Absätze, eine stark taillierte Jacke und sogar einen Hauch Lippenstift: Alles in allem war sie zu einer fast echten Pariserin mutiert, und außerdem vermittelte sie den Eindruck, die Chefin des Ladens zu sein. Ich erinnerte mich der sündhaft teuren Manschettenknöpfe und machte mich schleunigst vom Acker, denn sie schaute mich so unverfroren an, als wolle sie mich an Ort und Stelle vernaschen. Wollte etwa auch sie einen ersten Schritt wagen? Das war allein Edies Schuld, was musste sie auch die Kupplerin spielen? Andererseits bot sich hier auch eine Gelegenheit: Wenn ich Edie sagte, dass Amanda nicht mein Typ war, konnte ich vielleicht zwei Fliegen mit einer Klappe schlagen. Erstens brauchte ich Amanda nicht zurückzuweisen, denn das würde Edie für mich erledigen und sicher sehr viel taktvoller als ich, und zweitens würde ich den Weg für Edie und mich frei machen.

Und so beschließe ich an jenem Nachmittag, diese fantastische Idee als Vorwand zu nutzen, um Edie am nächsten Tag anzurufen. Dieser mannhafte Entschluss verhilft mir zu einer gewissen Ausgeglichenheit, und ich nehme mir vor, am Donnerstag ganz entspannt mit meinem Kumpel Louis-Jean abzuhängen.

Schade nur, dass er sich ausgerechnet diesen Abend aussucht, um sich ein paar Geständnisse von der Seele zu reden.

Kapitel 17,
in dem Louis-Jean sich etwas von der Seele redet

Louis-Jean bat mich, zu ihm zu kommen, er wolle mir etwas zeigen. Er wohnt nur ein paar Straßen entfernt, im 19. Arrondissement. Ich gehe die Rue Botzaris am Parc des Buttes-Chaumont entlang und erreiche in der Abenddämmerung das Viertel La Mouzaïa, in dem er wohnt. Jetzt, im Mai, der schon den Sommer erahnen lässt, ist genau die richtige Zeit, um durch diesen lauschigen Teil von Paris zu schlendern. In den gepflasterten Passagen und den schattigen Gassen duftet es nach Geißblatt, Glyzinien und Flieder. Ich passiere die Sträßchen Villa Rimbaud, Villa Bellevue und Villa Amaïa. Die bunten, altmodischen Arbeiterhäuschen versetzen einen fast in eine Provinzstadt und erinnern an Sommerfrische auf dem Land wie zu Großmutters Zeiten. Hierher verirrt sich kein Tourist, denn hier gibt es nichts zu sehen außer der ruhigen, sanften Innenstadtpoesie. Unmittelbar hinter dem Idyll erheben sich die Betonklötze der Place des Fêtes wie schlechte Nachrichten. Es ist ein bisschen schmuddelig, und die Gegend wirkt ärmlich, doch das ändert sich gerade. Architekten, Grafiker und andere kreative Berufsgruppen sind dabei, die ursprünglich hier ansässigen Arbeiter zu verdrängen.

Was mir an La Mouzaïa besonders gefällt, ist der Gegensatz zwischen dem pittoresken Ambiente, in dem es sich so gut leben lässt, und der großen Leere darunter. Paris ist mit seinen dreihundert Kilometern Tunnel so durchlöchert wie ein Käse, auch wenn es kein genaues Kartenmaterial darüber gibt. Das Viertel La Mouzaïa steht auf einem ehemaligen Gipssteinbruch. Man darf dort weder Keller bauen noch die Häuser aufstocken, weil sonst alles einzustürzen droht. Was übrigens Ende des 18. Jahrhunderts schon passiert ist. Sogar mehrfach. Innerhalb einer Nacht wurden mehrere Häuser vom Abgrund verschlungen. Der Bauch von Paris befindet sich unmittelbar unter unseren Füßen, und ich muss bei jedem Schritt daran denken. Das liegt wahrscheinlich an meiner Seiltänzermentalität.

»Grüß dich, Alter.«

Louis-Jean bittet mich herein. Im Erdgeschoss befinden sich die Büros seiner Grafikagentur, mit den beiden Angestellten. Die Möbel sind im skandinavischen Design gehalten, an den Wänden hängen riesige Poster mit Oldtimern, in den doppelt verschlossenen Schränken lagert die Ausrüstung für Filme. Die Wohnung im Obergeschoss ist eine sehr viel weniger aufgeräumte und, dank der vielen Manga-Pin-ups in jedem Zimmer, weniger politisch korrekte Ausgabe der Büroräume unten. Louis-Jeans schwarzer Kater Pabst fühlt sich in beiden Etagen zu Hause. Immer wenn ich mich auf das große Chesterfield-Sofa setze, legt er sich auf meine Füße. Charlie behauptet, Pabst sei eine Mischung aus Katze und Hund, und ich glaube, sie hat recht.

Louis-Jean hält es nicht auf seinem Platz. Er setzt sich auf das marokkanische Sitzkissen mir gegenüber, steht wieder auf, holt etwas zu trinken, setzt sich wieder, stellt fest, dass er mein Glas vergessen hat, beginnt einen Satz, ohne ihn zu beenden, und ist völlig durcheinander. Sogar Pabst hat das bemerkt. Seine gelben Augen verfolgen die Rastlosigkeit mit tiefster Verachtung.

»Mannomann«, sagte ich, »du hast ja ganz schön Hummeln im Hintern. Komm bloß Juliette nicht zu nah, die traktiert dich sofort mit einer Wurmkur.«

»Du bist hier der Einzige, der Julictte nahekommen möchte, mein Freund.«

Ich nehme die Spitze hin, schließlich habe ich sie herausgefordert.

»Also: Was wolltest du mir zeigen?«, fahre ich als guter Verlierer fort.

»Ach ja. Komm mit. Verdammt, wo habe ich bloß die Schlüssel?«

Zehn Minuten später stehen wir vor der Metallfalttür des kleinen Schuppens hinter Louis-Jeans Haus, und er schließt auf. Zunächst kann ich in dem allgemeinen Durcheinander nicht erkennen, was genau er mir zeigen will, dann aber errate ich es, und Louis-Jean lächelt angesichts meines Erstaunens. In dem Schuppen steht ein alter Citroën-Lieferwagen. Genau das Modell, das Edie sich gewünscht hat. Der Zustand lässt leider zu wünschen übrig – der Wagen ist zwar nicht gerade schrottreif, hat aber schon deutlich bessere Tage gesehen.

»Ob du es glaubst oder nicht: Das Ding fährt. Und zwar richtig gut. Ich habe ihn in der Rue Manin ausprobiert. Der Motor ist so gut wie neu, nur die Karosserie muss überholt werden. Wie findest du ihn? Toll, oder?«

Ich sage »Hmm«, schaue mir das Gefährt von Nahem an und steige ins Führerhaus. Sofort schießt mir der Ausdruck *Originalzustand* durch den Kopf. Ich glaube kaum, dass eine Modebloggerin im Chanel-Fummel allzu gern in diesem Ding durch Paris kutschiert werden möchte.

»Hast du ihn Edie schon gezeigt?«, frage ich.

»Noch nicht. Ich warte, bis er ein bisschen aufgepeppt ist. Ein Kumpel von mir ist Filmausstatter. Er hat mir versprochen, sich darum zu kümmern. Pass mal auf, wir verwandeln die Karre in null Komma nix von einem Bauerntrampel in eine echte Pariserin«, sagt er und tätschelt das Blech.

Ich sage genau die Dinge, die Louis-Jean hören will: »Ja, das Auto ist wirklich schön, und er hat sich echt ins Zeug gelegt.«

Der Freund eines Freundes, ein Sammler von Citroën-Autos, wollte den Wagen so schnell wie möglich verkaufen, deshalb hat Louis-Jean ihn billig bekommen. Während wir wieder in seine Wohnung zurückgehen, erzählt er mir, dass er gleich beim ersten Anblick an seinen Großvater denken musste, der Bäcker war. Er verliert sich in Erinnerungen an seine Kindheit bei seinen Großeltern und spricht immer weiter. Es rührt mich, wie mir dieser Bär von einem Mann auf unserem Weg durch seine schicken Büros von der Herzlichkeit früherer Jahre, von Angelpartien und schmalen Pfaden erzählt, auf denen er Schlangen beobachtete.

Naiv, wie ich bin, halte ich seine Sehnsucht nach den alten Zeiten, die wie eine Knospe im Frühling aufgekeimt ist, für den Grund seiner Rastlosigkeit. Ein Grund, der mir sympathisch ist. Aber ich irre mich. Kaum sitze ich wieder, lässt er sich auf seinem Sitzkissen aus Ziegenhaut nieder, beugt sich vor und blickt mich aus seinen schwarzen Augen unter den dichten Brauen an:

»Ich muss dich etwas fragen.«

»Okay«, sage ich und lege meine Hände auf die Knie, damit ich etwas zum Festhalten habe.

»Du weißt doch, Amanda, diese Amerikanerin, die mit Edie arbeitet …«

»Ja, ich weiß, wer Amanda ist. Warst du gemein zu ihr? Hab ich's doch geahnt!«

Statt einer Antwort jedoch räuspert er sich und sagt:

»Omar meint, du glaubst, dass Edie euch miteinander verkuppeln will.«

»Das glaube ich nicht nur, ich bin mir da sogar sicher. Was genau hast du Amanda denn jetzt gesagt?«

»Also, was Edie angeht, da täuschst du dich ganz gewaltig, aber darum geht es jetzt nicht. Was ich von dir wissen will: Interessierst du dich für Amanda? Ja oder nein?«

»Nein! Kein bisschen! Nicht die Bohne …«

»Das tröstet mich.« Wieder springt er auf und wandert unruhig im Wohnzimmer herum. »Das tröstet mich ganz ungemein. Ach, Guillaume, du kannst dir nicht vorstellen, welcher Stein mir gerade vom Herzen fällt.«

»Immer mit der Ruhe, Louis-Jean«, schreite ich ein. »Nur, weil ich an einer Frau nicht sonderlich interessiert bin, heißt das noch lange nicht, dass du sie triezen darfst.«

»Ich habe sie überhaupt nicht getriezt«, erklärt er mir lächelnd. »Im Gegenteil.«

»Okay, aber …«

»Nichts, aber. Wir haben nämlich das Wochenende miteinander im Bett verbracht, und ich bin jetzt einfach froh, dass mein bester Freund keine Ambitionen auf sie hat.«

Nachdem der erste Schock vorüber ist, höre ich ihn sagen, dass sie alles ganz easy angehen und sich überraschen lassen, wo die Sache hinführt. Zumal er eigentlich gar nicht ihr Typ sei. Ihr Typ seien eher, »Sorry, Guillaume«, von Papi verhätschelte Söhne aus gutem Hause im Kaschmirpulli. Ich sage: »Schon gut«, ziehe meinen Kaschmirpulli zurecht und stelle richtig, dass die Beziehung zu meinem Vater rein administrativer Art ist. »Also gut«, fährt Louis-Jean fort, »da ich euch alle zur Genüge kenne, kann ich mir nur allzu gut vorstellen, wie ihr euch darüber aufregen werdet. Aber das geht vorbei. So, und nachdem ich das losgeworden bin, muss ich dir sagen, dass dieses Wochenende mit Amanda wirklich verdammt heiß war …« Er sieht ausgesprochen selbstzufrieden aus. »Eine kleine Amerikanerin mit Perlohrringen und rosa Strumpfhosen! Nie hätte ich das für möglich gehalten.«

Ich bin sprachlos. Jetzt endlich verstehe ich das neue Selbstbewusstsein, das Amanda heute zur Schau trug. Und ein bisschen eifersüchtig bin ich auch. Louis-Jean verbringt heiße Wochenenden mit einer Frau, die er fünf Minuten vorher nicht ausstehen konnte. Während ich mich drei Zentimeter auf eine Frau zubewege, die mich seit zwanzig Jahren nett findet, und alles gerät ins Trudeln.

»Aber wie konnte es dazu kommen?«, frage ich schließlich.

»Ich habe sie doch Samstagabend nach Hause gebracht. Sie war ziemlich knülle. Im Auto sagt sie plötzlich, ihr sei schlecht und sie müsse sich übergeben. Natürlich halte ich sofort an. Oben auf den Seinekais, in Höhe des Louvre. Sie steigt aus, fühlt sich irgendwann besser, will aber nicht mehr einsteigen, sondern meint, ein wenig Bewegung täte ihr vielleicht gut. Eine Frau, die ganz allein um fast zwei Uhr morgens durch Paris läuft? Ist doch klar, dass ich sie nicht allein gehen lasse. Außerdem will ich nicht, dass sie mir in die Karre kotzt. Also gehen wir an der Seine entlang. Ja, und dann führt eins zum anderen … Die Kais, die Brücken und so weiter …«

Er bricht ab und lächelt.

»Samstag war eine schöne Nacht.«

Oh ja, es war eine schöne Nacht.

Beide hängen wir unseren Gedanken an die Nacht von Samstag auf Sonntag nach, die so schön, so klar und so voller Veränderungen für unser Leben war. Ich sage nichts, wahrscheinlich, weil ich Angst habe, mich lächerlich zu machen. Außerdem gibt es Dinge, die man lieber für sich behält, weil sie nur für einen selbst von Belang sind.

Trotzdem brennt mir noch eine Frage unter den Nägeln:

»Wie kannst du so sicher sein, dass Edie mich nicht mit Amanda verkuppeln wollte?«

»Na, weil … weil … weil … Es würde mich einfach wundern, sonst nichts. Männlicher Instinkt, nehme ich an. Aber ist ja auch egal. Was ist, Alter, gehen wir noch auf einen Absacker ins *Foodie?*«

Ich hätte nein sagen sollen. Ich habe ja gesagt. Armer Seiltänzer.

Kapitel 18,
in dem Omar vergebens auf den richtigen Moment wartet

Wir stehen an der Bar des *Foodie Nam Nam*. Omar schenkt uns unsere Absacker ein, einen Whisky Cola für Louis-Jean, ein Glas Bordeaux für mich. Stolz erzählt Louis-Jean die Geschichte seines heißgeliebten Lieferwagens. Wenn man ihn so reden hört, könnte man glauben, er habe ein Museumsstück erworben. Natürlich erkundige ich mich bei Omar, ob er über Edies Vorschlag nachgedacht hat.

»Alles in trockenen Tüchern – das Fleisch ist bestellt und die Tischtücher auch. Außerdem habe ich noch eine Überraschung, Edie wird hingerissen sein. Alles bestens. Auch wenn es totes Tier gibt: trotzdem alles okay! Ich muss lediglich noch Hauptmann Höhlenmensch dahinten ausbooten, dann sind wir auf Problemstufe null.«

Ich drehe mich um. Am Fenster sitzt eine Frau unbestimmten Alters mit langen zotteligen Haaren und löffelt ihre Tofusuppe. Dabei hält sie ihre mit dem Konterfei von Mao bedruckte Jutetasche fest an sich gepresst. Sie sieht ausgesprochen nett aus.

»Pass bloß auf«, sage ich zu Omar. »Das ist genau

die Art von Höflichkeit, die zu Unannehmlichkeiten mit den Japanern führen kann.«

»Schon gut, das hab ich doch bloß so dahingesagt. Sie hat nichts gehört«, flüstert Omar und zuckt die Schultern. »Sie kommt halt jeden Tag. Gehört zur Sorte militante Veganerin – du weißt schon: PETA und so.«

Ich betrachte die Frau genauer. Eigentlich kann ich mir kaum vorstellen, dass sie bei Modeschauen Eimer voller Blut über die Models kippt, aber man weiß ja nie.

»Wo wir gerade beim Thema sind«, beginnt Louis-Jean, »ich will mich ja nicht in Dinge einmischen, die mich nichts angehen, aber dieser Dingsda ... hilf mir mal, Guillaume.«

»Alexandre«, sage ich mit stoischer Miene.

Omars Blick wandert zwischen uns hin und her.

»Alexandre? Welcher Alexandre? Mein Alexandre? Was ist mit ihm?«

»Alexandre hat nicht gerade die allerbeste Laune ... jetzt im Moment, wohlgemerkt.«

»Warte«, ruft Omar, »Alexandre ist der beste Kellner, den ich je hatte.«

»Ja klar, er ist schnell, effizient und lässt den Laden brummen, nicht wahr, Louis-Jean? Und er irrt sich bei den Bestellungen nie.«

Louis-Jean nickt energisch.

»Seine Freundlichkeit allerdings ...«

»Wie viel?«, fragt Omar mit schmalen Lippen und stützt sich mit den Armen auf den Tresen.

»Drei«, kommt es von Louis-Jean wie aus der Pistole geschossen.

Ich stöhne innerlich auf. Wahrscheinlich hätte ich eine Vier vergeben, damit er die Kröte leichter schluckt. Was auf einer Skala von eins bis zehn allerdings immer noch ganz schön mies ist.

»Auf der Skala der Freundschaft hast du auch nicht mehr als eine Drei verdient, wenn man bedenkt, wie du Amanda behandelst«, faucht Omar. »Du siehst zwar den Splitter im Auge deines Nächsten, aber den Balken …«

Louis-Jean hat bereits ein prahlerisches Lächeln aufgesetzt. Weil ich befürchte, dass uns die Situation gleich entgleitet, gehe ich hastig dazwischen.

»Omar, das alles hat nichts mit Balken und Splittern zu tun, und Amanda sollten wir jetzt erst einmal außen vor lassen. Wir alle wissen, dass Alexandre ein guter Kellner ist, aber in den letzten Wochen …«

»In den letzten Monaten«, korrigiert mich eine Stimme hinter Omar. Es ist Charlie, die aus dem Hinterzimmer kommt und ihre Militärweste zurechtrückt.

Sie umarmt Omar, der sofort sanfter wird. Charlie fährt fort:

»In Wirklichkeit ist Alexandre sehr freundlich. Er ist nur im Moment nicht so gut drauf, weil er Probleme mit seiner Freundin hat und weil seine Mutter sich gerade von einer Krebserkrankung erholt …«

(Davon wusste ich nichts und fühle mich sehr erbärmlich. Louis-Jean ergeht es sichtlich nicht besser.)

»Allerdings glaube ich, dass Guillaume und Louis-Jean versuchen, dir klarzumachen …«

»Und zwar in der für sie üblichen trampeligen Art …«,

unterbricht Louis-Jean, der anscheinend meine Gedanken gelesen hat.

»… dass es vielleicht sinnvoll wäre, wenn Alexandre an Edies Abend seine Überstunden abfeiern könnte. Wollte er nicht ohnehin in die Bretagne, um sich mal wieder den Wind um die Nase wehen zu lassen?«

»Ja«, muss Omar zugeben. Er hat sich darangemacht, die Flaschen hinter der Bar zurechtzurücken. »Er liegt mir schon seit einiger Zeit mit seinen Überstunden in den Ohren … Okay, ich sehe, was ich tun kann. Aber wer soll dann bedienen?«

»Keine Sorge, das übernehme ich«, sagt Charlie.

»Hat Edie dich denn nicht schon für eine Aufgabe eingeteilt?«, erkundige ich mich. Meine Frage ist natürlich ziemlich kontraproduktiv, nachdem sie sich gerade bereit erklärt hat, Alexandres Dienst zu übernehmen, aber ich möchte doch allzu gern wissen, worum Edie sie gebeten hat. Charlie aber will nicht damit rausrücken.

»Ihr werdet schon sehen. Jedenfalls übernehme ich das Kellnern, du kannst auf mich zählen. So, und jetzt muss ich los.«

Sie drückt jedem von uns einen Kuss auf die Wange und geht. Nur ein warmer Lufthauch und das Klingen der Türglocke bleiben.

»Wie macht sie das nur immer?«, seufzt Louis-Jean voller Bewunderung. »Jedes Mal, *jedes einzelne Mal* … Sie taucht auf, und schwups ist alles wieder im Lot, und alle sind zufrieden. Das ist doch wirklich mal ein Talent.«

Er versetzt Omar einen Klaps auf den Arm.

»Du weißt schon, dass du mit ihr das große Los gezogen hast, oder? Ach, apropos, hast du endlich mit ihr geredet?«

Omar murmelt etwas vor sich hin und wienert seine Bar mit der gleichen Hingabe wie ich am Samstag Edies Schüsseln.

»Sorry, aber wir haben dich nicht verstanden«, meint Louis-Jean und zupft sich am Ohr.

»Ich habe gesagt, dass irgendwie noch nicht der richtige Moment war«, knurrt Omar, ohne den Blick zu heben.

Ich schlage mit der flachen Hand auf den Tisch.

»Ich bin ganz sicher davon ausgegangen, dass du es endlich getan hast. Worauf wartest du denn noch?«

»Auf den richtigen Moment eben. Scheiße! Für so etwas braucht man immerhin ein Minimum an Fingerspitzengefühl, okay? Ach, warum rede ich eigentlich mit euch? Ihr versteht es ja sowieso nicht.«

»Das war ziemlich unter der Gürtellinie, Kumpel«, mahne ich. »Aber vielleicht dürfen wir dich dran erinnern, dass du schon eine halbe Ewigkeit auf den richtigen Moment wartest. Und dabei seid ihr jeden Tag zusammen.«

»Und das auch noch in der romantischsten Stadt der Welt«, sagt Louis-Jean mit erhobenem Zeigefinger. »Solltest du allerdings inzwischen deine Meinung geändert haben, ist das natürlich dein gutes Recht. Immerhin tust du es nicht, um uns damit eine Freude zu machen.«

Plötzlich streckt Omar die Hand in die Tasche seiner Jeans und macht wilde Verrenkungen. Wir sehen ihm interessiert zu. Seine Jeans sitzt aber auch wirklich sehr eng.

»Wartet nur, ihr werdet schon sehen«, stößt Omar hervor. »Mist!« Mit einiger Mühe fördert er eine kleine viereckige Schachtel zutage und knallt sie auf den Tresen. Ich öffne sie. Sie enthält einen Diamantring. Wir sagen nichts mehr. Der Ring ist wunderschön.

»Seit einem Monat trage ich den mit mir herum«, murmelt Omar und schließt die perlmuttfarben schimmernde Schachtel wieder. »Aber das ist ja nicht alles, schließlich soll man sich sein Leben lang an diesen Moment erinnern. Aber ich arbeite wie ein Bekloppter, komme spät heim, ihre Schutzbefohlenen kosten sie eine Menge Zeit, und alles geht viel zu schnell. Es muss ja nicht unbedingt ein magischer Moment sein, aber zumindest einer, in dem man sich nicht gerade krumm- und lahmarbeitet. Hinzu kommt, dass das Restaurant … Na ja, was die Finanzen angeht … Ich bin nicht gerade die beste Partie für Charlie, wenn ihr versteht, was ich meine. Ich habe mich um ein Darlehen bemüht, aber die Bank lässt mich schon seit zwei Monaten schmoren. Noch nicht einmal eine Antwort habe ich bisher erhalten. Ich glaube schon nicht mehr daran, aber wenn sie mir das Geld doch noch leihen, hätte ich ein bisschen Luft für die Hochzeit und so … So sieht es aus. Es ist eben nicht der richtige Moment.«

Wir schweigen. Ich spüre, dass wir unmittelbar davorstehen, uns Dinge anzuvertrauen, die wir am nächsten Morgen bereuen, und habe den Verdacht, dass Omars Gründe viel tiefer liegen als die Frage nach dem richtigen Moment. Daher stelle ich wie zufällig fest:

»Wusstest du, dass Paris im Jahr 2014 offiziell zur

Stadt mit den meisten erfolgreichen Heiratsanträgen gekürt wurde?«

»Jetzt schaut euch doch nur an«, sagt Omar grinsend, der schnell zu seiner guten Laune zurückgefunden hat. »Ihr benehmt euch wie zwei alte Omis.«

»Dabei fällt mir eine Geschichte ein, die ich irgendwo gelesen habe«, sagt Louis-Jean. »Ein Typ, ein Amerikaner, fährt mit seiner Tussi zum Schloss von Versailles und mietet eine Pferdekutsche für eine romantische Fahrt durch den Park. Eine von diesen Dingern, die ein Vermögen kosten. In der Kutsche macht er seiner Freundin einen Antrag mit Ring und allem Pipapo. Aber er hat kein Glück, sie sagt nein. Und wisst ihr, was der Kerl gemacht hat? Kaum ist er wieder in den Staaten, setzt er sich hin, schickt eine Beschwerde an die Schlossverwaltung und fordert Schadenersatz mit der Begründung, der Heiratsantrag sei gescheitert, weil die Kutschfahrt nicht wirklich romantisch war. Angeblich hätten die Pferde während des gesamten Ausflugs gefurzt.«

»Siehst du, das beweist doch nur, dass man den richtigen Moment wählen muss«, trumpft Omar auf. Er hat nicht gelacht. »Aber warum messt ihr dem eigentlich so viel Bedeutung bei? Glaubt ihr, dass sie irgendwann abhaut?«

»Aber nein!«, antworten wir im Chor.

»Ganz bestimmt nicht«, füge ich hinzu. »Es ist nur so, dass es schön wäre, wenn die Geschichte wenigstens für einen von uns einmal gut ausginge. Damit wir wissen, dass so etwas nicht nur anderen passiert. Ach, ich weiß auch nicht. Schenk mir doch bitte noch mal nach.«

Ein Stuhl scharrt über die alten Fliesen. Die Frau mit den wilden Haaren steht auf. Sie verabschiedet sich, Omar winkt ihr zu, die Türglocke klingelt, und wir sind nur noch zu dritt.

Omar steckt seine Schachtel wieder in die Tasche und lächelt.

»Nach dem Essen bei Edie am Samstagabend wäre ich beinahe noch ausgegangen. Es war so ein wunderschöner Abend mit Mondschein.«

»Ja, den Mond habe ich auch gesehen.«

Louis-Jeans Augen funkeln wie ein Weihnachtsbaum.

»Du?«, sagt Omar und zwinkert mir zu, während er mein Weinglas nachfüllt.

Louis-Jean nickt. Er kann seinen Stolz kaum im Zaum halten.

»Ich erspare dir die Spannung«, seufze ich. *»Amanda.«*

»Amanda?«, ruft Omar grinsend. »Wie ist das denn passiert?«

»Tja, wie das Leben nun mal so spielt«, erkläre ich.

Plötzlich überkommt mich eine bleierne Müdigkeit. Ich werfe einen Blick auf die altmodische Uhr. Es ist Mitternacht. Ich stürze mein Glas hinunter und greife nach meinem Mantel. Omar hat sich noch immer nicht von Louis-Jeans Eröffnung erholt, der darauf sichtlich stolz ist.

»Also wirklich. Amanda, die Amerikanerin, mit ihren rosa Waden und der Omatasche? Sie ist so ungefähr die letzte Frau, mit der ich mir dich …«

»Unsere Träume sind eben nie groß genug, mein Freund«, sagt Louis-Jean. »Das kannst du mir glauben. Ehrlich.«

»Er hat recht«, werfe ich ein. »Manchmal findet man die Liebe jenseits der ausgetretenen Pfade.«

»Sag das noch einmal, damit ich es mir merken und mit rosa Tinte in mein Poesiealbum schreiben kann. *Man findet die Liebe jenseits der ausgetretenen Pfade* … Unser Schriftsteller hat echt Stil!«

»Arbeitest du eigentlich noch an diesem Ding über Voltaire?«, will Omar wissen. »Oder hast du den richtigen Moment noch nicht gefunden?«

»Stell dir mal vor, ich arbeite nicht nur daran, sondern widme mich ihm mit größter Hingabe. Und ehe du noch ein weiteres Beispiel ins Feld führst, um deine eigenen Fehler zu kaschieren, darf ich dir sagen, dass ich auf dich gehört und den Algorithmus verändert habe. Ich habe sogar das ganze Axiom verändert. Du wirst schon sehen. Ich bin dann mal weg. Gute Nacht, ihr beiden!«

Als ich in die frische Nachtluft hinaustrete, sage ich mir, dass sich mit den drei Zentimetern tatsächlich einiges verändert hat. Die Mailuft liebkost mein Gesicht mit dem letzten Rest Winterhauch. Auch diese Nacht ist wieder schön. Morgen Abend kommt Petit Baz und bringt meine Wohnung mit seiner hellen Art wieder zum Leuchten. Bei diesem Bild wird mir warm ums Herz. Die Türglocke bimmelt. Ich überlasse meine beiden Freunde ihren Männergesprächen. Das Letzte, was ich höre, ist Louis-Jean, der zu Omar sagt:

»Ehrlich: Er war wirklich felsenfest davon überzeugt, dass Edie ihn mit Amanda verkuppeln wollte.«

Kapitel 19,
in dem ich die Schriftstellermontur anprobiere

»Sag mal, du kennst dich doch aus: Braucht man bei dieser Schriftstellermontur ein Hemd mit Manschettenknöpfen? Oder sieht das zu sehr nach Banker aus?«

Es ist Sonntagabend, 21:12 Uhr. Ich habe ein verregnetes Wochenende damit verbracht, so zu tun, als wartete ich nicht auf den Anruf, der dann tatsächlich auch nicht kam. Außerdem habe ich mit Petit Baz Mau-Mau gespielt, ihm im Park das Skaten beigebracht und Popcorn mampfend Pixar-Filme angeschaut. Jetzt schläft mein Sohn, und ich stehe, in die Schriftstellermontur gehüllt, allein vor dem großen Spiegel im Schlafzimmer. Irgendwie, ganz von selbst, ist es passiert: Ich rufe Edie an. Beim dritten Läuten will ich gerade wieder auflegen, als sie abnimmt, »Hallo« sagt und ich sie ohne jede Begrüßung gleich mit dem Manschettenknopfproblem überrumple.

»Überhaupt nicht. Manschettenknöpfe sehen nach erfolgreichem Schriftsteller aus. Gute Idee«, antwortet sie.

»Aber wenn deine Bloggerin mich googelt, wird sie schnell herausfinden, dass ich kein erfolgreicher Schriftsteller bin.«

Edie denkt nach.

»Dann sagen wir eben, dass du ein *Underground*-Autor bist und dein Bestseller nur unter der Ladentheke gehandelt wird.«

»Ein *Underground*-Autor, der Louis Vuitton spazieren trägt? Ist das glaubhaft?«

Edie verstummt erneut. Ich weiß, dass sie es liebt, derlei komplexe Probleme zu lösen.

»Darüber muss ich noch nachdenken. Du machst dich hübsch, und zwar mit Manschettenknöpfen, und ich kümmere mich um den Rest.«

Pause. Mir fällt nichts mehr ein, was ich noch sagen könnte. Ihr auch nicht. Schließlich erkundige ich mich:

»Und du? Wie geht's dir?«

»Geht so. Ich habe eine Menge um die Ohren und arbeite rund um die Uhr. Es ist noch so unendlich viel zu erledigen, bis die Japaner endlich kommen. Ehrlich gesagt hatte ich keine Vorstellung davon, wie blöd diese Arbeit eigentlich ist. Ich renne den ganzen Tag herum und habe keine Sekunde für mich. Letzte Woche habe ich nicht einen einzigen Freund getroffen …«

Ab diesem Punkt höre ich nicht mehr zu, denn gleich beim ersten Satz habe ich die Botschaft verstanden: »Du brauchst gar nicht erst zu versuchen, mich zu treffen.« Sie walzt das Thema noch ein bisschen aus und schließt:

»… Aber okay, ich glaube, die Sache ist es wert. Und bei dir? Alles klar?«

»Alles klar. Dieser Tage habe ich mich mit Omar und Louis-Jean getroffen. Beide sind dabei, dein Projekt vorzubereiten …«

»Ich weiß. Wir haben telefoniert.«

Mir fällt auf, dass sie Zeit hatte, mit den anderen zu sprechen, nicht aber mit mir. In Bezug auf die drei Zentimeter ist jetzt alles klar. Ich bin verloren. Und verletzt. Und verärgert. Ich weiß, es ist unfair, aber ich kann nichts dagegen tun.

»Und was macht mein Petit Baz? Ist er gut drauf?«, erkundigt sie sich.

»Klar, wie immer«, antworte ich mit zusammengebissenen Zähnen. »Okay, dann lasse ich dich mal weiterarbeiten. Vergiss bitte nicht, mir den Tourplan der Japaner zu schicken. Ich bin hier. Küsschen.«

»Gut. Ach ja, Guillaume …«

»Ja?«

»Ich habe einen Rahmen für den Voltaire-Brief gefunden und ihn gekauft. Er steht im Büro. Wenn du Lust hast, komm doch vorbei. Aber schick mir vorher eine SMS, damit ich weiß, wann du kommst …«

»Das wird ein bisschen eng, ich habe mit der Arbeitssuche ja auch eine ganze Menge um die Ohren. Aber ich schau mal, was ich tun kann, okay? Bis bald!«

Der Anruf hat zwei Minuten und dreiundfünfzig Sekunden gedauert. Zwei Minuten dreiundfünfzig, um einen ganzen Abend zu zerschießen. Selbst zur Literaturkoryphäe herausgeputzt sehe ich im Spiegel nur einen unglücklichen Loser.

Ich habe es Edie gegenüber nicht zugegeben, als sie mich beim Spülen bat, für die Japaner den Schriftsteller zu mimen, aber ich habe Lampenfieber. Diese Rolle als Autor ist viel mehr als ein harmloser Schwindel. Sie spiegelt das Gefühl der Irreführung wider, das ich mit mir herumtrage, seit ich die ersten Zeilen von *Die Geheimnisse von Paris* geschrieben habe. Und mein Unbehagen wurde immer stärker, anstatt sich in Anbetracht der Veröffentlichung und der darauf folgenden Komplimente zu verflüchtigen. Seinen Höhepunkt erreichte es, als ich die Notizen für mein zweites Werk, *Das Herz von Paris*, zu Papier brachte, es verursachte eine totale, unüberwindliche Blockade. Die Notizen verschwanden in der Schublade und blieben dort. Seither hat diese Schublade ihr Wesen als Schublade verloren, wie auch der gesamte Schreibtisch kein anonymes Möbelstück mehr ist, sondern zu dem Einrichtungsgegenstand geworden ist, der mein Manuskript und damit meine Schande, mein Versagen, meine Täuschung beherbergt. (Außerdem liegt dort zurzeit auch der Voltaire-Brief in seinem zersplitterten Rahmen, was die Sache nicht besser macht.) Denn wer bin ich schließlich, ich, Guillaume Degénicour, dass ich behaupte, ich könne schreiben? Wer bin ich, mir anzumaßen, in die Fußstapfen jener gespenstischen Götzenbilder namens Hemingway, Fitzgerald, Camus, Prévert und Beauvoir zu treten, deren Spuren ich jeden Montag in mehreren Sprachen folge?

Aber für Edie bin ich bereit, die Sterne vom Himmel zu holen. Ich habe mein existenzielles Unbehagen besiegt und in meiner Garderobe nach einer »Schriftstellermontur« gesucht. Diese Kluft war nicht schwer zu finden: Sie besteht aus meinem einzigen schwarzen Anzug, dem einzigen weißen Hemd mit Manschetten, das noch fast wie neu aussieht, den Louis-Vuitton-Manschettenknöpfen von Amanda und schwarzen Richelieu-Schuhen, die ich nie trage, weil sie drücken. Ich vervollständige mein Outfit mit knallblauen englischen Socken, um dem Ganzen ein wenig Pep zu verleihen. Ich suche die alte Brille mit dem runden, etwas in die Jahre gekommenen Metallgestell hervor, mit der ich so aussehe wie Schriftsteller auf Umschlagfotos eben aussehen. So aufgebrezelt habe ich mich also letzten Sonntag vor den Spiegel gestellt, mich aufgerichtet, meine Haare ein wenig durcheinandergebracht und das Lächeln eines Mannes gelächelt, der über die menschliche Existenz nachgedacht hat. Sofort konnte man den Eindruck gewinnen, dass meine Sätze länger wurden und obendrein wert erschienen, gelesen zu werden. Ich war nicht wiederzuerkennen. Und doch – und diese Tatsache empfand ich als verwirrend – war ich immer noch Guillaume Degénicour.

Seit einer Woche probiere ich jeden Abend vor dem Zubettgehen meine Verkleidung an. Dabei geschahen in den letzten Tagen merkwürdige Dinge. Am Montag fing es an. Während ich die Kleider wieder in den Schrank räumte, fiel mein Blick auf mein Manuskript. Besser ausgedrückt: Mein Blick fiel auf die Schublade, in der sich mein Manuskript befand. Ich öffnete sie. Und begann zu lesen. Bisher sind es etwa dreißig Seiten, eng beschrieben. Zu Beginn noch als ordentliches Heft, dann aber habe ich einiges durchgestrichen, Zeitungsausschnitte eingeklebt, Absätze umgeschrieben und mit Post-its markiert.

Ich las das erste Kapitel und fand es gar nicht mal so schlecht. Es passte zu meiner Montur. Das zweite Kapitel ähnelte immer noch meiner Montur, allerdings in ungebügeltem Zustand, und beim dritten, vierten und allen weiteren Kapiteln ribbelte sich das Gestrick immer weiter auf, bis es schließlich nur noch aus zerfledderten Lumpen bestand. Hastig stopfte ich das Machwerk wieder in die Schublade. Am Dienstag betrachtete ich die Montur auf dem Kleiderbügel, und plötzlich fielen mir Worte ein. Ich schrieb ein paar Sätze auf einen herumliegenden Umschlag und legte ihn in das Heft. Auch am Mittwoch betrachtete ich die Montur auf dem Kleiderbügel, und wieder kamen Worte. In Unterhose setzte ich mich an meinen Schreibtisch und begann mit Blick auf den Voltaire-Brief wie ein Wilder bis tief in die Nacht hinein zu schreiben.

Nun stehe ich wie versteinert da und fühle mich wie eine Vogelscheuche im Anzug.

Kapitel 20

Exkurs über Das Herz von Paris

Nicht dass ich meinem Manuskript eine Bedeutung verleihen will, die es weder für meine Geschichte noch für die irgendeines anderen hat. Dennoch erachte ich einen kleinen Exkurs über das literarische Projekt für notwendig, das in meinem Schreibtisch vor sich hin schimmelt.

Es ist die Geschichte eines Mannes auf der Suche nach dem Herz von Paris.

Ja, ich weiß, das ist dick aufgetragen, und der Typ bin natürlich ich, der Fremdenführer, und so weiter ... Schon hunderttausendmal habe ich mir gesagt, dass die Idee so schlecht ist, dass ich mich gar nicht traue, das Manuskript eines Tages jemandem zum Lesen zu geben. Meine Absicht ist allerdings nicht, meine literarischen Muskeln spielen zu lassen, sondern einem breiten Publikum historische Anekdoten nahezubringen, die meiner bescheidenen Ansicht nach des Erzählens wert sind. Pariser wissen erschreckend wenig über ihre Stadt. (Wer zum Beispiel weiß schon, das sich die Dornenkrone Jesu Christi als Reliquie in Notre-Dame befindet?) Als roten Faden habe ich die in Paris sehr reale Häufung des Bildes des Herzens gewählt – anatomisch, ikonografisch und philosophisch.

Über die Erlebnisse meines Helden erfährt der Leser zum Beispiel von einem eher unbekannten Werk im Louvre, dem *Intérieur d'une cuisine* von Marin Drölling. Das sehr detailreich gestaltete Werk stellt eine Küche im 19. Jahrhundert dar. Zwei Frauen arbeiten, ein kleines Mädchen spielt am Boden mit einer Katze. Was dieses Bild außergewöhnlich macht, ist jedoch nicht etwa sein Thema, sondern die Tatsache, dass der Maler für sein Werk das sogenannte Mumienbraun verwendete, das er angeblich aus dem zermahlenen Herzen Annas von Österreich (der Gattin Ludwigs XIII. und Mutter Ludwigs XIV., der Anna von Österreich aus den *Drei Musketieren!*) gewonnen hat. Das Herz war zunächst zur Reliquie erklärt und später während der Französischen Revolution verkauft worden. Weiter führt meine Geschichte den Leser vor die schönsten gravierten Zeilen der siebenunddreißigtausend Votivtafeln in Notre-Dame-des-Victoires, die dem Unbefleckten Herzen Mariens gewidmet sind. Die Kirche befindet sich im 2. Arrondissement, und schon Mozart hat hier gebetet. Auf diese Weise geht es weiter mit allerlei Anekdoten. Oft sind sie makaber, manchmal außergewöhnlich und immer düster. Sie zeigen ein mysteriöses Paris so hautnah, dass man den Herzschlag fast spüren kann.

Das größte Anliegen meines Buches – und seiner Hauptperson – jedoch ist das Herz von Voltaire. Wer weiß denn schon, dass es, in Alkohol konserviert, in einer Statue des Philosophen mitten in der *Bibliothèque Nationale* in der Rue Richelieu versteckt ist?

Die Geschichte dieses Herzens liest sich wie eine

Großstadtlegende. Nach dem Tod des großen Gelehrten wird sein Körper nach ein paar Jahren ins Pantheon überführt. Sein Herz jedoch wird von seinem Freund, dem Marquis de Villette, in Alkohol konserviert und in einem vergoldeten Metallschrein auf ein Samtkissen gelegt, auf dem es in seinem Schloss auf einem kleinen Altar ruht. Über das Andenken wachen fortan die Porträts von einundvierzig Freunden des Marquis. Die Erben des Marquis haben kein Interesse an dem Schrein und legen Napoleon III. im Jahre 1864 mehr oder weniger nachdrücklich nahe, ihn zum Staatseigentum zu erklären. Das Herz liegt zu diesem Zeitpunkt zwar immer noch in dem Schrein, der jedoch befindet sich inzwischen im hölzernen Sockel einer Statue, die man der Nationalbibliothek vermacht (die zu diesem Zeitpunkt *Kaiserliche Bibliothek* hieß). 1924 wird dort Inventur gemacht. Das Herz gibt es immer noch im Fundus, es verstaubt unter einem Stück verblichenem Stoff in einem Raum, der sinnigerweise *Salon de Voltaire* heißt, für das Publikum aber nicht zugänglich ist. 2010 muss der Raum renoviert werden, und die Statue wird verschoben. Aber, welch Schreck, aus dem Schrein dringt ein sehr unangenehmer Geruch. Man öffnet ihn und entdeckt, dass die Flüssigkeit verdunstet ist und das Herz bereits seit langer Zeit nicht mehr in der konservierenden Lösung liegt. Es ist völlig ausgetrocknet. Eine ganze Armee von Spezialisten, Gerichtsmedizinern und Historikern reist an, ausgestattet mit modernster Technologie. Sie konstatieren schließlich, dass nicht das gesamte Herz Voltaires verdorrt ist, ein Teil im Innern des Organs hat eine gewisse Frische bewahrt. Während ich diese Zeilen schreibe, arbeitet eine Gruppe von Wissenschaftlern daran zu retten, was von Voltaires Herz übrig geblieben ist.

Manchmal frage ich mich, ob sich das Herz von Paris nicht in diesem Herzen Voltaires befindet. Vermutlich nicht, aber das hindert mich als empfindsamen Romanschreiber keineswegs daran, es mir zumindest vorzustellen.

Noch nie habe ich jemandem mein Projekt erklärt. Weder meinen besten Freunden noch Juliette oder Petit Baz.

Nur ein einziges Mal, auf Edies beiläufige Frage: »Schreibst du eigentlich noch?«, habe ich geantwortet: »Ich arbeite an einem Manuskript über Voltaire.«

Ein einziges Mal.

Aber sie hat sich daran erinnert.

Kapitel 21,
in dem das Telefon erneut läutet

Um wieder auf die Schriftstellermontur zurückzukommen: Ich fand es amüsant, dass ich ausgerechnet durch Kleidung wieder zum Schreiben zurückfand. Hinzu kommt dieser Brief von Voltaire, der durch die angesprochenen Geldprobleme fast alltäglich wirkt, seinem Schreiber eine weniger göttliche und viel menschlichere Dimension verleiht und ihn zu jemandem macht, der mir in gewisser Weise ähnlich ist. Das Wichtigste jedenfalls ist, dass ich die Schublade wieder geöffnet habe. Als ich Omar und Louis-Jean erzählte, ich hätte mich kopfüber in die Arbeit gestürzt, war das zwar ein wenig übertrieben, aber immerhin geht es vorwärts.

Das alles war vor dem Anruf. Ich betrachte mich im Spiegel, schick gemacht wie für den Prix Goncourt, und fühle mich miserabel. Ich hätte Edie sagen sollen, dass ich wegen ihres Rahmens – meines Rahmens – vorbeikomme; immerhin hat sie sich trotz ihres übervollen Terminkalenders die Zeit genommen, ihn zu kaufen. Ich nehme mein Handy, starre auf ihren Namen auf dem Display und stehe kurz davor, sie erneut anzurufen. Aber da kommt mir das Gerät zuvor und klingelt. Es ist nicht Edie, sondern meine Mutter, und ich überlege kurz, warum sie mich um diese Uhrzeit noch anruft. Ich nehme das Gespräch an. Schon allein an der Art, wie sie ganz leise »Guillaume, mein Schatz« sagt, erkenne ich, dass etwas passiert sein muss.

Meine Großmutter ist gestorben.

PARENTHESE

Kapitel 22,
in dem ich Paris verlasse

Die letzten Tage sind im Eiltempo vorbeigerauscht. Es gab unendlich viel zu erledigen. Die lange To-do-Liste ist für mich wie ein Rettungsring angesichts längst vergessen geglaubter Erinnerungen, die plötzlich gepaart mit tiefstem Bedauern in meinem Kopf auftauchen.

Petit Baz zu Juliette bringen

Ersatzfremdenführer organisieren

Alle Termine absagen

Omar und den anderen, allen Freunden und Bekannten Bescheid sagen

Die Concierge informieren, dass sie die Pflanze ab und zu gießen soll (Sie entgegnet, dass Kakteen nicht gegossen werden müssen und dass ich ja auch nicht allzu lang fortbleibe.)

Mein Leben am Telefon verbringen und dreimal täglich bei meiner Mutter anrufen

Mit Edie sprechen (Sie hat mir geholfen, einen Ersatz für mich zu finden. Ich entschuldige mich, dass ich ihre Arbeit noch erschwere, aber sie sagt: »Alles kein Problem, soll ich mitkommen?« – »Nein«, antworte ich, »es geht schon.«)

Längst fällige Rechnungen bezahlen

Zugticket und die Schiffspassage auf die Île d'Yeu buchen

Koffer packen

Die Abreise verschieben

Kapitel 23,
in dem von Abschied und von Wiedersehen die Rede ist

Nun bin ich schon seit zwei Tagen in Madeleines Haus. Es ist ein merkwürdiges Gefühl. Die Zeit scheint für die Dinge, die meiner Großmutter gehörten, stehen geblieben zu sein, während wir ständig vorwärtsschreiten und uns mit jeder Minute weiter von ihr entfernen. Im Haus gibt es viele vertraute Nippsachen, an denen Erinnerungen hängen und die ich jetzt mit ganz anderen Augen betrachte. Besonders beeindruckt mich eine Zeichnung, die ich noch nie zuvor gesehen habe: Es ist eine Hand, mit Blumen, die mit den Fingerspitzen esoterische Zeichen zu gestalten scheint. Der Titel der Zeichnung lautet *Trust the path ahead* – Vertraue auf den Weg vor dir. Zunächst frage ich mich, warum diese Zeichnung mich so berührt, doch dann fallen mir die letzten Worte meiner Großmutter an meinem Geburtstag ein: »Das Leben hält immer wieder Überraschungen bereit – so ist es nun einmal. Du musst nur vertrauen.« Auf den Weg vor sich vertrauen. Die Idee ist überzeugend, obwohl ich nicht weiß, was genau der Satz bedeuten soll. Nichts mehr entscheiden und den Dingen ihren Lauf lassen? Großmutter kann ich nicht danach fragen – sie ist nicht mehr da.

Meine Familie ist nach und nach eingetrudelt, im Rhythmus des Bootsfahrplans, der sich jetzt, in der Vorsaison, noch auf zwei Überfahrten am Tag beschränkt. Ein Boot morgens, eins am Abend. Meine Mutter war natürlich schon da, als ich kam. Sie betraut uns mit den unterschiedlichsten Aufgaben rund um das Haus. Ständig begegnen wir uns, und manchmal sind unsere Kehlen so zugeschnürt, dass wir verstummen. Meine Schwester ist aus München angereist, müde und ohne ihre Kinder. Auch mein Bruder, Direktor eines großen Unternehmens, ist da. Seine ersten Worte beinhalteten eine bittere Beschwerde über das Mobilfunknetz, das auf großen Teilen der Insel nicht existiert. Ich bin der Letzte im Bunde – der kleine Nachkömmling. Auch im Streben nach Erfolg bin ich der Letzte, aber das ist meine persönliche Meinung. Ich fühle mich in diesem Haus mit dem ständigen Kommen und Gehen immer im Weg, ganz gleich, was ich gerade mache. Paris fehlt mir.

(Ich war noch nie gut darin, meinen Schmerz zu zeigen. Nicht etwa, weil ich hart erscheinen möchte. Mein Kummer fließt auch so schon wie ein verborgener Fluss unter meinem Seiltänzerseil, doch die Trauer verleiht ihm eine viel stärkere Strömung. Ich glaube fast, dass dieser Fluss, der ohnehin schon zu breit für mich ist, von den vielen, bereits vorhandenen Bächen noch verbreitert wird. Vor allem von meinen Ängsten, die wie unterirdische Ströme in mir fließen – Ströme, über die ich lieber nicht spreche. Lieber tue ich so, als gäbe es sie nicht. Niemand, dem seine Existenz lieb ist, will auf den Grund des Wassers schauen und seine eigene Bedeutungslosigkeit erkennen, die Sinnlosigkeit, das Chaos, die eigene Feigheit und den fehlenden Zusammenhang dessen, was sich tief unten befindet. Aber genau diese trüben Gewässer sind es, die meine Trauer verstärken und drohen den Fluss über die Ufer treten zu lassen. Meine Schwester weint oft, mein Bruder redet ohne Unterbrechung. Ich aber bin einfach nur im Weg. Meine Mutter ist beunruhigt, das sehe ich genau.)

Ich hatte nicht damit gerechnet, aber Omar, Charlie und Louis-Jean kommen mit dem Abendschiff.

»Hast du wirklich gedacht, ich komme nicht?«, sagt Omar. Beim Anblick des Hauses rinnt ihm eine Träne über die Wange. Er hat Charlie, die die Insel noch nicht kannte, alles gezeigt, Erinnerungen hervorgekramt und ihr etwas über die Geschichte des Ortes erzählt. Louis-Jean hat Madeleine ein paarmal getroffen und mochte sie sehr, für ihn aber hat sie nicht die Rolle der Ratgeberin übernommen wie für Omar und seinen Bruder, von dessen Existenz Louis-Jean zwar weiß, mehr aber nicht. Meiner Großmutter, die für ihr Leben gern mit Geschmacksnuancen experimentierte, ist Omars Begeisterung für das Kochen zu verdanken. Er war schon mindestens zehn Jahre nicht mehr auf der Insel, obwohl er regelmäßig mit Madeleine telefoniert und ihren Geburtstag nie vergessen hat. Ich glaube, ihr Tod ist für Omar noch schmerzlicher als für mich.

Zu viert gehen wir hinunter an den Strand, setzen uns auf die Felsen und sprechen über dieses und jenes. Froh darüber, aus dem Haus zu kommen, lade ich sie zum Essen nach Port-Joinville ein. Anschließend bleiben sie in ihrem kleinen Hotel am Hafen. Alle gehen früh zu Bett. Morgen ist die Beerdigung.

Als ich zu Fuß allein über die Landstraße nach Hause wandere, gehen mir zwei Gedanken durch den Kopf:

Erstens: Ich habe Angst zu sterben. Nicht etwa Angst vor dem Tod, aber Angst davor, nicht das vollenden zu können, was ich vollenden sollte. Denn was bliebe sonst von mir?

Zweitens: Das merkwürdige Gespräch mit Charlie gleich nach ihrer Ankunft.

Charlie: »Ist Edie noch nicht da?«

Ich: »Nein. Wollte sie denn kommen?«

Charlie: »Ja, heute Morgen sagte sie mir, dass sie zur Beerdigung hier sein will … Vermutlich kommt sie morgen mit einem der Schiffe.«

Ich: »Die Saison hat noch nicht angefangen. Morgen früh kommt nur ein Schiff. Vielleicht hat sie sich auch umentschieden, sie hat schließlich viel zu tun.«

Charlie: »Ja, vielleicht.«

Kapitel 24,
in dem sie mir fehlt

Heute Morgen war die Atmosphäre im Haus unerträglich. Seit gestern Abend sind noch viel mehr Leute angekommen, darunter Onkel, Vettern und Freunde meiner Großmutter. Ich habe nicht gewusst, dass ein einzelner Mensch so viele Freunde haben kann. Meine Mutter schaute immer wieder auf die Uhr. Der Gottesdienst war für elf Uhr angesetzt, aber wir sollten wegen der Blumen oder was weiß ich früher in der Kirche sein. Man entschied, mit welchen Autos wir fahren würden, überlegte, ob wir alle hineinpassten, und zählte nach, wie viele wir überhaupt waren und wie wir am besten pro Auto verteilt wurden. Auch Großmutters Clio stand zur Verfügung, aber meine Schwester lehnte geradeheraus ab, es zu benutzen, mit der Begründung, niemand wolle in das Auto einer Toten steigen, doch meine Mutter hörte nicht zu. Sie versuchte, uns zu zählen, aber das Ergebnis variierte jedes Mal. In ihrem Gesicht zeichnete sich die Angst ab, jemand könnte plötzlich fehlen, dann begann sie von Neuem. Natürlich wollte ich sie nicht stören, aber ich brauchte ein Bügeleisen für mein zerknittertes Hemd. Ich hatte meinen Schriftstelleranzug mitgebracht (logischerweise, schließlich besitze ich nur einen schwarzen Anzug). Fünfmal fragte ich, dann durchsuchte ich alles. Aber ich war immer noch im Weg. Mein Vater rief an und geriet zufällig an mich, weil das Telefon im Flur steht, wo ich mich gerade herumtrieb. Mein Vater hat unsere Familie vor zwanzig Jahren verlassen, um eine andere zu gründen, die allerdings genauso wenig perfekt ist. Immer wirft er den anderen vor, seinen Anforderungen nicht zu genügen. Er drückte uns sein Beileid aus, schaffte es aber wieder einmal, uns eine gewisse Mitschuld in die Schuhe zu schieben – dass wir nicht erkannt hätten, wie müde sie war, und so weiter. Dumm wie ich bin, versuchte ich mich an einer Entschuldigung, ehe ich schließlich auflegte. Mittlerweile waren alle wegen der Autofrage genervt – bei mir kam noch der Ärger über meinen Vater hinzu –, und ich beschloss, zu Fuß zur Kirche zu gehen. Allein. Mein Hemd war zwar noch immer nicht gebügelt – aber was soll's.

Zwei Stunden vor dem Gottesdienst brach ich von zu Hause auf. Ein zusätzlicher Vorteil des Fußmarschs lag darin, dass Edies Schiff um 10:12 Uhr ankommen würde und ich auf diese Weise ausreichend Zeit hatte, sie willkommen zu heißen. Anfangs bereute ich meinen Entschluss zu laufen, meine Richelieus taten verflixt weh. Bis zum Hafen braucht man eine Dreiviertelstunde und danach noch einmal gut zwanzig Minuten zur Kirche. Aber der Morgen war so strahlend hell, die Sonne wunderbar warm, die Düfte so frisch und die Landschaft so harmonisch, dass mir der Spaziergang sehr viel Freude bereitete. Fast hatte ich ein schlechtes Gewissen deswegen. Auf der Landstraße, über der die Schmetterlinge tanzten, roch es wunderbar nach frischem Gras, Schafe grasten friedlich, und die Sonnenstrahlen glitzerten auf dem Meer. Ich lauschte meinen Schritten auf dem groben Asphalt und konnte mich durch die Geräusche der Insel geradezu gehen hören. Jeder Schritt verkündete: Jetzt ist jetzt, und ich bin hier. Plötzlich begriff ich: Ich wanderte im Herzen der Insel. Hätte ein Besucher mich als Fremdenführer angeheuert und mich gefragt, wo das Herz der Île d'Yeu ist, so hätte ich ihm geantwortet: Hier oder dort, ganz gleich, wo – es ist da, wo wir unsere Schritte hinsetzen, vorausgesetzt, wir tun es bewusst. Warum nur ist es in Paris so anders?

Ich erreichte den Hafen und wartete auf das Schiff. Es kam langsam näher, pflügte durch das sonnenglitzernde Wasser, glitt am kleinen grünen Leuchtturm vorbei und legte an seinem Platz inmitten der bunt bewimpelten Boote an. Mit einem Mal begannen meine Füße besonders heftig zu schmerzen, als wären die Schuhe um zwei Größen geschrumpft: Ich konnte Edie unter den aussteigenden Passagieren nicht entdecken. Geduldig wartete ich weiter, bis sich die Neuankömmlinge zwischen den Buden der Fahrradverleiher zerstreut hatten. Ein paar Nachzügler liefen über den Steg, andere Passagiere entstiegen den Ausgängen, wo man Gepäck mit Übergröße abholen konnte. Aber schon bald war die Anlegestelle menschenleer. Das nächste (und letzte) Schiff würde um siebzehn Uhr einlaufen. Edie war nicht gekommen.

Zwar hatte ich zu Charlie gesagt, dass Edie sich vielleicht noch umentscheiden würde, aber wirklich geglaubt hatte ich es nicht. Warum nur hatte ich meine Befürchtungen vorweggenommen und so getan, als bestünde die Möglichkeit? Und warum hatte Charlie geantwortet: »Ja, vielleicht«, obwohl sie ebenso wie ich weiß, dass Edie sich für die Menschen, die ihr nahestehen, wenn nötig ein Bein ausreißt? Es gehört zu Edies Lebensphilosophie, Freundschaften ernst zu nehmen, und sie beweist das nicht nur durch eine unerschütterliche Loyalität, sondern auch durch wunderbar passende Aufmerksamkeiten, wie der Brief von Voltaire erst kürzlich gezeigt hat. Nicht eine Sekunde hatte ich daran gezweifelt, dass sie mit diesem Schiff kommen würde. Dem letzten Schiff.

Mit von Blasen angeschwollenen Füßen, zerknittertem Hemd und umwölktem Gemüt verließ ich den Hafen. Zwar hatte ich mich über meinen Bruder und seinen Ärger über die nicht funktionierenden Handys lustig gemacht, jetzt aber zürnte ich selbst, dass mein Telefon unbrauchbar war. Nicht zu wissen, warum sie nicht gekommen war, und alle möglichen Schreckensbilder im Kopf zu haben, erschien mir ganz besonders grausam.

Um Viertel vor elf erreichte ich die Kirche, wo ich meiner Mutter mit den Blumensträußen und all den anderen Dingen half, die sie organisiert hatte. Anschließend geleitete ich sie zu ihrer Bank gleich vor dem Altar. Solange es um die Blumen, die Autos, die zu zählenden Leute und mein Bügeleisen gegangen war, war sie unsere Mama gewesen. Jetzt aber, hier in der Kirche, war sie es nicht mehr. Sie war ein kleines Mädchen, das um seine

Mutter weinte. Ich nahm sie in die Arme und ließ sie schluchzen. Dabei kämpfte ich mit zugeschnürter Kehle gegen meine eigenen Tränen an, die mein Seil zu zerreißen drohten. Ich begrüßte Omar, Charlie und Louis-Jean, die sich bereits gesetzt hatten, mit einem kurzen Handzeichen. Omar wischte sich die Augen, Louis-Jean blätterte in dem fotokopierten Gottesdienstprogramm, ohne wirklich hinzuschauen. Charlie ließ ihren Blick suchend über die Anwesenden gleiten. Edie. Ich schüttelte fast unmerklich den Kopf. Vielleicht, weil der Anblick meiner Freunde mich tröstete, wurde ich plötzlich wieder zu Guillaume, dem Fremdenführer. Ich gab meine Mutter in die Hände meiner Schwester und begleitete trotz meiner blutigen Füße unsere Gäste zu ihren Bänken, begleitete den Pfarrer, der sich ein wenig verzettelt hatte, und begleitete schließlich den Sarg meiner Großmutter ins Hauptschiff. Dann wurde es still in der kleinen Kirche. Der Pfarrer regelte sein Mikrofon, ein paar Leute husteten, die Messe begann. Ich kehrte zum Haupteingang zurück und schloss leise die Flügeltür. Schon spürte ich die Kühle der Kirche, die uns umgab. Von außen versuchte jemand, die Tür zu öffnen. Gegen die blendende Sonne erkannte ich die Gestalt eines Nachzüglers und ließ ihn ein. Erst als sie unmittelbar vor mir stand, wurde mir klar, dass es sich um Edie handelte.

»Wie geht das denn?«, flüsterte ich. »Ich war doch am Schiff …«

Sie antwortete nicht, sondern nahm nur meine Hand. Wir setzten uns in die letzte Bank. Inzwischen saß mein Bruder auf meinem Platz neben meiner Mutter.

Vorn war alles voll. Zumindest sagte mir der Gedanke zu, dass vorne alles voll war. Hier hinten saß Edie neben mir und hielt meine Hand. Und meine Großmutter war überall. Daher blieb ich, wo ich war.

Die Messe war sehr schön, auch wenn ich keine Ahnung von Messen habe. Ich war so glücklich, dass Edie neben mir saß und meine Hand hielt, und fühlte mich unendlich schuldig wegen meines Glücks. Natürlich stellte ich mir viele Dinge vor, die ganz und gar nichts mit Beerdigungen zu tun hatten, und fragte mich, ob Madeleine, meine liebe Omi dort oben im Himmel, meine Gedanken hören konnte. Wahrscheinlich hätte sie herzlich über meine Schuldgefühle gelacht. Wie sie mir fehlte! Wie sehr ich ihrer Lebhaftigkeit, ihrem Humor und ihrer Zärtlichkeit nachtrauerte! Madeleine, die in ihrer Kindheit arm gewesen war, hatte uns Kindern immer gepredigt, wie gut es uns doch ging. Jetzt ging es den Engeln gut, denn sie durften Madeleine bei sich haben. Na, ihr da oben im Paradies, wisst ihr euer Glück eigentlich zu schätzen? Ihr nehmt uns unsere Liebsten einfach weg, ohne darüber nachzudenken, ob wir genügend Zeit hatten, ihnen alles zu sagen – nehmt ihr die Vorzüge ihres Leuchtens überhaupt wahr, ihr Hochstapler? Bei der Vorstellung, wie die Engelchen es sich gutgehen ließen, musste ich innerlich grinsen. Gleichzeitig jedoch weinte ich alle Tränen meines Flusses.

Edie drückte meine Hand noch fester. In diesem Moment schwor ich, sie fortan mit aller Kraft und gegen sämtliche Widerstände zu lieben, denn das konnte das Paradies uns nicht nehmen.

Kapitel 25,
in dem ich mein Versprechen halte

Am schwersten zu ertragen ist bei einer Beisetzung der Friedhof. Jener Moment, wenn der Sarg in die Dunkelheit der Erde abgesenkt wird. Meine Mutter brach fast zusammen, und ich musste sie bis zum Auto stützen. Glücklicherweise gab es gleich anschließend ein Mittagessen. Natürlich blieben nicht alle zweihundert Trauergäste zum Essen, aber wir waren mindestens sechzig Personen, und es gab viel zu tun. Und so wurde meine Mutter wieder zu unserer Mama.

Als braver Sohn verbrachte ich fast die ganze Zeit im Kreise der Familie. Erst nach fünf Uhr nachmittags setzte ich mich zu meinen Freunden. Die Heldin des Tages war eindeutig Edie, die mit dem Hubschrauber angereist war. Ich hatte nicht die ganze Geschichte mitgehört, aber allein die Tatsache, dass sie gekommen war und für mich ein Vermögen ausgegeben hatte, fand ich einfach toll. Alle saßen noch bei Tisch. Wir verdauten die leckeren Dinge, den Kaffee und die süßen Häppchen, die wir genossen hatten, und waren inzwischen beim Likör angelangt. Die Männer hatten ihre Krawatten gelockert, ich hatte die Richelieus gegen meine alten Converse getauscht, und alte Herren in Hosenträgern hatten die Spielkarten hervorgeholt. Sie kramten auch Erinnerungen hervor, Madeleine hier, Madeleine dort, erinnert ihr euch, wie sie war, und solche Geschichten. Vorher war weniger über sie gesprochen worden, man hatte das Thema sogar eher gemieden. Aber mit dem Abend kam die Nostalgie. Edie stand auf, um den Frauen beim Aufräumen zu helfen. Hier und da war noch ein Schluchzen zu vernehmen, aber man tätschtelte einander die Schulter und tröstete: »Das wird schon wieder.«

Irgendwann nach sechs setzten Charlie, Louis-Jean, Omar, Edie und ich uns ab und gingen zum Port de la Meule, um auf einer Terrasse über der Felsenbucht einen Aperitif zu trinken und uns mit Omars Bruder Bertrand zu treffen. Ich erinnerte mich eines mürrischen kleinen Jungen, der ewig auf der Flucht zu sein schien, inzwischen aber war Bertrand zu einem hochgewachsenen, jovialen und ruhigen Mann geworden, dessen Gesicht älter wirkte als seine vierzig Jahre. Er sprach mir und meiner Mutter sein herzlichstes Beileid aus und überzeugte mich durch diese wenigen Worte, dass er sich wirklich grundlegend verändert hatte. Die Spannung jedoch, die seine Anwesenheit bei Omar hervorrief, machte mich nervös.

Trotzdem blieben unsere Gespräche heiter. Edie ergötzte uns mit ihrer Hubschraubergeschichte. Nachdem ich davon ausgegangen war, dass sie Hunderte Euro (die sie nicht besaß) geopfert hatte, um bei mir sein zu können, musste ich erfahren, dass sie einen Deal mit der

Betreibergesellschaft ausgehandelt hatte. Sie hatte den Leuten kurzerhand erklärt, dass I LOVE PARIS, deren Geschäftsführerin sie sei, höchst exklusive Ausflüge auf die Île d'Yeu plane und ihre Gäste ausschließlich mit den Hubschraubern der Gesellschaft transportieren wolle. Daraufhin flog sie umsonst auf die Insel, die Visitenkarte des Direktors des Unternehmens im Gepäck.

Nachdem das Thema abgehandelt war, gingen wir zu Scherzen über Louis-Jean und Amanda über. Edie berichtete uns von der Verwandlung der Amerikanerin, die jeden Tag mehr aufzublühen schien.

»Sie ist verrückt nach dir«, sagte Edie, und keiner von uns zweifelte an der Wahrheit dieses Satzes, obwohl sie ihn nur wiederholte, um Louis-Jean auf den Arm zu nehmen, der ihr wirklich jedes Mal auf den Leim ging und flüsterte:

»Aber wir wollen nichts übers Knie brechen. Wir gehen es ganz langsam an.«

»Trotzdem ist sie verrückt nach dir. Wieso ist sie dieses Wochenende eigentlich nicht mitgekommen?«

»Nach unseren letzten Zusammenkünften musste ich davon ausgehen, dass es nicht zu diesem ernsten Anlass gepasst hätte, wenn du verstehst, was ich meine.«

»Mein lieber Schwan, wer hätte das gedacht!«, seufzte Omar.

»So ist es ohnehin besser«, warf Edie ein. »Im Büro gibt es auch an diesem Wochenende jede Menge Arbeit. Aber Amanda schuftet wie ein Ochse und hat den Laden im Griff. Ich bin echt beeindruckt.«

»Immerhin hat sie ihren Abschluss an einer renommierten Handelsakademie gemacht, und sie hatte den Mut, sich einen Job in Paris zu suchen. Kein Wunder, dass sie unternehmerische Qualitäten offenbart. Ihr fehlte nur noch ein wenig Selbstbewusstsein …«, sagte Charlie. Sie ist eben eine wahre Expertin auf dem Gebiet der Personalvermittlung.

»Und sonst? Wie läuft die Sache mit deinen Japanern?«, erkundigte sich Omar, der bisher eher wortkarg gewesen war.

»Sie reisen in sechsunddreißig Stunden an, und ich hätte noch mindestens eine Woche mehr gebraucht, um alles durchzuorganisieren. Es gibt noch jede Menge Kleinkram, der nicht fertig ist … Ich habe Angst vor der Vollkatastrophe, aber so ist es nun einmal.«

Edie seufzte.

»*Trust the path ahead*«, sagte ich, ohne jemanden anzusehen. Es strömte einfach von selbst heraus.

»Was sagst du da?«, fragte Edie sofort.

»*Trust the path ahead* – ein Spruch, den ich bei meiner Großmutter gesehen habe. Vertraue auf den Weg vor dir … Also bleib cool und hab Vertrauen, dann wird schon alles klappen …«

»Hast du es seit Neuestem mit New Age?«, fragte Louis-Jean erstaunt.

»Man hat leicht reden, wenn man nicht betroffen ist«, rief Edie. »Ich sage euch – wenn ich irgendein Detail vergesse, geht alles den Bach runter.«

»Weil man es mit ausgemachten Skeptikern zu tun hat«, sagte Bertrand plötzlich mit seiner dunklen, tönenden Stimme. Zum ersten Mal, seit wir in diesem Café saßen, hörten wir ihn einen ganzen Satz sprechen. »Auf den Weg zu vertrauen ist ja schön und gut, aber du musst zumindest eine Ahnung haben, wo du hinwillst. Wenn du dein Ziel nicht kennst, führt der Weg dich auf die nächste Gänseblümchenwiese.«

Wir alle hörten Bertrand zu, und niemand wagte zu widersprechen. Auch Omar sagte nichts. Bertrand sah uns an und erklärte:

»Der beste Ratgeber ist die Nacht. Und weil ich jeden Ratschlag brauchen kann, den das Universum mir zukommen lässt, möchte ich mich verabschieden, meine Freunde.«

Es war erst sieben Uhr, aber ich fühlte mich erleichtert, als er ging. Tatsächlich gefiel mir der Mann, zu dem Bertrand geworden war. Von ihm strahlte eine ruhige Kraft aus, ein Wohlwollen gegenüber allem und jedem (was mich im Übrigen an Charlie erinnerte), und trotzdem entstand wegen Omars spürbarem Groll eine unangenehme Spannung. Lediglich Louis-Jean schien nichts von der schwierigen Beziehung Omars zu seinem großen Bruder zu ahnen.

»Echt cool, dein Bruder«, sagte er und wandte sich an mich. »Wusstest du, dass er ehrenamtlich im Krankenhaus für krebskranke Kinder den Clown gespielt hat?«

»Nein, das wusste ich nicht.«

Omar hatte die Ellbogen auf die Knie gestützt und starrte auf den Boden.

»Wusstest du es, Edie?«, fragte Louis-Jean weiter. »Ich kann solche Typen nur bewundern.«

Edie bedeutete ihm, das Thema zu wechseln. Omar lächelte verbittert vor sich hin. Louis-Jean verstand nicht, was los war.

»Louis-Jean«, sagte Charlie und legte ihm die Hand auf den Oberschenkel, »sagen wir mal so: Bertrand arbeitet daran, Buße zu tun. Ich glaube, er hat es fast geschafft. Aber bis dahin sprechen wir lieber nicht mehr darüber.«

»Fast …«, murmelte Omar vor sich hin, aber wir taten alle so, als hörten wir es nicht.

Schweigen senkte sich über unsere kleine Gruppe. Ich hörte die Wellen in der kleinen Felsenbucht und Kinder, die ausgelassen zum Strand rannten. Fahrräder fuhren vorbei. Abendliche Düfte stiegen auf. Die Zeit verrann.

»Sag mal, Edie, nimmst du für den Rückweg auch wieder den Hubschrauber, oder hast du etwas anderes geplant?«, erkundigte sich Louis-Jean. »Vielleicht einen Flugzeugträger? Oder ein Tretboot?«

»Ich nehme die Fähre morgen früh.«

»Du enttäuschst mich. Wo schläfst du eigentlich?«

»Keine Ahnung. Guillaume, wo schlafe ich?«

Ich blickte sie mit hochgezogenen Augenbrauen an. Angesichts der großen Anzahl an Gästen war das Haus voll, ebenso wie die drei kleinen Hotels der Insel. Das wusste ich von einem der Trauergäste, der sich beim Essen darüber beklagt hatte. Es war Samstagabend, und das Wetter war herrlich. Alle hatten sich entschieden, eine weitere Nacht auf der Insel zu bleiben und erst am nächsten Morgen aufs Festland zurückzukehren. Telefonieren war unmöglich, und es wurde jetzt rasch dunkel. Ich sagte: »Wir werden schon etwas finden«, aber das Problem beschleunigte unseren Aperitif. Schon bald machten wir uns auf den Weg entlang der kleinen Häuser mit den blauen Fensterläden und den hohen Hortensienbüschen. In Saint-Sauveur trennten wir uns. Omar, Charlie und Louis-Jean gingen weiter nach Port-Joinville, Edie und ich in Richtung von Madeleines Haus.

Unterwegs sprachen wir nicht viel. Der Himmel prunkte mit orangefarbenen Streifen, die Luft war lau. Um uns herum summten kleine, harmlose Insekten. Manchmal erhaschte ich verstohlen einen Seitenblick auf Edies Gesicht, das im goldenen Abendlicht leuchtete. So viel hätte es zu sagen gegeben. Zum Beispiel all das, was ich seit zwei Wochen ständig im Kopf wiederholte. Trotzdem entschied ich mich, lieber den Augenblick zu genießen, langsam zu gehen und mir ihrer Gegenwart bewusst zu sein, um mich daran erinnern zu können, wenn sie nicht mehr da war.

Zu Hause angekommen, musste ich feststellen, dass schon jetzt überall Matratzenlager aufgebaut waren. Das Haus platzte aus allen Nähten. Da kam mir die Idee, bei unserer netten Nachbarin nachzufragen. Wir klingelten bei ihr.

»Guten Abend, Madame Valeau. Bitte entschuldigen Sie die Störung, aber ist Ihr Gästezimmer zufällig noch frei? Meine Freundin hat noch keine Unterkunft.«

Eine kleine magere Frau mit tiefschwarz gefärbten Locken und noch immer fesch in ihr Beerdigungskleid gehüllt, hatte uns die Tür zu ihrem nach Bienenwachs und Frittierfett duftenden Haus geöffnet.

»Guillaume, mein kleiner Guillaume, das ist aber nett, dass du mich fragst. Schon deiner Großmutter, Gott hab sie selig, habe ich immer gesagt, dass ihr herzlich willkommen seid. Kommen Sie nur, Mademoiselle. Tja, das mit deiner Großmutter hat mir einen ziemlichen Schock versetzt. Sie war ja nicht einmal wirklich alt.«

Madame Valeau war fast achtundsiebzig.

»Hier, ziehen Sie Hausschuhe an. Haben Sie denn kein Gepäck dabei, meine Kleine?«

Während Edie ihre Ballerinas auszog, um Madame Valeaus Fliesenboden in Pantoffeln zu betreten, blieb ich an der Tür stehen. Ich dachte an meine blutigen Socken.

»Zeigen Sie ihr schon einmal das Zimmer, Madame Valeau. Edie, ich hole dein Gepäck.«

Gegen acht hatte ich Edie bei Madame Valeau abgeliefert, aber erst gegen neun sah ich sie wieder. Ich musste sie mit sanfter Gewalt aus der allzu wohlmeinenden Gastfreundschaft der Nachbarin befreien, die darauf bestanden hatte, mit ihr einen Rundgang durch das ganze Haus zu machen, ihr den Garten zu zeigen, ihr eine Kleinigkeit zu essen vorzusetzen, die Abfahrtszeiten der Fähre zu überprüfen und ihr die Fotos ihrer Kinder zu präsentieren.

Schließlich waren wir draußen und endlich allein. Wie zwei Kinder saßen wir im Schneidersitz neben Madeleines offener Garage. Ich hatte ein Fotoalbum meiner Großmutter mit Bildern aus dem Paris der fünfziger Jahre mit hinausgenommen, und der Betonboden rings um uns herum war übersät mit Fotos. Ich ließ mich in eine Epoche entführen, die ich nie erlebt hatte, und Edie kommentierte jedes einzelne Bild. Die meisten Fotos hatte mein Großvater gemacht und darauf Gebäude, Passanten und wildfremde Leute auf Caféterrassen abgelichtet. Ich hatte nicht einmal gewusst, dass er sich für Fotografie interessierte.

Es wurde spät. Nach und nach suchten die Emotionen des Tages in meinem Kopf ihr Nachtquartier auf. Nach den heißen Tränen, den inneren Kämpfen und der strahlenden Sonne wurde ich ganz ruhig. Ich spürte Frieden. Die Realität allerdings begann zu wanken und verlor an Einfluss. Alles geriet gemächlich ins Trudeln, das Leben, der Tod, die Liebe, die großen Kirchentüren im Licht, die schweren Weine beim Mittagessen und die Meeresbrise, die alles davonwehte. Ich betrachtete gleichzeitig die Fotos und Edies Gesten; manchmal hatte ich das Gefühl eines Déjà-vu, dann aber musste ich mich wieder daran erinnern, dass ich mich mit ihr in der Gegenwart befand und dass Vergangenheit und Zukunft nicht gleichzeitig stattfinden konnten.

»Siehst du, genau das suchen die Leute in Paris«, sagte Edie plötzlich und zeigte mir ein Foto, auf dem Leute – vielleicht ein Liebespaar – auf der Terrasse eines Restaurants miteinander lachten. »Diese Sorglosigkeit. Eine Art federleichtes Glück. Die Überzeugung, dass man aus allem das Beste macht. Mit den Sehenswürdigkeiten hat das nichts zu tun. Sie dienen nur als unvergessliche Dekoration für einen … ich weiß auch nicht … vielleicht für einen perfekten Moment.«

Ich schaute sie an. Wir waren uns ganz nah. Aber dieses Mal zählte ich nicht die Zentimeter.

»Ich freue mich sehr, dass du gekommen bist, Edie. Edie …«

Ich weiß nicht mehr, ob die Zeit verging oder stehen blieb. Sie wandte mir ihr Gesicht zu, ich beugte mich sanft zu ihr, und ich glaube, auch sie kam mir näher. Und dann trafen sich unsere Lippen.

Kapitel 26,

in dem ich das Glück auf Segeln genieße

Ich erinnere mich, dass unser Kuss sehr lange dauerte. Als wollten wir die verlorenen zwanzig Jahre nachholen. Alles andere, scheint mir, habe ich sofort vergessen, nachdem ich es erlebt hatte. Vielleicht war es einfach zu viel für mich. Sobald ich versuche, mich an Einzelheiten zu erinnern, verschwimmt alles. Nur unscharfe Bilder bleiben zurück. Ich entsinne mich nur noch einer intensiven, unerwarteten, aber offenkundigen Zärtlichkeit. Einer Sanftmut, in die sich eine gewisse Dringlichkeit mischte. Die Fotos von Paris fielen eines nach dem anderen auf den Boden. Paris lag uns zu Füßen, und wir befanden uns mitten darin. Außer Atem.

Ich weiß auch nicht mehr, ob sie es war oder ich – einer von uns entdeckte die Stelle ganz hinten, wo die Surfbretter lagern. Ich habe auch vergessen, wie wir dort hinkamen, aber ich erinnere mich des staubigen Bodens und der zusammengelegten Segel in einem Nylonsack. Wir falteten sie auseinander und legten uns darauf.

Und dann liebten wir uns.

Ich werde es noch einmal schreiben, damit sich die Erinnerung nicht verflüchtigt, weil sie alles ist, was mir bleibt. Oder für den Fall, dass ich im Alter selbst die schönsten Dinge zu vergessen beginne.

EDIE UND ICH LIEBTEN UNS.

Wir ließen uns viel Zeit. Unsere Hände erkundeten unsere Körper wie ein unbekanntes, kostbares Land. Wir fragten uns nicht, ob diese Nacht zu früh oder zu spät kam. Wir liebten uns. Wenn ich jetzt darüber nachdenke, glaube ich, dass wir eigentlich nur die an diesem Morgen erlernten Lektionen anwendeten. Lange blieben wir eng umschlungen liegen. Nackt, bebend, allein auf der Welt. Dabei kannten wir uns so gut! Und so schlecht!

Irgendwann fiel uns ein, dass Madame Valeau in ihrem kleinen Pantoffelhaus auf Edie wartete. Es war schon nach elf. Edie zog sich eilig an, und wir kicherten wie Heranwachsende. Trotz unserer Küsse und unseres Lachens glaubte ich, eine verhaltene Trauer in ihrem Gesicht zu lesen, aber ich war zu erschöpft und zu trunken, um mir darüber Sorgen zu machen. Vielleicht hatte ich es mir auch nur eingebildet.

Ich begleitete Edie zum Nachbarhaus. Madame Valeau öffnete uns, ehe wir geklingelt hatten. Ich glaube, sie ahnte etwas – für ein Beerdigungswochenende wirkten wir viel zu glücklich. Ich versprach Edie, sie gut anderthalb Stunden vor Abfahrt der Fähre abzuholen und mit ihr am Hafen zu frühstücken. Die alte Dame blieb an unserer Seite und beobachtete uns argwöhnisch, daher kürzten wir den Abschied ein wenig ab. Gute Nacht, Edie, gute Nacht, Madame Valeau, und nochmals vielen Dank. Ich hoffe, wir haben Sie nicht zu lang warten lassen.

Zu Hause schlich ich mich zum Matratzenlager, wo einige meiner Cousins bereits schliefen. Lächelnd starrte ich eine Weile an die Decke, bevor ich endlich selig einschlief.

Am nächsten Tag erwachte ich von allein exakt zur eingestellten Weckzeit um 8:30 Uhr. Leise pfeifend wusch, rasierte und parfümierte ich mich. Dabei zählte ich die Minuten, bis ich Edie wiedersehen würde. Meine Edie. Ich wollte sie küssen, wieder und wieder küssen, um ganz sicherzugehen, dass die vorige Nacht nicht nur ein verführerischer Traum gewesen war. Das Schiff sollte um 11:00 Uhr ablegen, um 9:15 Uhr wollte ich sie abholen. Damit hätten wir ausreichend Zeit für ein Frühstück für Verliebte vor der Kulisse des funkelnden Ozeans und der gemächlichen Geschäftigkeit des Hafens. Dort würde jetzt einiges los sein, denn es war Markttag. Wenn ich mich ein wenig beeilte, bekämen wir vielleicht noch einen Tisch auf der Terrasse. Der Tag versprach wunderbar zu werden.

Um 9:15 Uhr ging ich durch den Garten hinüber zur Nachbarin.

»Guten Morgen, Guillaume. Hast du verschlafen? Sicher, nach den großen Gefühlen von gestern …«

Ich starrte Madame Valeau an. Hinter ihr blieb alles ruhig. Kein Geräusch drang aus Küche oder Flur.

»Nein, durchaus nicht«, stammelte ich. »Edie …«

»Mein Mann hat sie gefahren, damit sie pünktlich ist. Gut, dass mein Neffe seinen Wagen …«

»Aber heute ist Sonntag«, unterbrach ich sie. »Die Fähre geht erst um elf. Uns bleibt jede Menge Zeit …«

»Aber nein, mein Junge. Heute ist Fahrplanwechsel. Seit heute gilt der Sommerfahrplan. Das erste Schiff geht um 9:30 Uhr. Wir haben gestern extra noch einmal nachgeschaut.«

Der Ausdruck »Mir blieb fast das Herz stehen« hat noch nie besser gepasst. Zwei Minuten später stahl ich die Autoschlüssel vom heimischen Schlüsselbrett, rannte durch den Garten, sprang über das Mäuerchen und ließ nach mehreren vergeblichen Versuchen den Motor von Madeleines Clio aufjaulen. Ich drückte das Gaspedal bis zum Anschlag durch, wie meine Großmutter es immer getan hatte, und hätte es noch rechtzeitig zur Fähre geschafft, wären die Kais von Port-Joinville nicht von Touristen und Marktgetümmel verstopft gewesen. Ich ließ den Wagen gegenüber einer Crêperie auf dem Bürgersteig stehen und rannte zur Anlegestelle, die ich just in dem Augenblick erreichte, als das Schiff den Hafen verließ.

Meine Güte, ich und Schiffe! Nicht einmal telefonieren konnte ich. Du Blödmann, Guillaume, du bist wirklich ein Blödmann! Scheiße! Ich stampfte mit dem Fuß auf und schlug mir so laut auf die Schenkel, dass ein paar Touristen sich umdrehten. Immer mit der Ruhe, mahnte ich mich. Keine Panik. Du siehst sie ja morgen.

Ich atmete tief durch und wanderte langsam den Kai entlang. Nun, da ich schon mal hier war, konnte ich den schönen Sonntag auch ebenso gut genießen. Ich schlenderte über den Markt und kaufte ein paar Kleinigkeiten. Plötzlich überkam mich die Lust, Edie ein Geschenk zu machen. Hätte es einen Goldschmied gegeben, hätte ich ihr bestimmt ein wertvolles Schmuckstück, drei Diamanten oder irgendetwas gekauft, das sie ihr ganzes Leben lang behalten könnte, aber leider gab es nur Andenkenläden. Eine Zeit lang stand ich vor einer Schneekugel mit dem grünen Leuchtturm, dann aber wanderten meine Gedanken zu ihrer Einrichtung, und mir wurde klar, dass das nicht passte. Eigentlich passte so gar nichts aus diesen Läden zu Edies Pariser Welt. Schließlich kaufte ich einen kleinen Streifenpulli aus Baumwolle und ein Buch über Haifische für Petit Baz und kehrte zum Haus meiner Großmutter zurück.

Omar, Charlie, Louis-Jean und ich nahmen die letzte Fähre zum Festland. In Fromentine stand Louis-Jeans Auto, mit dem wir nach Paris zurückkehrten. Ich sehnte mich danach, Edie anzurufen, hatte aber beschlossen, unser kleines Geheimnis vorerst für mich zu behalten. Louis-Jean fuhr wie der Henker. Manchmal war mir, als liefe mein Leben wie ein Film vor meinen Augen ab, aber wir erreichten Belleville unversehrt kurz nach Mitternacht. Ich saß noch eine Stunde auf dem Balkon und betrachtete den Eiffelturm.

Morgen würde ich Edie sehen.

Morgen kamen die Japaner.

Pünktlich um ein Uhr funkelte der Eiffelturm.

Und so endete die traurigste und die glücklichste Parenthese meines Lebens.

DER ANFANG VOM ENDE

Kapitel 27,
in dem die Japaner landen

Am Montagmorgen stehe ich in meiner Schriftstellermontur im Bereich Ankunft International am Flughafen Charles de Gaulle, inmitten vieler Menschen mit Schildern. Ich bin zu früh und sehr erschöpft. Die Müdigkeit der vergangenen Tage hat sich genau diesen Morgen ausgesucht, um mich mit voller Wucht zu überfallen. Meine total zugepflasterten Füße habe ich fast gewaltsam in die Richelieus zwängen müssen, und ich habe das Gefühl, unrundzulaufen. Nach den fünf Stunden in Louis-Jeans Auto von gestern ist mein Rücken noch ganz krumm, und mein Anzug riecht nach dem Haus meiner Großmutter. Der RER war so schmutzig und überfüllt wie immer, und draußen fällt ein trister Nieselregen, der alles Licht verschluckt. Das Schlimmste aber ist die Vorahnung, die mich seit dem Aufstehen verfolgt. Ich spüre, dass eine Katastrophe auf uns zukommt.

Meine Sehnsucht nach Edie ist so groß, dass sie schmerzt, gleichzeitig jedoch möchte ich sie in meinem Zombiezustand lieber nicht sehen. Außerdem ist heute Arbeit angesagt, und Edie nimmt, ebenso wie ich, die Arbeit sehr ernst. Vor allem an diesem Morgen. Darüber hinaus darf ich die Augen nicht davor verschließen, dass ich seit drei Jahren keine richtige Beziehung mehr hatte, dass die Frau, die ich liebe, meine beste Freundin ist und dass die Gebrauchsanweisung für eine funktionierende Partnerschaft mir bis heute nicht bekannt ist. Daher beschließe ich, brav zu bleiben, mich während der kommenden drei Tage auf meine Arbeit zu konzentrieren und erst danach den Faden unserer Geschichte dort aufzunehmen, wo wir ihn losgelassen haben.

Als Edie kommt, werfe ich meinen Entschluss beinahe über Bord. Sie hat die übliche Slim Jeans gegen ein Fünfziger-Jahre-Kleid in einem satten Blutorangenton mit Wespentaille und halsfernem Kragen getauscht, über dem sie eine kurze dunkelblaue Jacke mit Dreiviertelärmeln trägt. Ihre Pumps sind rosa, die Nägel rot lackiert, um den Hals hat sie Holzperlen geschlungen, und auf ihrem Haar sitzt ein blassrosa Hütchen. An ihrem Arm hängen eine kleine, altmodische Handtasche in wassergrünem Krokoprint sowie eine Papiertüte mit dem Aufdruck Chanel. Sie sieht aus wie eine Schaufensterpuppe aus den *Galeries Lafayette*. Oder wie Audrey Hepburn. Ich erkenne sie kaum wieder, aber sie sieht beeindruckend aus. Das Pariser Outfit stünde ihr noch besser, wenn sie ein bisschen lächeln würde. Aber das tut sie nicht.

»Wie geht's?«, erkundige ich mich und lege ihr sanft die Hand auf den Rücken.

»Ich bin platt. Obwohl ich die ganze Nacht gearbeitet

habe, ist die Hälfte noch nicht perfekt. Ich habe ein ganz miserables Gefühl bei der Sache. Ist das Flugzeug gelandet?«

Sie haucht mir einen Kuss auf die Wange – mehr gewohnheitsmäßige Begrüßung denn eine Zärtlichkeit.

»Ja, die Durchsage kam gerade«, sage ich, lasse meine Hand wieder sinken und weiß nicht so recht, wohin ich mit ihr soll.

Plötzlich scheint sie sich an die Segel und all das zu erinnern.

»Und du? Wie geht's dir so?«, fragt sie mit einem schüchternen Lächeln, das allerdings nicht wirklich mir zu gelten scheint. Trotzdem nehme ich es dankend an.

Ich atme tief durch.

»Alles bestens. Du brauchst dir keine Sorgen zu machen. Es wird schon alles klappen.«

Und dann füge ich hastig hinzu:

»Ich wollte mich übrigens wegen gestern noch bei dir entschuldigen. Ich wusste nicht, dass am Sonntag Fahrplanwechsel war. Ich habe noch den Clio meiner Oma aus der Garage stibitzt, aber am Hafen war Markt, und du weißt ja, dass Handys auf der Insel nicht funktionieren. Nach Hause gekommen bin ich mit Louis-Jean, der wie ein Verrückter gerast ist. Wir sind gestern Abend erst spät angekommen und …«

»Mach dir keinen Kopf, hat ja alles geklappt. Madame Valeaus Mann hat mich zum Hafen gebracht.«

»Okay …«

Was hätte ich auch sonst sagen sollen? Die folgende Viertelstunde verläuft ziemlich angespannt. Edie holt eine Schiefertafel und Kreide aus der Chanel-Tüte und bittet mich, die Namen unserer Japaner aufzuschreiben. Anschließend finden wir keinen weiteren Gesprächsstoff. Edie ruft Amanda an, schreibt SMS und Mails, und ich stehe einfach nur da, in meinen Richelieus und meiner Schriftstellermontur, die jetzt mit Kreidestaub bedeckt ist. Einen Moment spiele ich mit dem Gedanken, ebenfalls mein Smartphone herauszukramen und so zu tun, als sei ich schrecklich beschäftigt, aber das finde ich dann doch allzu lächerlich. Also stehe ich nur herum und wiederhole im Geiste Begrüßungsformeln auf Japanisch, obwohl ich sie in- und auswendig kenne.

Die Ankunft der Japaner hat etwas Erlösendes. Zunächst entdecken wir den Vater, der einen hoch beladenen Kofferkuli vor sich herschiebt. Er hat seinen Namen auf der Schiefertafel gelesen und kommt auf uns zu. Der Mann ist größer als der durchschnittliche Japaner, hat kurzes grau meliertes Haar, einen durchdringenden Blick und ist elegant gekleidet. Dann kommt die Mutter, eine zierliche, reserviert wirkende Frau mit regelmäßigen Zügen, deren Kleidung diskret in neutralen Tönen gehalten ist. Die gleich dahinter folgende Großmutter ist eine exakte Kopie der Mutter, allerdings sehr viel lebhafter. Ihre Augen funkeln, und sie begrüßt uns mit einem schelmischen Lächeln. Dabei hüpft sie fast vor Aufregung. Ich begrüße die Familie mit der gebotenen Höflichkeit und beginne, die Herrschaften einander vorzustellen. Aber wo bleibt Katzuko, die Bloggerin? In Edies Blick entdecke ich einen Anflug von Panik. Was, wenn sie nicht kommt? Aber nur Sekunden später sehen wir sie. Sie schiebt ihren eigenen Kofferkuli und ist ganz auf ihr Smartphone konzentriert. Katzuko enttäuscht uns nicht. Ihr Haar ist zu einem endlos langen Zopf geflochten, dessen Farbe von Türkisblau zu Violett verläuft. Ihre mit Kajal betonten Mandelaugen schimmern künstlich grün und haben eine blaue Pupille. Ihre kurze weiße, im Leopardenmuster schwarz gefleckte Felljacke verbirgt einen mit Donald Duck bedruckten Body, darunter wippt ein weißer Faltenrock von Issey Miyake. An den Füßen trägt sie hohe Springerstiefel, die klingeln wie Tinkerbell. Das rosa Lederband um ihren Hals ist mit versilberten Nägeln gespickt. Der halbe Flughafen dreht sich nach ihr um, aber sie hat nur Augen für ihr Telefon.

Endlich wendet sie uns ihre Aufmerksamkeit zu. Ich trete auf sie zu und begrüße sie, sie grüßt formvollendet zurück. In diesem Moment bemerkt sie Edie, die stocksteif neben mir steht. Katzuko starrt sie an, beginnt sehr rasch auf uns einzureden und zeigt auf ihr Smartphone.

»Was sagt sie?«, erkundigt sich Edie nervös.

Ich schaue Edie an, lächle ihr zu und beruhige sie:

»Katzuko findet dich wunderschön und fragt, ob sie ein Foto machen darf.«

Ich spüre, wie Edie sich entspannt. Sie geht einen Schritt auf die Japanerin zu und posiert.

Katzuko ist sehr aufgeregt. Gestenreich redet sie weiter, ihre Großmutter schließt sich an, und ich nehme teil an ihrer Begeisterung. Edie wendet den Blick nicht von mir ab. Gespannt wartet sie auf meine Übersetzung.

»Alles in allem haben sie gesagt: Jetzt sind wir wirklich in Paris, juhu!«

Kaum hat Katzuko Edie auf ihr Smartphone gebannt, ruft sie die Instagram-App auf, versieht ihre ersten Paris-Fotos mit mindestens einem Dutzend Emojis sowie einem Eiffelturm und teilt sie.

Kapitel 28,

in dem ich in meiner Schriftstellermontur glänze

Allein die Straße vom Flughafen in die Pariser Innenstadt würde jeden Reisetraum bereits im Keim ersticken. Das jedoch hat Edie vorausgesehen und beschäftigt unsere Besucher mit einer äußerst schicken, sehr pariserisch wirkenden Tasche mit Broschüren, Plänen und Informationsblättern in Japanisch, verschiedenen Tickets sowie ebenfalls äußerst schicken, sehr pariserisch wirkenden Andenken wie winzigen Flakons mit Luxusparfüm, Macarons von Ladurée und einer hinreißenden Schneekugel mit Eiffelturm. Die unerwartete Aufmerksamkeit wird mit vielen »Ohs« und »Ahs«, Superlativen, weiteren Fotos und Emojis belohnt. Das alles muss ich simultan übersetzen, und bei unserer Ankunft im Hotel bin ich entsprechend erschöpft. Aber das Ziel ist erreicht: Unsere japanische Familie lächelt und hat die hässliche Umgebung der Pariser Stadtautobahn nicht einmal bemerkt.

Das von Edie höchstpersönlich ausgewählte Hotel ist ein Geheimtipp, ein altes Fachwerkhaus im Marais-Viertel, dessen Zimmer ausnahmslos von Modeschöpfer Christian Lacroix ausgestattet wurden – ein Detail, das besonders von Katzuko geschätzt wird: Selfies, Emojis, Instagram. Die Rezeptionistin ist von ausgesuchter Höflichkeit, die Zimmer sind vor der Eincheckzeit bezugsbereit. Edie schlägt unseren Gästen ein Brunch im *Café de Flore* vor, wo sie das französische Café-Leben, aber auch die Welt der Literatur kennenlernen können, Letzteres dank des Schriftstellers Guillaume Degénicour (*dixit* Edie). Wir müssen nur noch auf das Fahrzeug warten, das uns hinbringt. Pünktlich um zehn Uhr stehen Louis-Jean und Fabrice mit dem Citroën-Lieferwagen vor der Hotellobby.

Ich kann es ja gleich sagen: Ich bin schwer beeindruckt. Während Edie im Hotel noch mit den Japanern beschäftigt ist, umrunde ich einmal unser Edie-Mobil, wie Louis-Jean das Gefährt getauft hat. Das Gelb der Karosserie verleiht dem Ganzen einen gewissen Post-Charakter, aber alles in allem sieht das Auto wirklich adrett aus. *So French!* Das Innenleben ist wie ein kleiner Salon aus den fünfziger Jahren gestaltet, mit altmodischer Tapete und auf jeder Seite drei einander gegenüberstehenden Sitzen. Bei den Sitzen handelt es sich um aufgepolsterte, mit einem geometrisch gemusterten Stoff bezogene Theaterklappsitze. Perfektioniert wird der Look durch eine Jieldé-Leuchte und einen kleinen, zusammenklappbaren Resopaltisch.

»Warte, du hast den Clou der ganzen Sache noch nicht gesehen«, sagt Louis-Jean. Mit einem Handgriff öffnet er die Seitenwand und verwandelt damit den Lieferwagen in eine Art fahrbaren Laden samt Ladentheke.

Für mich im Inneren des Autos entsteht ein riesengroßes Fenster – Paris in Cinemascope. Jetzt verstehe ich, warum es Edie nicht störte, dass der Lieferwagen keine Seitenfenster hat, denn so liegt es in ihrem Ermessen, was die Japaner zu sehen bekommen und was nicht. Und wenn sie etwas sehen, dann besser als jeder andere, denn man fühlt sich wie im Theater. In einer Ecke hängt eine Lichterkette mit bunten Glühbirnen, die abends zum Einsatz kommen kann, wie in einer Schenke. Ich zweifle keine Sekunde daran, dass die Wirkung magisch sein wird.

Louis-Jean gibt Fabrice letzte Anweisungen. Unser Chauffeur steckt in einem blau-weiß geringelten Pulli und trägt eine Schiebermütze. Beides steht ihm überraschend gut, aber sind wir mit unseren Klischeevorstellungen nicht doch etwas zu weit gegangen? Louis-Jean setzt sich auf sein Motorrad. Hinter ihm im offenen Topcase befindet sich der Transportkorb von Pabst, dessen gelbe Augen aus der Dunkelheit leuchten.

»Ich bin dann mal weg. Er muss zum Tierarzt.«

»Ist er denn krank?«

»Keine Ahnung. Jedenfalls wird sein Fell immer stumpfer.«

»Wahrscheinlich Stress«, sage ich.

»Lach nicht, das ist durchaus möglich. Wenn Amanda bei mir ist, kann sie die Finger nicht von ihm lassen. Ununterbrochen streichelt sie ihn und macht an ihm herum. Der arme Kerl kommt überhaupt nicht mehr zur Ruhe. Wahrscheinlich leidet das Tier an Schlafmangel.«

Er wünscht uns gutes Gelingen und verschwindet im Verkehr des Marais-Viertels, und ich frage mich, von welchem Tier er gesprochen hat – von sich selbst oder von seinem Kater.

Edie kommt mit den Japanern. Beim Anblick von Fabrice und dem Lieferwagen bricht Katzukos Großmutter in helle Begeisterung aus, und sofort wird wieder fotografiert. Auch andere zufällig vorbeigekommene Touristen sind vor unserem alten Citroën stehen geblieben, und ich frage mich, wie ich je an Edies Idee zweifeln konnte. Fabrice ist stolz auf die vielen Komplimente und kündigt Edie an, dass er »die alte Dame nun vorglühen lassen« werde. Ich überlasse ihn seiner Arbeit.

Während die Japaner noch einmal ihre Zimmer aufsuchen, um ihre Sachen zu holen, gehe ich zu Edie, die in der Lobby wartet.

»Alles klar?« Ich wage sogar einen verliebten Blick, aber um den zu bemerken, hätte sie mich ansehen müssen. Das jedoch vermeidet sie seit dem frühen Morgen. Wieder einmal muss ich mich zur Vernunft rufen und mir sagen, dass das völlig normal ist.

»So far so good«, seufzt sie.

Trotzdem wirkt sie noch immer angespannt. Vielleicht liegt es daran, dass sie auch die Dinge sieht, die nicht ganz hundertprozentig sind: das grüne T-Shirt, das unter Fabrice's Matrosenpulli hervorlugt, ein Stück Tapete, das sich hinter den Klappsitzen löst, die Wolken am Himmel. Oder daran, dass der Lieferwagen einen solchen

Lärm macht, dass man sich im Innenraum kaum verständigen kann. Vielleicht hat sie ja auch Angst vor einer Panne. Oder es liegt an mir. Für mich jedenfalls sieht alles wunderbar aus.

Die Japaner, die sich zunächst darüber wunderten, dass sie in ein fensterloses Auto steigen sollen, um Paris zu besichtigen, amüsieren sich großartig. Katzuko liebt die Innenausstattung unseres TUB, und der Lieferwagen wird zur allgegenwärtigen Muse ihrer Fotos.

Edie verfügt über das herausragende Talent, Dinge zu inszenieren. In den wichtigen Momenten wird die seitliche Schiebetür des Autos geöffnet, und schon liegt Paris wie eine gigantische Postkarte vor unseren Gästen: die Kirche Saint-Germain, der Montparnasse-Turm, Notre-Dame.

Schließlich kommt der Moment, den ich schon seit Wochen fürchte: meine Vorstellung als Schriftsteller. Nachdem wir unser hübsches Gefährt auf dem Boulevard Saint-Germain geparkt haben, setzen wir uns ins *Café de Flore*. Edie bestellt Kaffee, heiße Schokolade und Croissants. Katzuko verbietet uns, die Tassen zu berühren, ehe sie nicht das perfekte Foto arrangiert hat. Wieder Instagram. Wieder Emojis. Auf Bitten der Großmutter (ich übersetze) fotografiert der Kellner unsere Gruppe mit Omas Fotoapparat. Gerade hole ich tief Luft und will anfangen, ihnen eine tiefschürfende Rede über den Platz der Literatur in der Geschichte von Paris zu halten, als Edie mich unterbricht. Aus ihrer Tasche holt sie vier Exemplare *Die Geheimnisse von Paris* von Guillaume Degénicour, alle versehen mit einem Aufkleber von I LOVE PARIS. Ich erinnere mich, dass im Büro noch einige davon herumlagen. Plötzlich reden alle durcheinander. Die Mutter bittet um eine Widmung in ihrem Exemplar, der Rest der Familie ebenso. Ob ich berühmt bin? Edie antwortet an meiner Stelle: »Ja, ziemlich.« (Katzukos Großmutter flüstert mit ihrer Enkelin.) Ich bemühe mich um eine bescheidene Miene. Die Familie stellt Fragen. Sie wollen wissen, wie lange ich für das Buch gebraucht habe und ob es von meinem eigenen Leben beeinflusst ist. Schließlich erkundigt sich die Mutter nach der eigentlichen Geschichte, und ich beginne, über mein Paris zu sprechen. Über das tausendjährige Paris, das sich an jeder Straßenecke verbirgt, über das Paris, dessen Gewohnheiten, Geheimnisse und Legenden ich lange studiert habe, über das gelehrte, populäre, mächtige, romanhafte Paris.

»Sicher ist es leicht, sich von Paris inspirieren zu lassen«, meint Katzuko. »Es ist so wunderschön.«

»Ja«, nicke ich, »aber man muss dort suchen, wo niemand sonst hingeht.«

Ich versuche ihnen zu erklären, was mich bewogen hat, diese oder jene Anekdote aufzuschreiben, erzähle von Begegnungen bei seltsamen Besichtigungen und von Geschichten, die ich von anderen Menschen erfahren habe. Alle vier – nein, fünf, denn auch Edie gehört dazu – hängen aufmerksam an meinen Lippen. Ich erinnere mich des alten Chinesen, für den ich mich vergeblich bemühte, den Geist von *Shakespeare and Co.* wiederaufleben zu lassen. Doch damals war mein Herz nicht bei der Sache. Hier und jetzt bin ich nicht der Fremdenführer. Ich bin eine Person, der unsere Gäste begegnet sind und die ihnen erlebte Geschichten erzählt. Geschichten von Paris.

Kapitel 29,
in dem alles erlaubt ist, im Krieg und in der Liebe

Nach einer Stunde auf der Terrasse des *Café de Flore* bin ich erleichtert. Alles läuft wie am Schnürchen. Das Mittagessen in einem kleinen Restaurant im Marais mit halb französischer, halb asiatischer Küche, damit sich unsere Gäste nicht gleich am ersten Tag zu sehr umstellen müssen, ist ein voller Erfolg. Die Japaner trauen sich allmählich schüchtern an die englische Sprache. Katzuko teilt uns mit, dass sie so gut wie zweisprachig ist, was Edie in die Lage versetzt, sich mit ihr zu unterhalten. Trotzdem übersetze ich so viel wie möglich, denn das bereitet ihnen Freude.

Mir wird klar, dass Edie und ich schon immer gut zusammengearbeitet haben und dass ich mich einfach unserer vertrauten Routine überlassen muss. Sobald wir einen Moment schweigen, denke ich wieder daran, wie sie neben mir auf den Segeln lag. Wahrscheinlich erröte ich dabei sogar. Ich schließe die Augen und denke an meinen Entschluss vom Morgen: Alles bleibt streng professionell. Die kommenden drei Tage werden lang, aber es muss sein.

Für den Nachmittag ist eine Sightseeingtour geplant. Die aufeschobenen Seitentür des Lieferwagens bietet Ausblicke auf den Arc de Triomphe, den Grand Palais, die Tuilerien und die Place de la Concorde. Gegen fünf geht Edie mit den Japanern zum Shoppen in die Avenue Montaigne. Chanel, Christian Dior, Louis Vuitton, Céline, Chloé – Katzuko hat auf ihrem Smartphone eine Liste der Boutiquen erstellt, die sie besuchen möchte. Für uns ist die Diskrepanz zwischen dem Lieferwagen, der uns an die Bäcker oder Bauern unserer Kindheit erinnert, und dem Luxus der Boutiquen geradezu frappierend. Die Japaner jedoch scheinen glauben zu wollen, dass das alles hier zu Paris gehört. Als sie lächelnd und mit vollen Tüten zurückkehren, fragt mich die Großmutter allen Ernstes, ob auch ich hier einkaufe. Meine Antwort fällt vage aus, denn ich sollte unseren Gästen gegenüber vielleicht nicht an die große Glocke hängen, dass ich niemals einen Fuß in diese Straße setze und dass mir, der ich seit mindestens zwölf Generationen Franzose bin, die Adressen hier fremder sind als irgendein gottverlassenes Nest im hintersten Winkel Japans.

Inzwischen ist es 18:30 Uhr. Der Lieferwagen schnurrt. Edie telefoniert mit Amanda. Sie bemüht sich, trotz des Motorenlärms nicht zu laut zu sprechen, während sie halb codierte Anweisungen in einem französisch-englischen Kauderwelsch wiederholt. Katzuko und ihre Familie hängen nach ihrem Power-Einkaufsbummel erschöpft auf ihren Klappsitzen. Der Kopf der Oma wackelt; sie ist fast eingeschlafen. Die Mutter kontrolliert die Kassenbons in ihren Tüten, Katzuko daddelt auf ihrem Telefon, und der Vater wirft aus dem hinteren Fenster einen letzten Blick auf die Champs-Elysées, die wir gerade verlassen. Fabrice legt einen anderen Gang ein, irgendetwas knirscht, und der Wagen erbebt, als hätte jemand zehn Kilo Beton in den Motor fallen lassen. Wir werden langsamer. Das Hupen um uns herum steigert sich zum Crescendo. Schließlich bleiben wir stehen. Ich höre quietschende Reifen und ein weiteres Hupkonzert. Fabrice ist kreidebleich und bemüht sich, den Motor wieder anzulassen, aber nichts passiert, abgesehen von dem infernalischen Wirbelsturm von Autos ringsum, die manchmal so nah vorbeibrausen, dass unser altes Gefährt erzittert. Wir stehen mitten im Kreisverkehr der Place de l'Étoile.

»Nein, verdammt noch mal!« Fabrice rauft sich die Haare und schlägt auf das Lenkrad.

Ich drehe mich um und erkläre mit breitem Lächeln auf Japanisch:

»Alles in Ordnung.«

Seltsamerweise beruhigt das unsere Gäste keineswegs. Katzukos Mutter blickt aus dem kleinen Rückfenster. Hinter uns herrscht die Hölle. Wir haben in einem Ozean aus heranrasenden Autos Schiffbruch erlitten. Ich höre, wie sie zu ihrem Mann sagt, dass es unmöglich sein wird, auf die andere Seite zu kommen.

»Das darf doch nicht wahr sein«, murmelt Edie. Sie ist genauso blass wie Fabrice.

Lediglich Katzuko bleibt ruhig. Sie fotografiert den Wahnsinnsverkehr und tippt auf ihrem Telefon herum.

Auf Instagram gibt es ein Emoji mit einem Totenkopf. Nachdem sie fertig ist, wendet sie sich an ihre Mutter:

»Ziemlich übel, nicht wahr?«

Edie steigt aus dem Auto, was sich als schlechte Idee erweist. Trotzdem folge ich ihr und rufe Louis-Jean an, der das Gespräch überraschenderweise tatsächlich annimmt.

»Du hattest recht«, sagt er statt einer Begrüßung. »Der Kater leidet unter Stress.«

»Komm her, und zwar schnell!«, rufe ich. »Wir haben ein Problem mit dem Citroën. Mitten im Kreisverkehr am Arc de Triomphe. Das heißt, warte noch einen Moment. Die Bullen haben uns gerade bemerkt.«

Dutzende – ach, was sage ich: Hunderte – Autos rasen auf uns zu, wütend und bereit, uns zu zerquetschen wie Igel auf einer Landstraße. Riesenhafte Touristenbusse streifen uns fast. An ihren Fenstern drängen sich Menschen, um den alten Lieferwagen und die Frau im Kleid von Dior gleich daneben zu fotografieren. Ich versuche, Edie zu überzeugen, wieder einzusteigen, aber sie ist in heller Panik. Und ehe wir's uns versehen, sind Katzuko und ihr Vater ebenfalls ausgestiegen.

»Was machen Sie hier?« Die Polizei ist da. »Ihre Papiere! Ihre Sicherheitsgurte entsprechen nicht den Vorschriften!« Unsere japanischen Gäste haben nicht nur Angst, sondern werden nun auch noch gedemütigt. Einer der Polizisten erkennt schnell, dass es sich hier um eine Inszenierung handelt – Audrey Hepburn, der Mann im

Matrosenpulli, der berühmte Schriftsteller, die durchgeknallte Japanerin –, und fängt an zu lachen:

»Was soll das hier eigentlich? Sind wir bei *Holiday on Ice?*«

Während Edie mit den Gesetzeshütern verhandelt, ihnen die Papiere zeigt (und sie um den Finger zu wickeln versucht, dessen bin ich sicher), winke ich Louis-Jean zu, der auf seiner Harley angebraust kommt. Er spricht kurz mit Fabrice, dann mit den Bullen. Ich höre, wie er zu ihnen sagt »Kein Problem!«. Dann gibt er mir ein Zeichen, dass alle wieder einsteigen sollen und überreicht Fabrice seinen Helm und seine Schlüssel. Fabrice steigt auf die Harley und fährt in die Avenue d'Iéna, wo er die Maschine parkt. Louis-Jean klettert auf den Fahrersitz des Lieferwagens und deponiert den Transportkorb mit seiner Katze auf meinem Schoß. Die Japaner und Edie starren ehrfürchtig auf seinen Rücken. Im Handumdrehen startet er den Wagen, steuert ihn kaltblütig durch das Chaos des Kreisverkehrs, parkt ihn neben seiner Harley in der ruhigen Avenue d'Iéna und macht den Motor aus.

»Das war doch nun wirklich kein Grund, sich Sorgen zu machen, oder?«

»Danke, Mann!«, sage ich.

Pabst steckt sein Näschen aus dem Transportkorb, und Louis-Jean grinst ihn an. »Na, alles klar?« Und mit diesen Worten dreht er sich um.

Vor ihm steht Katzuko. Große Mangaaugen. Blaue Haare. Herzförmiger Mund. Louis-Jean schaut sie an. Das Kätzchen schaut sie an. Louis-Jean schaut das Kätzchen an und lächelt. Weiß der Himmel, welcher Film sich in Louis-Jeans Kopf abspielt – die gesamte japanische siebente Kunst, die Manga-Animationen, *Im Reich der Sinne* –, jedenfalls geschieht alles in Zeitlupe. Katzuko himmelt ihn an, als wäre er auf einem weißen Ross dahergekommen und hätte einen Drachen enthauptet, anstatt lediglich in seiner Bikerjacke aus Kunstleder auf den Champs-Elysées einen Lieferwagen anzulassen. Obendrein mit einem Kätzchen im Gefolge. Ich weiß jetzt schon, dass Katzuko später tausend Herzchen und einen Eiffelturm posten wird, und zwar den, der im kleinen Rückfenster am Ende der Avenue d'Iéna zu sehen ist.

Katzukos Vater fragt, ob man endlich weiterfahren könne. Angesichts seines misstrauischen Blicks und der Seitenblicke auf seine Tochter halte ich es für überflüssig, ihm zu übersetzen, was sich gerade zwischen ihr und Louis-Jean abgespielt hat. Edie, die immer noch mit Amanda telefoniert, nimmt die Sache in die Hand und steigt aus, um Fabrice zu rufen. Louis-Jean erklärt ihm, dass es vielleicht besser ist, wenn er den Lieferwagen während der drei Tage selbst steuert. Meine Edie, die von der soeben eingeschlagenen Liebe auf den ersten Blick offenbar nichts mitbekommen hat, fällt ihm aus Dankbarkeit fast um den Hals.

Wir kehren ins Hotel zurück. Die Japaner sind glücklich, aber auch ein wenig angeschlagen, und gehen auf ihre Zimmer, um sich frisch zu machen. Für den Abend ist ein Dinner mit Show im *Moulin Rouge* geplant. Amanda und ein anderer Übersetzer werden sie dort erwarten; ein

Wagen wird sie abholen. Edie gibt mir einen flüchtigen Kuss auf die Wange, verabschiedet sich bis morgen und informiert Louis-Jean, dass der Lieferwagen für heute in die Garage zurückkehren kann.

Ich bleibe allein mit Louis-Jean und Pabst in seinem Transportkorb zurück. Wir schlendern zur nächsten Kneipe, wo Zigarettenkippen auf dem Boden liegen und ein Kellner blöde Witze reißt. Wir lassen uns auf die mit Kunstleder bezogene Eckbank fallen, stellen Pabst auf einem Stuhl ab, bestellen uns ein Bier und schweigen uns an. Heimlich streife ich unter dem Tisch meine Schriftstellerschuhe ab. Sie sind mir definitiv zu klein. So geht der Tag zu Ende. Ziemlich enttäuschend, wie ich finde. Louis-Jean starrt ins Leere.

»Kennst du das englische Sprichwort *All's fair in love and war?*«, frage ich ihn.

»In der Liebe und im Krieg ist alles erlaubt.«

»Genau. Trotzdem behaupte ich, dass es Dinge gibt, die nicht erlaubt sein sollten, um Frauen um den Finger zu wickeln.«

Er blickt mich fragend an. Ich zwinkere ihm zu und sage:

»Zum Beispiel Kätzchen.«

Er lächelt mich mit seinem schiefen Lächeln an, starrt weiter hinaus auf die Straße, die von heimkehrenden Parisern nur so wimmelt, und träumt von Katzukos leuchtend grünen Augen.

Kapitel 30,
in dem Voltaire schuld ist

Völlig ausgelaugt gehe ich nach Hause, ziehe mich aus und dusche. Gegen acht, nachdem ich Petit Baz bei Juliette angerufen habe, freue ich mich auf einen Abend, an dem ich mit einem guten Krimi früh zu Bett gehe. Gerade will ich mein Telefon ausschalten, als ich feststelle, dass ich eine Sprachnachricht erhalten habe.

Von Josiane.

Sie fragt, was ich gemacht habe, weil Amazon innerhalb von vierundzwanzig Stunden fünf Exemplare meines Buchs verkauft hat.

In Anbetracht der Tatsache, dass sich der Gesamtverkauf innerhalb der letzten drei Jahre beim gleichen Anbieter genau auf vier Exemplare beläuft, von denen ich eines selbst erstanden habe, konnte man sich tatsächlich fragen, was da geschehen war. Ich rufe sie an.

»Ich weiß es inzwischen«, sagt sie sofort. »Ist dir ein Leseblog namens *CeriseBooklove* ein Begriff?«

»Nie davon gehört.«

»Was ist mit Katzuko Fairyland? Sagt dir das was?«

Für einen Moment verschlägt es mir die Sprache, doch dann antworte ich:

»Blaue Haare, grüne Augen?«

»Genau die«, bestätigt Josiane.

»Das ist die Lifestylebloggerin, die wir seit heute Morgen in Paris herumführen. Bisher hat übrigens alles geklappt …«

»Darüber will ich nichts wissen«, unterbricht mich Josiane. »Ich vertraue Edie voll und ganz. Sie wird mir zum Schluss Bericht erstatten, und bis dahin will ich mich nicht damit belasten. Aber zurück zu unserem Thema.«

Josiane erklärt mir, dass sie bei ihrer Recherche auf den obskuren Literaturblog *CeriseBooklove* gestoßen ist, der einen überschwänglichen Artikel über *Die Geheimnisse von Paris* veröffentlicht hat. Was den Stein aber schließlich ins Rollen brachte, war ein Tweet von Katzuko Fairyland, in dem sie den Artikel erwähnte und damit ihren 72 627 Followern zur Kenntnis brachte. Er wurde übrigens 223 Mal retweetet.

Ich bin völlig perplex.

»Schauen Sie sich mal ihr Profil auf Instagram an«, sage ich.

Ich höre, wie sie tippt.

»Oh, da bist du am Flughafen. Ihr habt euch aber hübsch gemacht! Du liebe Zeit, dein Foto ist 1877 Mal geliked worden. Und sie hat den Link zu Amazon gesetzt. Danke, Katzuko Fairyland! Sie sieht süß aus mit ihren blauen Haaren.«

Ich kann mich nicht beherrschen und füge hinzu:

»Sehen Sie sich auch die anderen Fotos an. Erkennen Sie Edie?«

»Du liebe Zeit! Edie!«

Ihrem Schweigen und dem leisen Lachen entnehme ich, dass sie sich den gesamten Feed anschaut: das Hotel, den Lieferwagen, Louis-Jean und seine schwarze Katze, Paris by Edie.

»Die Fotos sind wirklich toll. Und die Kommentare erst! Sag mal …«

Wieder schweigt sie einige Zeit. Ich höre es klicken. Schließlich meldet sich Josiane mit deutlich energischerem Ton zurück.

»Noch mal zurück zum Thema. Dein Buch … Woran arbeitest du gerade?«

»Arbeiten wäre zu viel gesagt. Sagen wir, es gibt ein Manuskript über das Herz von Paris.«

Ich berichte in Kürze von den zusammengetragenen Anekdoten über die Pariser Geschichte und über das Herz von Voltaire.

»Das interessiert mich«, erklärt Josiane geradeheraus. »Kannst du mir das, was du schon hast, vielleicht schicken?«

»Was haben Sie vor?«

»Ich überlege gerade, ob ich nicht ins Verlagsgeschäft einsteigen sollte.«

Ihre Stimme scheint zu sprühen.

»Josiane, ich dachte, Sie sollten alles etwas ruhiger angehen.«

»Aber ich bin doch ruhig. Total ruhig. Aber du weißt ja, was passiert, wenn eine Frau in meinem Alter zu ruhig wird. Man nennt es Ruhestand. Nichts für mich, nein danke.«

Zunächst sträube ich mich noch, doch dann verspreche ich, ihr eine Zusammenfassung der ersten Kapitel zu schicken. Aber erst am Ende der Woche, wenn alles wieder ruhiger geworden ist.

»Apropos Schreiben: Hättest du nicht vielleicht auch einen richtigen Roman in petto, Guillaume?«

»Ein Roman ist noch einmal etwas ganz anderes. Ehrlich gesagt traue ich mir so etwas nicht zu.«

»Ach was, natürlich. Wenn du mich fragst, kannst du das, mein Großer. Und wenn du dir schon nicht selbst vertraust, dann vertraue wenigstens auf Josiane. Und nimm dir ein Beispiel an Edie.«

»Wie meinen Sie das?«

»Lass die ausgetretenen Pfade hinter dir.«

Nachdem ich den Text der Zusammenfassung gründlich redigiert und meine ersten Kapitel umgeschrieben habe, drücke ich auf »Senden«. Es ist halb drei Uhr morgens. Am folgenden Tag sehe ich noch schlimmer aus als am Tag zuvor. Aber daran ist allein Voltaire schuld.

Kapitel 31,
in dem ich an einem Schild hänge und aus allen Wolken falle

Edie hat uns alle zum Kaffeetrinken in die Rue Montorgueil ausgeführt. Ich finde, dass die Frauen auf der Straße heute Morgen besonders hübsch gekleidet sind. Sonntags zur Brunchzeit hat die Rue Montorgueil manchmal etwas von einem Laufsteg, wo die neueste Mode präsentiert wird, aber heute ist nicht Sonntag. Es ist Dienstag, aber offenbar sind heute viele Frauen allein unterwegs. Und alle in Vintage gekleidet. Louis-Jean, der uns auf Schritt und Tritt folgt, hat sich zum Chauffeur und Kammerdiener von Katzuko erklärt, was Edie ausgezeichnet in den Kram passt. Katzuko trägt heute ein abgedrehtes Outfit, das wie ein intergalaktischer Pyjama aussieht, und schwebt im siebten Himmel. Fröhlich postet sie ein Foto nach dem anderen und bittet dann und wann in ihrem schüchternen Englisch eine der jungen Damen, stehen zu bleiben, damit sie sie fotografieren kann. Edie ist weniger nervös als gestern, aber immer noch angespannt. Außerdem scheint sie die Fashionshow nicht zu bemerken, die sich auf der Straße abspielt. Sie verschickt massenhaft SMS.

Wir sitzen auf der Terrasse eines kleinen Cafés. Vater, Mutter und Großmutter flanieren an den vielen Lebensmittelgeschäften der Straße vorbei. Ein Typ, der ähnlich wie Katzuko gekleidet ist und dessen eine Hälfte des Kopfes rasiert ist, während sein Gesicht fast unter einer langen platinblonden Strähne verschwindet, läuft an uns vorbei. Er fällt mir auf, und zwar weniger wegen seines Looks als vielmehr, weil er seltsam *bewusst* läuft. Als er auf unserer Höhe ist, bleibt er stehen, dreht den Kopf und sagt: »Sieh mal einer an! Edie!« Sie küssen sich auf die Wange, und der große Typ meint: »Das ist ja toll! Schön, dich mal wieder zu sehen. Eine echte Überraschung!« Edie stellt ihn Katzuko vor. Sein Name ist Chip, er ist Amerikaner und Besitzer einer Boutique für Vintageklamotten in einer nahen Seitenstraße. »Ach, übrigens«, wendet sich Edie an mich, »glaubst du, es würde Katzuko Spaß machen, sich in seinem Laden einmal umzusehen?« Ich übersetze, und Katzuko freut sich wie eine Schneekönigin.

Zusammen ziehen wir in Chips Boutique. Katzuko unterhält sich mit dem Amerikaner, sie lachen viel, und er drückt ihr eine Visitenkarte in die Hand. Sie verbringt einige Zeit in der Umkleidekabine und macht Fotos von jedem neuen Look. Während sie sich umzieht, verschwindet Edie im hinteren Teil des Ladens. Ich sehe viele junge Frauen hineingehen und herauskommen. Es sind die gleichen Frauen, die wir auf der Straße gesehen haben. Durch die halb geöffnete Tür erkenne ich Amanda, die sich als Garderobiere betätigt. Ich gebe Louis-Jean ein Zeichen, sich das einmal anzuschauen.

»Was machen die da?«

»Das sind Verkleidungskomparsen.«

Schließlich ersteht Katzuko eine ganze Tüte voller Klamotten. Einige sind sogar ein Geschenk des Hauses.

Der Tag geht erfolgreich weiter. Wir besichtigen die Opéra Garnier, essen im *Café de la Paix* zu Mittag und fahren dann auf den Hügel Montmartre, wo Sacré Cœur unter vielen »Ohs« und »Ahs« im »Seitenfenster« unseres Lieferwagens erscheint. Natürlich hat die ganze Familie *Die fabelhafte Welt der Amélie* gesehen. Es ist bereits fünf Uhr nachmittags. Der schattige Spaziergang durch das alte Montmartre-Viertel, unsere begeisterten Japaner, die Sonne, die unser Spiel mitspielt, und der Schlafmangel tragen zu dem bei, was als Nächstes geschieht: Ich schlinge meinen Arm um Edies Taille, ziehe sie an mich und küsse sie auf die Wange. Es ist eine Geste, die wie für diesen Moment gemacht scheint – ein zärtlicher, geraubter Kuss. Edie blickt mich flüchtig an und errötet. Ich bin glücklich.

Schon ist es an der Zeit, zum Hotel zurückzukehren und sich für das Abendessen umzuziehen. Wir haben in der obersten Etage des *Centre Beaubourg* einen Tisch mit Blick auf Paris reserviert. Die Japaner haben um eine kleine Pause gebeten. Wir warten in der Lobby des Hotels, als Edies Telefon klingelt. Es ist Omar. An seiner hektischen Stimme, die aus dem Hörer dringt, erkenne ich, dass es ein Problem gibt. Edie sagt: »Keine Sorge, das regeln wir schon«, und fragt mich, ob es mir etwas ausmachen würde, zu Omar zu fahren, der im *Foodie* Hilfe brauche. Natürlich mache ich mich sofort auf die Socken. Schade, eigentlich hätte ich Edie gerne noch einen Kuss geraubt.

Als ich das *Foodie Nam Nam* erreiche, erkenne ich das Problem sofort. Omar hängt an einem Schild über dem Eingang des Restaurants. Sein Koch steht daneben auf einer Leiter, und Alexandre, der Kellner, flucht wie ein Bierkutscher. Sie versuchen, das Schild mit der Aufschrift *Foodie Nam Nam* zu entfernen, doch nur eine Seite lässt sich abschrauben. Auf der herunterhängenden Seite hat das Schild bereits einen Schaden davongetragen.

»Das Ding hat mich ein Vermögen gekostet, und ich habe Angst, dass es abstürzt.«

Jetzt verstehe ich auch, warum er es abschrauben will: Unter dem Schild befindet sich ein anderes. Es ist das ursprüngliche Firmenschild, uralt und schmutzig, aber wunderschön, das auf die ehemalige *Metzgerei Roger* hinweist. Omar ruft, ich soll eine weitere Leiter holen, was ich schnell tue. Ich steige hinauf und halte die eine Seite fest, bis Omar die andere Seite abgeschraubt hat. Alexandre und der Koch bringen das Schild ins Hinterzimmer.

Omar und ich bewaffnen uns derweil mit Eimern, Tüchern und Bürsten und machen uns daran, dem alten Schild neuen Glanz zu verleihen. Es hat mit Sicherheit fast hundert Jahre auf dem Buckel; der Hintergrund ist rot, und die Buchstaben sind als Spiegelmosaik darin eingelassen.

»Das ist meine Überraschung für Edie«, erzählt Omar mir beim Wienern. »Allerdings dachte ich nicht, dass es so schwierig wird. Einmal und nie wieder, das kannst du mir glauben.«

Auf den Stufen zum Restaurant sitzt Alexandre und schreibt das Menü mit Kreide auf eine Schiefertafel, die Zunge zwischen den Zähnen. Fleischgerichte. Unter unserer Leiter steht ein altmodisches Fahrrad mit einem am Lenker angebrachten Weidenkörbchen. Beides ist blitzsauber.

»Das Fahrrad hat mir ein Kumpel geliehen. Ich dachte, es passt zum Ambiente.«

»Dafür, dass du erst nicht mitmachen wolltest, legst du einen ziemlichen Eifer an den Tag.«

»Wenn ich einmal zusage, dann mache ich es auch richtig, sonst hätte ich ja auch gleich nein sagen können. Oje, Ärger im Anmarsch auf acht Uhr.«

Ich folge seinem Blick. Hauptmann Höhlenmensch kommt die Rue de Belleville hinauf. Sie pflanzt sich vor den Leitern auf und betrachtet das Metzgereischild. Omar lächelt sie an, sie jedoch lächelt nicht zurück. Sie liest das Menü, das Alexandre auf die Schiefertafel schreibt, und ruft Omar zu:

»Sie ändern Ihre Karte?«

»Eigentlich nicht. Morgen Abend haben wir spezielle Gäste, aber das ist eine einmalige Sache. Übermorgen ist alles wieder wie gehabt«, erklärt Omar beruhigend.

Die Frau reagiert nicht, sondern bleibt einfach vor uns stehen. Ich überlege bereits, ob wir uns in Deckung bringen müssen. Omar lächelt noch immer ein wenig einfältig. Schließlich sagt sie:

»Gibt es denn morgen auch irgendetwas Vegetarisches?«

»Kartoffelgratin«, erwidert Alexandre, ohne sie anzusehen.

»Okay, in Ordnung«, antwortet sie. »Reservieren Sie mir einen Tisch für sieben Uhr?«

Sie betritt das Restaurant, setzt sich an den Tisch und ruft Alexandre zu: »Wie immer.« Und Alexandre, der noch mit seiner Tafel beschäftigt ist, erwidert: »Ich brauche noch zwei Minuten. Sie sehen doch, dass ich beschäftigt bin.«

Nach wie vor mit der Buchstabensäuberung befasst, frage ich Alexandre:

»So, dann geht es morgen also in die Ferien. In die Bretagne, oder?«

»Das war aber auch nötig. Von Paris habe ich die Nase gestrichen voll. Was will sie denn jetzt schon wieder? Keine fünf Minuten kann man ungestört arbeiten!«

Knurrend verschwindet er im Gastraum.

Omar und ich können uns ein Lächeln nicht verkneifen.

»Siehst du, irgendwie klappt am Ende doch alles«, stelle ich fest.

»Man soll den Tag nicht vor dem Abend loben. Morgen Abend können wir durchatmen.«

Nachdem das Schild endlich blitzblank ist, setzen wir uns auf das leicht geneigte Dach des Nebengebäudes und bitten Alexandre, uns zwei Bier hochzureichen. Der

Abend dämmert. Wir genießen die herrliche Aussicht auf Paris zu unseren Füßen. Omar raucht eine Zigarette und seufzt.

Wir sprechen über den morgigen Tag, über die Japaner, über Edie und schließlich über Charlie. Omar hat ihr immer noch keinen Antrag gemacht. Auf der Île d'Yeu hatte er daran gedacht, fand aber den Anlass der Reise nicht passend. Kurz spricht er mit zusammengebissenen Zähnen und verbitterter Stimme über seinen Bruder, hört aber schnell wieder auf. Um sofort von Neuem anzufangen.

»Es ist nicht die Hochzeit, die mir Angst macht, Guillaume. Es hat mit meinem Bruder zu tun, der meiner Mutter das Leben bis zum Schluss zur Hölle gemacht hat. Und auch mit meinem Vater hat es zu tun. Wer weiß, vielleicht ist er ein Psychopath. Wenn ich manchmal im Fernsehen Terroristen sehe, diese wütenden Typen, die zu nichts taugen, dann frage ich mich, ob mein Vater nicht vielleicht einer von ihnen ist. Leider weiß ich nicht, wer er ist. Und du siehst ja selbst, dass Kinder manchmal ihren Eltern oder Großeltern nachschlagen.«

»Nicht immer.«

»Aber oft. Du bist dir dessen vielleicht nicht bewusst, aber ein wenig von Madeleines Weisheit findet sich auch in deinem polyglotten Spatzenhirn.«

Omar trinkt einen Schluck Bier, blickt über die Dächer und fährt fort:

»Was ich damit sagen will: Ich glaube, in meiner Familie sind wir fürs Familienleben nicht so begabt.«

Er senkt den Blick und fährt mit einem Finger über das Dach.

»Verdammt, ich liebe Charlie wie mein eigenes Leben. Sie ist das Beste, das mir je passiert ist. Aber stell dir doch mal vor, ich würde ihr dieses Übel übertragen, das in meinen Genen ist.«

»Also zunächst einmal liegt so etwas nicht in den Genen. Du wirst Charlie gar nichts übertragen, außer vielleicht all das, was du ihr zu geben bereit bist. Und ich bin ganz sicher, dass du ihr nur das Beste zukommen lässt, oder?«

Mit seinen langen Fingern wischt er sich eine kleine Träne aus dem Auge. Er sagt nichts.

»Wenn man es recht bedenkt, bin ich auch nicht begabt für das Familienleben«, murmele ich. »Ich weiß zwar, wer mein Vater ist, aber es gibt Zeiten, da wüsste ich es lieber nicht. Zwei Scheidungen und fünf Kinder, die ihn verachten – toll, oder?«

»Oh doch, Guillaume, du bist begabt. Du weißt, dass ich nie wirklich ein Fan von Juliette war, aber ihr seid wunderbare Eltern für Petit Baz. Dem Kleinen fehlt es an nichts. Außerdem habe ich beobachtet, wie du mit deiner Mutter umgehst und auch mit all den anderen auf der Île d'Yeu.«

»Hör endlich auf, sonst fange ich noch an zu heulen.«

Omar sieht mich an und sagt leise:

»Glaubst du tatsächlich, dass es noch einmal etwas wird mit dir und Juliette?«

»Ich glaube, ich hätte alles getan, um sie wiederzubekommen. Sie hätte nur mit den Fingern schnippen müssen, für uns drei wäre ich zu jeder Erniedrigung bereit gewesen. Ich weiß, es ist nicht gerade heldenhaft, aber ich glaube, ich hätte mich auch zu ihrem Hund, ja selbst zum Schatten ihres Hundes gemacht, wie es in dem Chanson heißt. Zumindest bis vor drei Wochen war es so. Jetzt allerdings …«

»Hast du jemanden kennengelernt?«

»So würde ich es nicht nennen.«

Omar lächelt und trinkt einen Schluck Bier.

»Ich glaube, ich weiß es. Du sprichst von Edie, nicht wahr?«

»Ja.«

Pause.

»Hast du das von Charlie?«, frage ich schließlich.

»Klar. Mir ist nichts aufgefallen. Ich merke doch nie etwas. Aber seid ihr jetzt so richtig fest zusammen?«

Die Frage ist nicht einfach zu beantworten, und ich muss nachdenken.

»Wir sind noch am Anfang.«

Omar grinst.

»Ganz ehrlich, das hätte ich nie gedacht. Ich dachte, für sie wäre es endgültig vorbei.«

»Wie meinst du das – vorbei?«

»Na ja, schließlich war es für sie schwer genug, einen Schlussstrich unter dich zu ziehen.«

»Warte mal … wieso Schlussstrich?«

»Sie war vom ersten Tag an in dich verknallt, Guillaume. Das ist echt verrückt … Charlie hat mir zwar gesagt, dass du nie etwas bemerkt hast, aber ich hätte nicht gedacht, dass du dermaßen ahnungslos warst. Hast du wirklich nie etwas vermutet?«

»Sag mal«, stammele ich, und plötzlich scheinen sich die Dächer ringsum zu drehen, »wenn du vom ersten Tag redest, was meinst du dann genau? Doch nicht etwa den Tag, an dem wir uns kennenlernten?«

»Oh doch, mein Junge. Es war Liebe auf den ersten Blick bei deiner Fete. Und dann: *Never looked back*. Oder doch. Sie hat die Hoffnung aufgegeben, als sie erfuhr, dass Juliette schwanger war. An dem Tag hat sie uns verkündet, dass alles vorbei sei und sie endlich eine neue Seite aufschlagen wolle. Aber das war extrem schwer. Immerhin hat sie – wie lange? Vierzehn Jahre! – daran geglaubt.«

Eigentlich hätte ich vor Freude wie von Sinnen sein müssen, und wahrscheinlich bin ich es auch irgendwo tief in mir drinnen, aber ich spüre es nicht, weil mir ist, als hätte ich einen heftigen Schlag in die Magengrube bekommen.

»Aber sie hat doch ständig irgendwelche Typen gehabt«, murmle ich.

»Na ja, sie hat schließlich kein Keuschheitsgelübde abgelegt. Außerdem glaube ich, dass sie gehofft hat, es wäre vielleicht einer dabei, mit dem sie dich vergessen könnte. Aber was heißt schon hoffen? Wir hängen schließlich an unseren gebrochenen Herzen, davon kannst auch du ein Lied singen. Es ist ihr so verdammt schwergefallen, dass ich kaum glauben kann, dass sie ...«

»Aber als ich Juliette verlassen habe ...«

»Du meinst wohl, als Juliette plötzlich ohne Vorwarnung mit einem anderen durchbrannte und all deine Hoffnungen zerstörte?«

»Hm.«

»Du warst extrem auf Juliette fixiert. Edie hat nichts zu uns gesagt, ich glaube, dass sie immer noch verknallt war. Erst als sie uns mitteilte, dass sie nach New York gehen will, wusste ich, dass es endgültig vorbei ist. Schon seit zehn Jahren spricht sie davon, hat es aber deinetwegen nie in die Tat umgesetzt.«

Ich stelle Omar noch mehr Fragen. Noch immer kann ich es nicht glauben, und doch macht plötzlich alles Sinn. So viele seltsame Verhaltensweisen, die ich immer auf Edies exzentrische Natur geschoben habe, sind nun erklärbar. Und ich armes Würstchen habe nie etwas geahnt. Und dabei wusste unser kleiner Freundeskreis immer, was los war. Jetzt erst verstehe ich, warum Omar und Louis-Jean meinten, dass ich mich irre, wenn ich glaube, Edie wolle mich mit Amanda verkuppeln. Ich trinke mein Bier aus und öffne das nächste, ohne es auch nur zu merken. Zwanzig Jahre! Ich kann es noch immer nicht fassen.

Omar sieht mich an.

»Darf ich dir eine Frage unter Männern stellen? Nimm es mir nicht übel, aber ich muss sie stellen: Ist das mit Edie etwas Ernstes? Ist es nicht nur ein Techtelmechtel, weil du gerade niemand anders hast?«

»Oh nein, es ist wirklich ernst. Viel zu ernst sogar.«

Ich habe einen Knoten im Magen. Aber warum? Edie liebt mich seit zwanzig Jahren. Ich müsste der glücklichste Mensch der Welt sein. Aber warum singe ich mein

Glück nicht laut hinaus oder mache Bockspringen über die Dächer von Paris? Und plötzlich spreche ich den Gedanken aus, der sich in den Vordergrund gedrängt hat und mich daran hindert, glücklich zu sein:

»Zwanzig Jahre, immerhin. Aber du wirst sehen, dass es trotzdem zu spät sein wird.«

Kapitel 32,
in dem Katzuko das wahre Paris entdeckt

»Wie geht es Pabst? Misshandelt Amanda ihn noch immer?«

»Nein, überhaupt nicht«, antwortet Louis-Jean ein wenig ausweichend. »Amanda war da, und wir haben geredet … Schön, dass es so offene Frauen gibt. Ich habe mich ein bisschen herangetastet, um herauszufinden, ob sie unsere Beziehung ernst nimmt oder nicht. Und weißt du was? Sie ist genau wie ich. Sie nimmt es, wie es gerade kommt. Wenn es mit uns weitergeht – gut. Und wenn nicht – auch gut. Dann hatten wir eben eine schöne Zeit miteinander. Cool, oder?«

Mir fällt auf, dass Louis-Jean meinem Blick ausweicht, auch wenn er ziemlich viel redet. Dafür sieht er Katzuko öfter denn je an. Wir sitzen auf einem Bateau-Mouche auf der Seine, und das Wetter ist den dritten Tag in Folge richtig schön. Katzuko nimmt mit vom Wind gezausten Haaren und von der Geschwindigkeit gebauschtem Kleid im Camouflage-Print ganz Paris in sich auf, erfreut sich an jeder Brücke, unter der wir herfahren, und ist so hingerissen, dass sie sogar ihr Smartphone beiseitegelegt hat.

»Bist du gestern Abend nicht zum Essen geblieben?«, erkundige ich mich bei Louis-Jean.

»Oh doch. Es war zauberhaft. Katzuko trug ein Kleid, irgendwie durchsichtig und mit Trägern, und hinten … also … es war einfach nur klasse!«

»Und wann hast du mit Amanda gesprochen?«

»Als ich das Abendessen mit ihr abgesagt habe, meinte sie nur, das treffe sich gut, weil sie auch keine Zeit habe. Um ein Uhr morgens stand sie dann auf der Matte.«

»Ah.«

Ich überlasse Louis-Jean seinen Weibergeschichten und blicke mich um. Die Großmutter sitzt mit ihrer Tochter auf einer der Bänke. Beide sehen glücklich, aber sehr müde aus. Die letzten Tage waren so vollgepackt, dass man unserer kleinen Japanerfamilie den Mangel an Energie jetzt deutlich anmerkt. Edie scheint sich in dem Maß zu entspannen, wie das Ende unseres Projekts näher rückt, tauscht aber immer noch eifrig Textnachrichten mit Amanda. Auch mit Charlie hat sie sich unterhalten. Ich frage mich, was die beiden wieder aushecken.

Die Unterhaltung beim Mittagessen verläuft deutlich einsilbiger als während der anderen Mahlzeiten. Ich erkundige mich bei den Damen, ob sie ins Hotel zurückzukehren wünschen, um sich ein wenig auszuruhen. Die Mutter nimmt dankbar an, ebenso der Vater. Er muss am Nachmittag arbeiten und wird im Zimmer bleiben. Trotz ihrer offensichtlichen Müdigkeit ist die Großmutter unentschlossen. Katzuko freut sich auf ein neues Abenteuer und bittet ihre Großmutter, bei ihr zu bleiben. Oma gibt nach. Beim Nachtisch erzählt Katzuko mir, dass es ihr in der Rue Montorgueil gut gefallen habe und dass sie gerne noch mehr alte Pariser Viertel kennenlernen würde. Ich übersetze für Edie, deren Augen strahlen: Es passt ihr prima in den Kram, weil es genau das ist, was sie für den Nachmittag vorgesehen hat.

Das 11. Arrondissement ist eines meiner bevorzugten Viertel. Überall findet man »Villas« genannte schmale Passagen, Sackgassen mit Kopfsteinpflaster, in denen sich altmodische kleine Läden unter Schildern verstecken, die von vergangenen Zeiten künden. Filmteams sind ganz wild auf diese Kulisse. Einige der Passagen sind in Privatbesitz, aber Edie weiß, wie man hineinkommt. Wenn man das Eingangstor, die uralten Briefkästen, die aussehen, als hingen sie schon seit Vorkriegszeiten dort, und die unter Glyzinien verborgene Fassade hinter sich gelassen hat, taucht man in eine andere Welt ein. Obwohl Katzuko mit ihren schwindelerregenden Absätzen auf dem unregelmäßigen Pflaster kaum laufen kann, ist sie begeistert. (Louis-Jean reicht ihr galant den Arm, damit sie sich nicht die Knöchel verrenkt.) Sowohl sie als auch ihre Großmutter kommentieren die charmanten und überaus nostalgischen Details mit kleinen Vogellauten. Selbst ich, der ich mich in diesen Passagen auskenne, finde es heute irgendwie … ich weiß auch nicht … perfekt. Zunächst einmal ist alles sauber. Die beiden Opis, die an einem kleinen Gartentisch Karten spielen, fügen sich wunderbar ins Ambiente ein. Aus einem der Häuser tritt eine altmodisch gekleidete ältere Dame mit Pudel und begrüßt die beiden Alten. Ich erinnere mich der Rue Montorgueil und ihrer Modenschau. Das hier ist viel zu schön, um wahr zu sein.

Aber wen interessiert das schon? Katzuko und ihre Großmutter sind in einem ganz realen Spielwarengeschäft verschwunden, in dem man Spielzeug und Aufklapp-Bilderbücher mit nostalgischem Flair findet, die in den Händen von Petit Baz keine zwei Sekunden überleben würden. Ein wirklich zauberhafter Ort! Während die Japanerinnen einkaufen, sehe ich Edie in einem der Häuser verschwinden. Drinnen sitzt Charlie und gibt Anweisungen. Sie kümmert sich um die Kulisse.

Während der folgenden Stunde sehen wir Menschen auf dem Fahrrad, pittoresk gekleidete Passanten, kleine Hunde, Baskenmützen und Baguettes. Kinder mit dunkler Haut erinnern mich an die kleinen Pariser Sänger in *Blondinen bevorzugt*. Idylle pur. Zwar frage ich mich, ob es nicht ein bisschen dick aufgetragen ist, aber nicht nur unsere Japanerinnen finden es herrlich, sondern auch Charlie und die Darsteller amüsieren sich königlich. Aber das Beste an dem ganzen Schauspiel sind Katzuko und Louis-Jean. Er erklärt ihr, dass sich das Büro der Filmzeitschrift *Cahiers du Cinéma* in der Passage befindet. Katzuko hat noch nie davon gehört. Louis-Jean macht große Gesten, spricht von Truffaut und Godard, und plötzlich leuchten Katzukos Augen auf: Sie liebt französische Filme. Und weil Louis-Jean japanische Filme liebt, stürzen sie sich in radebrechendem Englisch in einen schier unerschöpflichen Meinungsaustausch. Ich glaube, sie haben uns vergessen.

Ich kümmere mich um die Großmutter, die sich für das Kartenspiel unserer Opis interessiert, die übrigens tatsächlich spielen. Später frage ich Edie, wo Charlie die Darsteller gefunden hat.

»Das ist die Theatergruppe, die Charlie betreut.«

Ich erinnere mich. Alle Leute hier sind Stiefkinder der Gesellschaft. Ein Teil ihrer Wiedereingliederung erfolgt über die Mitgliedschaft in einer Schauspieltruppe, die Charlie ehrenamtlich betreut, aber natürlich auch durch andere soziale Maßnahmen. Keiner von ihnen kann es sich leisten, in dieser bei den Schönen und Reichen äußerst beliebten Passage zu wohnen, aber alle schätzen sich glücklich, für einen Augenblick davon träumen zu dürfen.

Der Nachmittag neigt sich seinem Ende entgegen. Wir haben unterschiedliche Stühle zusammengesucht, sitzen an einem der Tische und trinken Limonade. Die Schauspieler agieren nicht mehr. Sie gehören jetzt dazu, ganz ohne jede Künstlichkeit. Sie wollen wissen, wo Katzuko und ihre Großmutter herkommen und was sie in Paris gemacht haben. Louis-Jean lacht schallend, Katzuko kann den Blick nicht von ihm wenden. Die Kinder rennen herum und spielen mit dem Hund, was der alten Dame ein wenig missfällt.

Ein richtiges kleines Straßenfest. Nur dass es eben nicht wirklich echt ist. Edie und Charlie sitzen dabei und begutachten ihr Werk. Immerhin, zumindest die Begegnungen waren echt. Man musste einfach nur ein bisschen nachhelfen.

Um neunzehn Uhr treffen wir uns mit Katzukos Eltern in der Lobby ihres Hotels. Louis-Jean und Katzuko sind immer noch unzertrennlich und unterhalten sich angeregt. Als Aperitif gibt es ein Glas Champagner. Edie hält eine kleine Rede für die Japaner. Sie sagt, dass sie in ihrer Gesellschaft ein paar unvergessliche Momente erlebt hat. Die ganze Familie nickt freundlich, und Katzuko stellt fest, dass es die zauberhafteste Reise war, die sie je gemacht hat. Edie erinnert daran, dass sie morgen vor dem Abflug das Frühstück am Eiffelturm einnehmen werden. Zuvor aber erlaube sich I LOVE PARIS, sie in ein typisches Pariser Restaurant einzuladen, dessen Adresse nur Insidern bekannt sei.

Und so fahren wir mit unserem Citroën-Lieferwagen gemütlich nach Belleville.

Kapitel 33,
in dem ich das Leben durch eine rosarote Brille betrachte

Das altmodische Schild. Die rot-weiß karierten Tischdecken. Die gedämpfte Atmosphäre. Das Menü auf der Schiefertafel. Omar im weißen Hemd mit Fliege. Charlie ebenfalls. Wir setzen uns. Das Restaurant ist leer, und ich überlege, ob wir nicht auch hier ein paar Statisten hätten einladen sollen. In diesem Moment tritt die Frau ein, die Omar Hauptmann Höhlenmensch getauft hat. Sie ist in Begleitung eines älteren Paares, vielleicht ihrer Eltern. Fünf Minuten später kommen weitere Gäste, begrüßen Omar und beglückwünschen ihn zu seiner neuen Deko. Irgendwann ist der Gastraum zu drei Vierteln gefüllt und angenehm belebt. Das Klirren von Besteck auf Tellern und das Klingen von Gläsern, mit denen man sich zuprostet, begleiten die leisen Melodien französischer Chansonklassiker aus der Musikanlage: Juliette Gréco, Charles Trenet, Bourvil, Yves Montant, Barbara. Mir ist klar, dass dies für Omar die größte all der Mühen war, die er auf die Verwandlung seines Restaurants verwendet hat.

Unsere Japaner sind entzückt. Ganz besonders von unserer Kellnerin Charlie, die uns außer Tellern auch

Sanftmut serviert. Und natürlich von der Küche. Edie ist hingerissen, ich sehe es an ihrem Blick. Alles schmeckt köstlich. Für uns und die Gäste, die es wünschen, hat Omar ein Kostprobenmenü kreiert. Vom Stil her erinnert es ein wenig an Tapas, besteht aber aus klassischen französischen Gerichten, die in unorthodoxer Reihenfolge sehr appetitlich serviert werden: Steak Tartar mit Pommes frites, Entenbrust mit Gratin Dauphinois, Gebratene Seezungenhappen mit Sahnespinat. Omar hat sogar an Schnecken und an Minisandwiches aus frischem Baguette mit Emmentaler und Schinken gedacht. Als die Schnecken serviert werden, erklärt Edie, dass sie keine essen werde. Die Japaner erkundigen sich nach dem Grund, und Edie antwortet, sie möge keine Schnecken. Ich schließe mich an. Für mich ist zu viel Knoblauch in der Soße. Auch Louis-Jean lehnt ab. Die Japaner kichern. Sie dachten, alle Franzosen äßen Schnecken und Knoblauch. Schließlich kosten nur Katzukos Eltern von den Schnecken, und dem Vater schmecken sie sogar.

Das Kostprobenmenü ist ein voller Erfolg. Katzuko fotografiert jedes einzelne Gericht und bittet Charlie, ihr die Namen der Speisen zu buchstabieren. Schließlich kommt ein sanfter Vorwurf von der Mutter, es sei nicht höflich, bei Tisch ständig mit dem Telefon herumzuhantieren. Katzuko steckt es ein, kann aber nicht widerstehen, es jedes Mal wieder herauszuholen, wenn Charlie eine neue Köstlichkeit aufträgt.

Beim Käse fühlen wir uns ganz entspannt und wie im Kreis alter Freunde. Lediglich Edie wirkt noch immer ein wenig verkrampft. Während des Essens war sie ruhig, jetzt aber dreht sie sich häufig um und versucht, einen Blick auf das Hinterzimmer zu erhaschen – irgendetwas ist dort im Gang.

Unmittelbar vor dem Dessert vibriert mein Telefon: Ich habe eine SMS erhalten. Verstohlen schaue ich nach. Die Nachricht kommt von Josiane.

»Voltaire / Herz von Paris gefällt mir. Ich veröffentliche es, sobald du damit fertig bist. Ruf mich später an, dann können wir darüber reden.«

Ich stecke das Telefon zurück in die Tasche und seufze. Eine Welle des Wohlbefindens überrollt meinen in die Schriftstellermontur gehüllten Körper.

Es ist ein wirklich toller Abend.

Omar und Charlie öffnen die Fenster weit, um die laue Luft des Maiabends hereinzulassen. Es ist fast so, als säßen wir auf einer Terrasse. Auch die Tür öffnen sie und stellen Stühle auf den Gehsteig und die gepflasterte Straße. Louis-Jean steht auf und geht zu unserem aufgepeppten Lieferwagen, der an der Einmündung des Impasse Émile Ajar so geparkt ist, dass er den Blick auf die Rue de Belleville versperrt, wo mehr Durchgangsverkehr herrscht. Er öffnet das Vordach des Citroën und knipst die Lichterkette an. Im Nu erhält der Gehsteig das Ambiente eines Ausflugslokals. Jetzt erst sehe ich die Musiker, die dabei sind, sich auf der gegenüberliegenden Straßenseite niederzulassen.

Als der Dessertwagen herangerollt wird, erklingen die ersten Töne. Zunächst hört es sich noch leicht schräg an. Einer der Musiker spielt ein wenig hinter den anderen her, und auch ein paar unsaubere Noten sind dabei.

Die Kapelle besteht aus einer Geige, einem Kontrabass und einer Gitarre. Eine Dame bedient sowohl die Triangel als auch das Tamburin und ein kleines Glockenspiel. Das Repertoire besteht aus bekannten französischen Volksliedern. Nach einigen Minuten vergessen wir die Truppe und kehren zu unseren Süßigkeiten zurück. Auf Charlies Dessertwagen (einem altmodischen Stück, das der Filmausstatter aufgetrieben hat, der auch für die Deko unseres Lieferwagens verantwortlich ist) befinden sich Köstlichkeiten, die Omar bei einem der besten Konditoren von Paris bestellt hat: Paris-Brest, Zitronentarte, Blätterteig-Cremeschnitten, Rum-Savarins, Schokoladenkuchen. Außerdem einige selbst hergestellte Kreationen: Soufflé au Grand-Marnier, Mousse au Chocolat und Crème Brulée. Der absolute Hingucker auf dem Wagen aber ist eine Art Hochzeitstorte aus Windbeuteln auf einem Sockel aus Krokant, die mit einem luftigen Gitter aus Karamell umhüllt ist. Charlie erklärt uns, dass die Torte von *Chez Petronille* stammt, einer Konditorei, die für ihre Windbeutel berühmt ist, die leckersten von Paris.

Sie schlägt vor, das Dessert draußen einzunehmen, um der Musik lauschen zu können. Zwar habe ich nicht unbedingt Lust, meinen Stuhl zu verlassen, aber Edie bittet mich inständig, und Louis-Jean zerrt Katzuko nach draußen. Katzukos Eltern und die Großmutter bleiben im Restaurant und genießen ihren Nachtisch. Während wir uns setzen, verschwindet Louis-Jean im Hinterzimmer und kehrt mit einem Mikrofonständer zurück, den er mitten zwischen die Musiker stellt. Ich sehe Omar, der

Louis-Jean Zeichen macht. Er ist offenbar nicht eingeweiht, aber Louis-Jean legt ihm eine Hand auf die Schulter, und ich ahne, dass er etwas sagt wie: »Eine Überraschung, Alter. Es wird dir gefallen.« Seufzend kehrt Omar an seine Arbeit zurück.

Ich genieße den Augenblick. Inzwischen ist es dunkel geworden, und man sieht sogar ein paar Sterne. Die Musik ist sanft, und das Dessert streichelt meine Sinne. Das Projekt war ein voller Erfolg. Edie sitzt neben mir. Josiane will mein Manuskript veröffentlichen. Ich bin unendlich dankbar. Und plötzlich höre ich ein Akkordeon. Es kommt – kann das überhaupt sein? – aus der Küche.

Ein Koch, den ich nicht kenne (aber vielleicht hat Edie auch einen als Koch verkleideten Musiker angeheuert), schreitet mit seinem Instrument durch das Restaurant. Aber dieses Mal hören wir keine fröhlichen Schunkellieder, sondern sanfte, fast melancholisch angehauchte, verhaltene Klänge. Der Musiker geht an den Tischen vorbei, gefolgt von den Blicken aller. Omar hat sein Küchentuch fallen lassen. Die Japaner sind fasziniert. Der Akkordeonspieler geht bis zu den inzwischen verstummten Musikern draußen auf der Straße. Ein paar der anderen Gäste folgen ihm und lassen sich auf den Stühlen nieder. Edies Augen glänzen, und ihre Lippen umspielt ein verschmitztes Lächeln. Statt dem Akkordeonspieler zuzusehen, schaut sie zur Tür hinter der Theke. Ich folge ihrem Blick, sehe aber nichts. Die Frau lässt das Glockenspiel erklingen. Die Melodie kommt mir mit einem Mal entfernt bekannt vor. Die Geige fällt ein, der Kontrabass ebenso. Nein, ich habe mich wohl geirrt, diese Melodie kenne ich nicht. Es ist, als spielte jedes Instrument eine andere Weise, völlig harmonisch zwar, aber ganz und gar frei und immer noch sehr verhalten. Da erklingt von der Küche her eine wundervolle Stimme. Ein Summen nur, ein leises Trällern, das die Instrumente miteinander verbindet. Und dann sehe ich, wer da singt: Es ist Charlie! Unsere Charlie, die uns diese möglicherweise improvisierten Noten kredenzt. Sie sind süß und sanft. Noch immer weiß ich nicht, was die Musiker spielen, aber mit einem Mal werden sie eins. Und Charlie säuselt:

»Des yeux qui font baisser les miens,
un rire qui se pose sur sa bouche …«
(»Ein Blick, der mich die Augen niederschlagen lässt,
ein Lächeln legt sich auf seine Lippen …«)

Jetzt weiß ich es. Auch andere Gäste haben das Lied erkannt, das sehe ich an ihrem Lächeln. Mit gesenktem Blick und ihren Lippen ganz nah am Mikro hält Charlie das gesamte Restaurant gefangen. Lediglich der Kontrabass begleitet sie leise. Als sie die Zeile singt *»l'homme auquel j'appartiens«* (»der Mann, zu dem ich gehöre«), steht sie zwischen uns und den Musikern auf der Straße. Nun schweigt auch der Kontrabass. Und dann schwingt sich Charlies Stimme allein und ein wenig rau in die Pariser Nacht empor, als würde sie uns etwas Intimes anvertrauen. Wir wagen nicht mehr zu atmen. Die Musiker setzen nun ebenfalls wieder ein, und wir alle kennen den Text. Es ist *La vie en rose* von Edith Piaf.

Omar starrt wie gebannt. Edies Augen glänzen. Wir alle bewundern Charlie und ihre unglaublich sanfte Stimme, die dennoch eine Macht besitzt, die uns fast zum Weinen bringt. Sie singt Piaf auf imponierende Weise, strahlend und doch mit tragischem Klang. Charlies Gesang ist wie eine liebevolle Berührung, die Anmut der Unvollkommenheit, eine Stimme, die nicht groß ist, aber gerade deshalb zu den Stufen mit dem Mosaikherzen passt … Wenn der Spatz von Paris sie dort oben im Himmel hören kann, lächelt er bestimmt.

Alle Geräusche im Restaurant und auf der Straße sind verstummt, alles scheint innezuhalten, um Charlie zuzuhören. Ich lege meinen Arm um Edie und merke es erst, als ich es getan habe. Die Zeit steht still und geht erst weiter, als Charlie ihr Chanson beendet.

Für Sekundenbruchteile bleibt alles stumm, dann brandet Applaus auf. Charlie wird scheu, bedankt sich bei ihren Musikern und wagt nicht, die Klatschenden anzusehen. Omar stürmt heran. Er kniet sich hin, um die Lautsprecher auszurichten – aber nein, es geht ihm gar nicht um die Lautsprecher … Er greift nach Charlies Hand. Ich kann nicht hören, was er sagt, denn der Kontrabass hat wieder eingesetzt und übertönt seine Worte. Charlie kniet ebenfalls nieder und nimmt Omars Gesicht in ihre Hände. Sie küssen sich lange. Einige Gäste feuern sie an. Edie wendet sich mir zu und blickt dann auf Charlie und Omar, die sich in den Armen liegen. Edies Augen glänzen vor Freude.

»Er hat es getan! Ich fasse es nicht! Er hat es getan! Er hat sie gefragt!«

Ich nehme Edie in die Arme. Ja, er hat es getan, denn Charlie strahlt vor Glück. Die Gäste rufen »Noch einmal!«, aber Charlie und ihr Verlobter sind bereits im Restaurant verschwunden.

Die Musik setzt wieder ein und spielt fröhliche Gassenhauer. Das erste Paar beginnt zu tanzen, schnell folgt ein weiteres. Galant fordert Louis-Jean Katzukos Großmutter zum Tanz auf. Sie nimmt an und erzählt ihm etwas, das er nicht versteht. Er ruft mich, damit ich übersetze. Die alte Dame hatte mit ihrem Ehemann in die Flitterwochen nach Paris reisen wollen, dazu kam es aber nie. Und jetzt freut sie sich, dass sie so alt geworden ist, denn so hat sie ihre Flitterwochen doch noch bekommen. Louis-Jean tut so, als wäre er nicht zutiefst gerührt.

Katzuko ermutigt ihre Eltern, ebenfalls zu tanzen, doch sie lehnen ab. Ich fordere Edie auf, die mich jedoch vertröstet. »Noch nicht.« Sie blickt auf die Uhr. Ich frage mich, ob noch weitere Überraschungen geplant sind. Die Gefühle an diesem Abend waren so stark, dass ich eigentlich nur noch den Augenblick genießen möchte.

Plötzlich springt Edie auf und holt Katzukos Eltern. Sie glauben, dass man sie zum Tanzen verlocken will, und lehnen ab. Aber Edie besteht auf ihrem Vorhaben und gestikuliert wild. Katzuko zieht Vater und Mutter hinter sich her, Louis-Jean nimmt die Großmutter an die Hand. Edie drängelt. Schnell, schnell. Wir folgen ihr zum Lieferwagen. Doch sie geht an unserem Gefährt vorbei, stellt sich auf die Rue de Belleville und deutet mit dem Finger in die Ferne:

Ganz am Ende der Straße funkelt der Eiffelturm

durch die Nacht. Sein Funkeln ist auch in unseren Augen.

Ich habe Gänsehaut. Der Augenblick ist erhaben und vollkommen. Wir haben es geschafft. Wir triumphieren. Edie seufzt erleichtert. Es ist vorbei. Ich weiß, dass die Japaner morgen vor dem Abflug noch zu einem kurzen Besuch zum Trocadéro fahren. Aber dafür muss nichts organisiert werden – es genügt, dass der Eiffelturm da ist. Danach reisen die Japaner ab, und wir können an die Zukunft denken. In meiner Vermessenheit hoffe ich, dass ich daran teilhaben darf. Nein, ich weiß es. Daran teilzuhaben ist mein Schicksal.

Louis-Jean und Katzuko kehren auf die improvisierte Tanzfläche zurück. Ich nehme Edie in die Arme. Endlich tanzen wir. Wange an Wange. Und lange. Die Stücke seit *La vie en rose* sind langsam und romantisch. Man muss nicht herumzappeln, es genügt, sich einfach Hand in Hand zu wiegen. Ich habe keine Lust zu reden, sondern will nur den Moment mit Edie genießen. Sie schmiegt sich an mich, ich spüre ihren Herzschlag, rieche den Duft ihrer Haare und merke, wie ihre Zurückhaltung mit jeder Note nachlässt. Wie lange mag das gedauert haben? Als ich mich wieder umblicke, sehe ich, dass neue Tänzer dazugekommen sind: Katzukos Eltern, Omar und Charlie. Charlies Kopf ruht auf Omars Schulter, ihre Augen sind geschlossen. Die Großmutter sitzt auf einem Stuhl und schaut uns zu. Sie sieht glücklich aus.

Als der Gitarrist des kleinen Orchesters *Ma plus belle histoire d'amour* von Barbara anstimmt, blicke ich Edie tief in die Augen. Nie wieder möchte ich sie loslassen.

Auch sie sieht mich an, und ihr Lächeln ist so zerbrechlich wie ein kleiner verirrter Vogel. Mit einer Kopfbewegung umfasse ich alles, die Sterne, die Musik, die Liebe ringsum, und flüstere verliebt:

»Willst du immer noch nach New York gehen?«

Für mich steht die Antwort in unsichtbarer Feuerschrift über uns am Himmel von Paris. Edie war der Meinung gewesen, dass Paris keinen Schwung mehr habe, aber jetzt ist der Schwung dank ihr zurückgekehrt. Sie hat es geschafft, für ein paar Japaner eine ganze Stadt zum Pulsieren zu bringen. Aber nicht nur für unsere Kunden, sondern auch für uns, die wir stolz sein dürfen, uns ihre Freunde zu nennen. Ich muss daran denken, dass sie mich seit dem ersten Tag liebt. Jetzt liebe auch ich sie. Wir brauchen New York nicht mehr, denn es ist da, unser *happily ever after.*

Plötzlich erstarrt Edie. Ich spüre es bis in die Fingerspitzen. Ihr zartes Lächeln ist verflogen. Ein markerschütternder Schrei aus dem Innern des Restaurants schreckt uns alle auf. Die Musik bricht sofort ab.

Ich lasse Edie los und renne auf der Suche nach der Ursache in den Gastraum. Vor einer geöffneten Tür steht Amanda mit aufgelösten Gesichtszügen und flucht lautstark auf Englisch. Die offene Tür sieht aus wie ein Rahmen für Louis-Jean und Katzuko, die noch immer eng umschlugen dastehen, nachdem Amanda sie bei einem innigen Kuss ertappt hat.

Kapitel 34,
in dem ich das Leben nicht länger durch eine rosarote Brille betrachte

Die Krisis dauerte kaum eine Viertelstunde. Mehr Zeit brauchte die Geschichte nicht, um ihrem logischen Ende entgegenzusteuern. Seltsam, wie sehr ich vom Gegenteil überzeugt sein wollte. Bei jeder Vorwarnung beruhigte ich mich, dass bestimmt doch alles noch gut ausgehen würde. Wir glaubten daran, und das allein zählte. Erst jetzt wird mir klar, dass es eigentlich gar nicht anders kommen konnte. Im Grunde war alles vorhersehbar.

Die letzten Gäste unterhalten sich leise. Die Musiker haben ihre Instrumente eingepackt. Omar hat es nicht übers Herz gebracht, noch einmal französische Chansons aufzulegen. Louis-Jean kauert auf einem Stuhl, die Ellbogen auf die Knie gestützt, den Kopf in den Händen vergraben. Edie ist draußen auf der Rue de Belleville. Sie sitzt auf den Stufen, auf denen Edith Piaf geboren wurde, und hat uns angewiesen, sie in Ruhe zu lassen. Wahrscheinlich grübelt sie über die wenigen Minuten, die alles kaputt gemacht haben.

Nachdem Amanda aufgehört hatte, Louis-Jean hysterisch und weitgehend unverständlich anzubrüllen, schrie sie, so sei Paris nun einmal – alles Fälschung, sogar die Liebeserklärungen. Als ich den Satz »In Paris ist alles Fälschung« hörte, stürzte ich auf Amanda zu, packte sie bei den Schultern und versuchte, sie nach draußen zu bugsieren. »Ist ja gut. Jetzt beruhige dich erst einmal.«

Vielleicht war das der Grund dafür, dass ihr plötzlich eine Idee kam, wie sie Louis-Jean und uns allen den Verrat heimzahlen konnte. Hätte ich nicht eingegriffen, hätte sie vielleicht noch ein wenig herumgetobt und die gekränkte Geliebte gegeben, wahrscheinlich hätte alles mit vielen Tränen draußen auf der Straße geendet, aber der Abend wäre ohne großen Schaden weitergegangen. Nachdem sich Amanda jedoch mit einer heftigen Bewegung meinem Griff entwunden hatte, baute sie sich vor den wegen Katzukos Verhalten ohnehin schon schockierten Japanern auf (vor allem der Vater war tief betroffen) und zog auf Englisch so richtig vom Leder:

»Sehen Sie nicht, dass das alles hier Fälschung ist? Das ganze Paris, das die Ihnen verkauft haben, ist ein Bluff. Pure Illusion. Sie und ich, wir sind ihnen auf den Leim gegangen. Dieses tolle französische Restaurant hier ist in Wirklichkeit eine vegetarische Kaschemme. Hier, sehen Sie!«

Sie griff nach den Prospekten hinter der Bar und hielt sie der Großmutter vor die Nase. Die Oma wich zurück.

»Und die Sängerin? Sie glauben, es ist die Kellnerin, die mal eben ihre Arbeit einstellt und ein Liedchen trällert, wie die Pariser es halt so machen? Alles Quatsch! Der echte Kellner ist ein Typ, der ständig die Kundschaft anraunzt. Er wurde Ihretwegen in den Urlaub geschickt. Und der Akkordeonspieler? Er sah vielleicht aus wie ein Koch, aber ich bin sicher, er weiß nicht einmal, wie man ein Ei in die Pfanne haut. Die netten Leute gestern auf der Straße waren alle Schauspieler. Genau wie die langbeinigen Frauen in der Rue Montorgueil. Und der da«, sie zeigte auf mich, »soll ein bekannter Schriftsteller sein? Von wegen! Er hat mal ein paar Zeilen geschrieben. Seine Chefin hatte Mitleid mit ihm und hat das Zeug drucken lassen, um es an die Kunden zu verschenken. Solche Werbegeschenke machen mehr her als Plastikkugelschreiber. Sie sind allesamt Hochstapler. Frankreich? Das Land ist doch Sch …!«

In diesem Moment packte Omar Amanda bei den Schultern und sagte: »So, Herzchen, nun aber Schluss mit dem Theater. Du machst dich jetzt vom Acker. Louis-Jean, komm und klär das mit ihr. Aber bitte DRAUSSEN!«

Ich war so naiv zu glauben, dass es damit vorbei wäre. Aber nun schrie Amanda auch Omar an:

»Oh, ich bin noch nicht fertig! Ihr habt mich nie akzeptiert, bloß weil ich nicht über eure blöden Witze lachen konnte. Aber über Amerikaner herziehen, dass könnt ihr Franzosen gut!«

Ein letztes Mal drehte sie sich um, zeigte mit dem Finger auf Louis-Jean und fauchte: »Aber der da, der ist wirklich echt. Ein Franzose, wie er im Buche steht!«

Edie schwieg während des gesamten Auftritts. Ich glaube, sie lächelte sogar. Als hätte sie es die ganze Zeit geahnt, als wäre die Anspannung der letzten Tage eine Art Warnung gewesen.

Ich weiß nicht, ob unsere Japaner alles verstanden hatten. Eilig entschuldigte ich mich für den Zwischenfall, aber sie beachteten mich gar nicht. Katzukos Vater verlangte, dass seine Tochter sofort an den Tisch zurückkehrte. Mit einer in Anbetracht der Umstände geradezu beeindruckenden Würde durchquerte sie das Restaurant. Die Familie faltete ihre Servietten zusammen und ging wortlos hinaus.

Amanda lehnte es ab, mit Louis-Jean zu sprechen, obwohl er sie darum bat. Sie schaffte es, auf der Rue de Belleville ein Taxi zu ergattern, und schob die Japaner hinein. Dann rannte sie mit großen Schritten die Straße hinunter. Wenige Minuten später war von unserem Abend nichts übrig als zerknüllte Servietten und ein Prospekt des *Foodie Nam Nam* auf dem Boden.

So ist es jetzt. Louis-Jean telefoniert mit Amanda, die ihn offenbar nicht zu Wort kommen lässt. Er lässt ein »Aber wir waren uns doch einig, dass es nichts Ernstes ist« fallen, und ich bezweifele nicht, dass er wirklich daran geglaubt hat. Vielleicht hatte die Vereinbarung in der Übersetzung bestimmte Nuancen verloren. Vielleicht haben auch beide so getan, als verstünden sie den anderen nicht.

Omar geht von einem Tisch zum anderen, entschuldigt sich bei den verbliebenen Gästen und sagt, dass er jetzt gern schließen will. Charlie, die immer noch ihr Sängerinnenkostüm trägt, hilft ihm beim Abräumen. Ich ärgere mich, dass wir ihren Abend verpfuscht haben. Ihre Verlobung. Trotzdem gehe ich hin und gratuliere ihr. Sie lächelt. »Es war wunderschön, nicht wahr?« Ich nicke. Sie schaut auf die andere Straßenseite, wo Edie auf den Stufen sitzt, und blickt mir dann in die Augen. Wie zur Entschuldigung sage ich: »Sie möchte in Ruhe gelassen werden.« Aber Charlie blickt erneut zu ihr hinüber. Ich verstehe, was sie mir klarmachen will: Es wäre besser, wenn ich zu Edie ginge.

Ich setze mich zu ihr auf die Stufen. Ein paar Minuten sitzen wir schweigend nebeneinander, dann lege ich meinen Arm um ihre Schultern. Sie schüttelt ihn unwillig ab. Noch nie habe ich meine Freundin so erlebt.

Die letzten Gäste verlassen das *Foodie*. Charlie faltet die Tischtücher zusammen, Louis-Jean verschickt Textnachrichten. Die Zeit vergeht. Noch immer weiß ich nicht, was ich Edie sagen soll. Den Blick fest auf den Boden gerichtet, flüstert sie schließlich:

»Zumindest beantwortet das deine Frage.«

Ich verstehe nicht. Ohne mich anzuschauen, fährt sie fort:

»Deine Frage von vorhin. Ob ich nach New York gehe.«

»Ehrlich gesagt«, stammle ich, »war es eigentlich nicht als Frage gedacht …«

»Aber ich gehe. Und zwar je eher, desto besser.«

Sie steht auf und klopft sich den Staub von ihrem hübschen Kleid. Wie vom Donner gerührt bleibe ich zunächst sitzen, ehe es auch mir gelingt, mich zu erheben.

»Warte, Edie. Warte! Es war doch nicht alles umsonst … Ich meine, sie hatten eine tolle Zeit. Das haben wir alle gesehen, das war keine Einbildung. Wäre Amanda nicht gewesen …«

»Wäre es nicht Amanda gewesen, wäre uns etwas anderes dazwischengekommen. Unser Projekt war ungefähr so standhaft wie ein Kartenhaus, und ich habe es bereits seit der Ankunft der Japaner geahnt. Es musste in sich zusammenfallen, anders ging es gar nicht.«

»Okay, selbst wenn … Aber was ist mit uns, Edie?«

»Du meinst dich und mich?«

»Ja, dich und mich. Letzten Sonntag gab es nur uns beide – das habe ich nicht nur geträumt. Nur uns beide.«

»Nein, Guillaume. Ich bin seit zwanzig Jahren allein. Kaum rede ich davon wegzufahren, erinnerst du dich daran, dass es mich gibt. Du willst mich doch nur, weil du aufgegeben hast.«

Sie ringt um Worte, ohne mich dabei anzusehen.

»Edie, das stimmt nicht«, widerspreche ich ernst.

»Doch, du hast aufgegeben. Inzwischen ist dir klar geworden, dass Juliette nicht mehr zurückkommt, und die Sache mit den Datingportalen will nicht so recht klappen. Aber da ist ja noch die gute alte Edie, dann versuchen wir es eben mal mit ihr! Ich weiß, dass du Omar gesagt hast, wie verzweifelt du bist.«

»Aber das war doch ganz anders gemeint! Du glaubst doch nicht etwa, dass ich … nur für eine Nacht … Wir sind seit zwanzig Jahren befreundet, verdammt!«

»Wie war es denn sonst gemeint, Guillaume? Zwanzig Jahre lang nimmst du mich nicht einmal wahr, und dann, peng, ganz zufällig, als ich kurz davorstehe, nach New York zu gehen, und deshalb ganz sicher ist, dass wir nicht wirklich zusammenkommen können, fängst du an, dich für mich zu interessieren? Wie erklärst du dir das?«

»Ich kann es nicht erklären. An meinem Geburtstag kamst du ziemlich ramponiert an, mit dem Voltaire-Brief im zerbrochenen Rahmen, und da ist es plötzlich passiert ... Ich weiß auch nicht. Kannst du mir etwa erklären, was vor zwanzig Jahren bei dir passiert ist, als du mich gesehen hast?«

»Ich könnte schon. Es ist, als wäre es gestern gewesen. Aber das war vor zwanzig Jahren. Vor sechs Jahren habe ich dann beschlossen, dass es vorbei sein muss ... Ich wollte schon immer nach New York, und jetzt habe ich endlich den Mut gefunden, das auch durchzuziehen ...«

»Aber warum hast du dich dann so in dieses Projekt gekniet?«

Sie bleibt mir die Antwort schuldig. Ich mache eine Bewegung auf sie zu, aber sie entzieht sich:

»Du verliebst dich also ganz plötzlich? Nach zwanzig Jahren?«

Sie lacht höhnisch. Dann scheint mir, dass sie nachdenklich wird, und ich glaube, einen Schwachpunkt zu entdecken.

»Seit drei Wochen denke ich Tag und Nacht nur noch an dich. Ich wäge das Für und Wider ab, weil ich unsere Freundschaft nicht aufs Spiel setzen will. Und dann war da die Insel und ... Ich will nicht, dass du gehst, Edie.«

»Beweise es mir, Guillaume.«

Ich verstehe nicht.

»Beweise mir, dass du nicht nur mit mir zusammen sein willst, weil du aufgegeben hast.«

Sprachlos starre ich sie an.

»Ich habe wohl zu viel erwartet«, murmelt Edie. »Ich will einen Beweis, der deinen und meinen Anforderungen genügt.«

Ich starre auf das Straßenpflaster und flüstere mit einem Kloß in der Kehle:

»Du weißt genau, dass das unmöglich ist.«

»Aber es sollte möglich sein.«

Sie sieht mich einen Moment lang an. Ich fühle mich wie gelähmt. Irgendwann wendet sie sich ab, geht auf die Straße und winkt ein Taxi zu sich.

Kapitel 35,
in dem ich mich verirre

Um ein Uhr morgens sitze ich immer noch auf dem Gehsteig gegenüber dem *Foodie Nam Nam*. Dabei sind es nur ein paar Schritte bis nach Hause. Aber ich will nicht heim. Die Nacht ist warm, und ich habe Lust zu laufen. Also gehe ich die Rue de Belleville hinunter.

In der Bar *La Bellevilloise* an der Ecke Place du Général Ingold und Rue Dénoyez lege ich einen Zwischenstopp ein. Aus den Graffiti an den Fassaden scheinen bei nächtlicher Beleuchtung verrückte Umrisse hervorzutreten. Ich bestelle ein Bier. Weil es mir zu laut ist, trinke ich es schnell und ohne jemanden anzusehen, ehe ich mich wieder auf den Weg mache.

Im Gehen frage ich mich, welchen Beweis Edie von mir verlangt. Bin ich mir meiner Gefühle denn wenigstens sicher? Wie kann man überhaupt sicher sein? Hat Edie vielleicht doch recht? Habe ich nur nach dem gegriffen, was sich gerade anbot? Aus Angst vor einem neuen Gesicht, das ohnehin nicht Wirklichkeit wird? Alles in mir schreit, dass das nicht stimmt, aber ich bin unfähig, vernünftig zu denken. Mir fällt immer nur Paris ein und was ich über die Stadt weiß.

Metrostation Couronnes. August 1903. Die Waggons der gerade erst in Betrieb genommenen Untergrundbahn sind aus Holz. Es brennt. Es gibt keine Notausgänge. Vierundachtzig Tote. Ich laufe und betrachte dabei meine Schuhspitzen. Gruppen von Männern hängen auf dem Boulevard herum. Um diese Uhrzeit wagt sich keine Frau mehr hierher. Über eine Strecke von hundert Metern beiße ich die Zähne zusammen, beeile mich. Alle meine Sinne sind in Alarmbereitschaft. Bescheuert, ausgerechnet durch dieses Viertel zu laufen. Ich sehe das gelbliche Licht der eleganten Lüster des *Café Cannibale*, wo unsere Gruppe sich manchmal trifft. Louis-Jean raucht hier gern einmal eine Zigarre, Edie liebt den sonntäglichen Brunch auf der Terrasse. Auf dem Gehsteig gegenüber bleibe ich stehen. Hier ist noch einiges los. Man hört Lachen, Rufe und Gläserklirren auf dem Tresen. Wenn ich hineingehe, treffe ich bestimmt irgendwelche Bekannten. Nein, ich habe keine Lust auf Gespräche. Ich habe Lust zu laufen. An der Rue Jean-Pierre Timbaud zweige ich ab und entspanne sofort. Die Gefahr scheint gebannt.

Die Rue Saint-Maur erstreckt sich schier endlos und ist bis auf ein paar Kneipen ziemlich trist. Ich komme an zwei Pennern vorbei, die es sich auf einer alten Matratze vor dem Rollgitter eines Supermarktes bequem gemacht haben. Ich beschleunige meine Schritte und frage mich, wohin ich eigentlich gehe.

Ich laufe die Rue Oberkampf hinunter und komme an weiteren angesagten Restaurants und belebten Bars vorbei. Aber mir fällt immer noch kein Beweis für Edie ein.

Meine Sohlen machen Geräusche auf dem fast leeren Pflaster der Rue de la Roquette. Auch hier gibt es Bars, die sich allmählich leeren. Manche sind sogar schon geschlossen.

Ich erreiche die Place de la Bastille und muss an das Gefängnis denken, das früher dort stand. Auch Freund Voltaire wurde dort wegen einiger unpassender Worte eingekerkert. Sobald neue Gefangene gebracht wurden, schlossen die umliegenden Läden, um sie nicht sehen zu müssen. Ich frage mich, ob auch der Waffelverkäufer seinen Stand geschlossen hätte. Und plötzlich sehe ich Edies Gesicht wieder vor mir, und die unglaubliche Traurigkeit des vergangenen Abends explodiert in meiner Brust wie eine schlechte Nachricht. Ich finde mich auf der Place des Vosges wieder, lehne mich mit dem Rücken an die Arkaden und schaue die Rue de Birague hinunter. Die Straßen, durch die ich bis hierher gelaufen bin, habe ich nicht wahrgenommen. Meine Gedanken sind verworren, die Nacht ist klar. Alles, was ich weiß, ist, dass ich laufen muss.

Ich habe viel Erfahrung darin, Runden durch Paris zu drehen. Ein Weg für schönes Wetter und ein Weg für schlechtes Wetter. Heute Abend aber renne ich nicht, sondern gehe. Ich gehe den Weg der Zeit, die mir davonläuft.

Auf dem engen Gehsteig der Rue du Petit-Musc strauchle ich. Der Name der Straße – daran erinnere ich mich – ist eine Verballhornung von *Pute y Muse* und bezieht sich auf die Freudenmädchen, die früher hier wohnten. Fast habe ich das Gefühl, sie als geisterhafte Sirenen vor mir zu sehen. Ich beeile mich und verknackse mir den Knöchel. Mir ist schlecht. Edie, Edie, Edie – was erwartest du von mir?

Am Ende der Straße treffe ich auf die Seine. Mir ist, als erlöse sie mich von den Geistern von Paris. Ich überquere den Fluss über die Brücke Pont Sully und setze meinen Weg durch die Rue de Saint-Louis-en-l'Île fort. Keine Menschenseele ist mehr auf der Straße. Ich spüre die Müdigkeit in meinen Beinen, meinem Rücken, meinem Nacken und meinen Fingern, die plötzlich kalt werden. Im Schaufenster eines Antiquitätenhändlers entdecke ich eine alte Rüstung und bleibe stehen, um sie genauer anzuschauen.

Wie bewiesen die Ritter in den Büchern einer Prinzessin ihre Liebe? Indem sie einen zweiköpfigen Drachen, einen grausamen König oder einen Zauberer töteten. Heldenhaft Liebende müssen Hindernisse überwinden, einer großen Gefahr die Stirn bieten oder Herausforderungen bestehen. Aber ich habe nichts. Nur mein Wort, dass ich sie liebe.

Ich gehe weiter und erreiche Notre-Dame. Ein Blick auf die Uhr sagt mir, dass es fast drei ist. Zeit, nach Hause zu gehen, Guillaume. Ich bin unglaublich müde, aber ich habe immer noch keine Lust heimzugehen. Taxis fahren vorbei. Ich lasse sie fahren. Vor mir liegt der Square de l'Archevêché gleich neben der Kirche. Ich versuche, das mit einem Schloss gesicherte Gitter zu öffnen. Jenseits der Absperrung liegen Blumenbeete im blassen Licht der Gärten, ich höre die Seine und sehe leere Bänke. Unmittelbar neben mir steht ein Abfalleimer. Mir kommt eine Idee, die von Edie stammen könnte:

»Komm, Guillaume, wir gehen in den Park«, hätte sie wahrscheinlich gesagt.

»Du bist verrückt!«, hätte ich geantwortet.

»Mensch, das ist doch kein Verbrechen. Ich fände es romantisch, im Schatten von Notre-Dame im Freien zu übernachten. Davon wirst du noch deinen Enkeln erzählen«, hätte sie erwidert.

Ich schiebe den Abfalleimer an den Zaun, steige hinauf und schwinge ein Bein über das Gitter. Fast ist mir, als wäre sie dabei und sähe zu. Das ist doch ein Beweis, oder? Schau her, Edie, was ich für dich wage. Nur bist du leider nicht hier.

Allein und geschützt vor dem Rest der Welt gehe ich durch den großen Garten. Meine neue Verwegenheit berauscht mich. Ich habe Paris ganz für mich. Nein, ich gehe nicht, ich flaniere. Mir ist längst alles entglitten, das historische Paris, die Namen der Straßen, die Spuren von Edie. Und plötzlich begreife ich, dass ich das Herz von Paris gefunden habe.

Ich betrachte den schimmernden Fluss und stecke die Hände in die Hosentaschen, und mir wird klar, dass es nur eine Möglichkeit gibt, sich vor einer Enttäuschung zu bewahren: nichts zu erwarten. Zu akzeptieren, dass man sich verirrt. Fest darauf zu vertrauen, dass der Weg tatsächlich der richtige ist, auch wenn man die Namen der Straßen vergessen hat. Denn alles passiert nur, wenn man daran glaubt, dass es passieren wird.

Ich glaube, ich bin auf einer der Parkbänke unter dem Sternenhimmel eingenickt. Erst beim Läuten der Glocken wurde ich in einer neuen Morgendämmerung wach und setzte meinen Weg fort. Ich hatte mich verirrt. Bewusst verirrt. Ich habe nicht mehr auf die Straßennamen geachtet. Weder Führer noch Karte, allein mein Instinkt sagte mir, wohin ich mich wenden musste.

Ich habe Paris auf eine Weise entdeckt, die mir neu war. Genau das sollte ich meinen Touristen demnächst sagen: Suchen Sie nicht nach Paris, sondern akzeptieren Sie es dankbar so, wie es ist, dann wird es sich Ihnen offenbaren.

Aber mir, der ich viele Sprachen spreche, jedoch keine Worte mehr finde, mir, dem Fremdenführer, der nicht mehr weiß, wohin er gehen soll, mir ist endlich eingefallen, was ich Edie sagen wollte: Es genügt, Vertrauen zu haben und zuzulassen, gemeinsam ohne Beweise und ohne Garantien in die Irre zu laufen.

»So wird das Beste draus«, hätte meine Großmutter gesagt.

Ganz in Gedanken und Schritt um Schritt erreiche ich schließlich den Eiffelturm.

DAS ENDE

Kapitel 36
Am Eiffelturm

Auf dem Tourplan steht: »7:00 Uhr, Treffen am Eiffelturm.« Ich weiß, dass Edie ihr Versprechen hält. Auch wenn sie nicht mehr mit dem Herzen dabei und der Zauber verflogen ist, sie wird dort sein. Die Japaner werden ebenfalls kommen, der Verbitterung und Enttäuschung zum Trotz. Niemand verlässt Paris, ohne den Eiffelturm gesehen zu haben. Und auch ich bin da. Zuversichtlich.

Ich sitze auf einer Bank in den Grünflächen am Marsfeld. Noch eine Stunde zu warten. Leider sind die Blumenläden um diese Uhrzeit noch nicht geöffnet. Schade, denn es wäre gut, ein paar Blumen zu überreichen. Also bediene ich mich an den öffentlichen Beeten und pflücke drei Tulpen. Zwar habe ich für Edie weder einen Drachen getötet noch ein feindliches Land erobert, aber ich habe die Verwegenheit besessen, ihr drei Tulpen zu stehlen. Und unter freiem Himmel neben Notre-Dame zu schlafen.

Es ist fast sieben Uhr. Mühsam richte ich mich auf und klopfe meinen Schriftstelleranzug ab, der nicht mehr wie der eines Schriftstellers aussieht, sondern eher wie der eines von einer Hochzeit übrig gebliebenen Betrunkenen.

Ich gehe zum Trocadéro. Auf der Brücke Pont d'Iéna blendet mich das Morgenlicht. Ich betrachte die Seine, die baumbestandenen Ufer und die Lastkähne, die durch die Helligkeit des frühen Morgens tuckern. Eine große Ruhe liegt über den Kais. Jogger laufen vorüber. Ich durchquere den Park des Trocadéro, wasche mir das Gesicht an einem der Brunnen und habe plötzlich das Gefühl, ein echter Pariser zu sein. Nach all den Jahren hier habe ich in der vergangenen Nacht die Feuertaufe erhalten. Ich steige die Stufen hinauf und drehe mich um. Dort steht er in seiner ganzen Pracht: der Eiffelturm.

Aber dieser Anblick ist nicht meine Lieblingsperspektive. Von hier aus wirkt der Turm unendlich einsam, wie er dort am Ende der zu breiten Brücke, der zu langen Rasenfläche inmitten von Beton und Ticketschaltern aufragt. Oben in der Rue de Belleville hingegen gehört er zu uns, ist volksnah und fast ein wenig geschwätzig – und er hat ungeheuren Schneid!

Mein Optimismus ist zurückgekehrt. Ich setze mich auf eines der Mäuerchen. Noch ist kaum jemand unterwegs. In zwei Stunden wird es hier von Touristen und Andenkenverkäufern nur so wimmeln. Am frühen Morgen ist es hier am schönsten, weil man dann der Illusion frönen kann, der Eiffelturm existierte nur für einen selbst. Genau aus diesem Grund hatte Edie darauf bestanden, dass die Japaner sich mit der Besichtigung gedulden sollten.

Es ist Punkt sieben. Die Minuten verrinnen. Ich halte

Ausschau nach Louis-Jeans Lieferwagen. Werden sie etwa doch nicht kommen? Zwei Minuten, fünf, neun, zwölf. Je länger ich warte, desto müder werde ich. Mein Herz schlägt wie wild, und ich merke, dass ich Kopfschmerzen habe. Nein, sie werden doch nicht kommen.

7:14 Uhr: Ein Taxi, das auf der Place du Trocadéro hält, erregt meine Aufmerksamkeit, ohne dass ich sagen könnte, warum. Katzukos Großmutter steigt aus. Allein. Ohne Fremdenführer.

Ich stehe auf, greife nach den Tulpen, winke und gehe auf sie zu. Wir begrüßen uns mit dem gebührenden Respekt. Ihr wohlwollender Blick beruhigt mich.

Ich beschließe, keine langen Reden zu halten, sondern sie gleich zu dem Ende des Trocadéro zu bringen, von dem aus der gesamte Turm zu sehen ist. Sie wirkt ergriffen und schlägt die Hand vor den Mund. Minutenlang bleibt sie unbeweglich stehen. Unter normalen Umständen hätte ich vielleicht etwas gesagt, aber an diesem Morgen fehlt mir dazu die Kraft.

Plötzlich dreht sich Katzukos Großmutter zu mir um, reicht mir ihren Fotoapparat und bedeutet mir, das Foto so aufzunehmen, als hielte sie den Turm in ihren Händen. Natürlich kenne ich mich in diesen Dingen bestens aus, und mit zwei Klicks ist alles erledigt. Sie ist begeistert, und ich habe Angst, dass sie schon wieder gehen möchte.

Schließlich bringe ich doch noch den Mut auf, sie zu fragen:

»Wollten Katzuko und ihre Eltern nicht mehr herkommen?«

»Nein.« Sie seufzt. »Aber wenn sie eines Tages so alt sind wie ich, verstehen sie vielleicht.«

»Was verstehen sie dann?«

»Dass man nicht oft die Gelegenheit bekommmt, den Eiffelturm zu sehen.«

Sie lächelt, und ich glaube, ich habe verstanden, was sie sagen will.

»Es tut mir sehr leid, Madame.«

Sie lacht leise. »Machen Sie sich bloß keine Gedanken«, sagt sie. »In Japan tun wir solche Dinge auch. Glauben Sie wirklich, dass alle Japanerinnen sich bei der Teezeremonie wie Geishas kleiden und unter blühenden Kirschbäumen Haikus verfassen? Natürlich nicht. Traditionen verlieren sich. Wir werden uns immer ähnlicher. Aber niemand kann ständig in einem Museum leben. Mir persönlich gefällt es, die alten Traditionen von Zeit zu Zeit aufleben zu lassen, auch wenn es Augenwischerei ist. Unter uns, Monsieur Guillaume: Wir haben es alle gewusst. Vor allem Katzuko, aber der hat es richtig viel Spaß gemacht.«

Ich betrachte meine Tulpen, die ebenso wie ich den Kopf hängen lassen.

»Aber sagen Sie mal«, fährt die alte Dame schließlich fort, »diese Leute, mit denen wir Limonade getrunken haben ... Wir haben natürlich vermutet, dass sie nicht zufällig dort waren, aber gehörte es auch zu ihrem Auftrag, dazubleiben und uns Gesellschaft zu leisten?«

»Nein.«

»Und die Kellnerin gestern Abend hat nach dem Lied wirklich einen Heiratsantrag von ihrem Freund bekommen?«

»Ja.«

Sie schweigt einen Augenblick und sieht mich dann an.

»Und Sie, sind Sie Schriftsteller?«

»Nein. Allerdings habe ich tatsächlich das Buch geschrieben, das Edie Ihnen gezeigt hat. Ich weiß aber nicht, ob mich das bereits zum Schriftsteller macht.«

»Immerhin sind Sie mehr Schriftsteller als ich.« Sie kichert. »Und dass Sie in Mademoiselle Edie verliebt sind, ist nicht zu übersehen.«

Ich fahre mir mit der Hand durch die Haare. Ein kleines Blatt aus dem Jardin de Notre-Dame fällt heraus. Schüchtern sehe ich sie an. Sie lächelt.

»Sehen Sie, alles, was zählt, war auch wahr.«

Sie reicht mir die Hand.

»Es war schön, Sie kennenzulernen. Wenn Sie wieder einmal in Japan sind, würde ich mich über einen Besuch sehr freuen. Ich würde mich auch eigens für Sie als Geisha kleiden.« Lachend geht sie zum Taxistand.

Ich blicke ihr nach, bleibe aber. Die Touristen sind alle fast gleichzeitig gekommen, mit der Ruhe ist es vorbei. Junge Leute hängen ab, Andenkenverkäufer laufen herum. Überall sind Menschen mit Selfie-Sticks und vermutlich entsprechend viele Taschendiebe, die sich von den bewaffneten Polizisten kaum abhalten lassen. In den Ecken liegt Abfall, der niemanden zu stören scheint.

Die Leute machen Fotos, die Kinder lachen, alle sind glücklich. Typisch Paris. Man will nur das Gute sehen, den Rest blendet man aus.

Ich bin so fasziniert von diesem Glück, dass ich mein Unglück fast vergesse.

Edie ist nicht gekommen.

Ich betrachte meine halb verwelkten Tulpen. Als ich nach einem Mülleimer suche, um sie zu entsorgen, sehe ich eine junge Inderin im Sari. Sie ist weder besonders schlank noch ausgesprochen anmutig, hat aber ein hinreißendes Lächeln. Sie amüsiert sich mit ein paar anderen Frauen ihres Alters. Die Mittzwanzigerinnen fotografieren einander mit ihren Smartphones. Ich gehe ohne ein Wort, aber freundlich lächelnd, auf die junge Frau zu und schenke ihr meine Tulpen.

Sie blickt mich an, reißt die Augen auf und errötet. Aber sie nimmt die Blumen an. Ihre Freundinnen haben alles fotografiert. Ich grüße respektvoll und gehe.

Noch in einiger Entfernung höre ich ihr fröhliches Schwatzen. Obwohl ich traurig bin, fühle ich mich leicht.

Denn in Paris bekommen Frauen, die hübsch lächeln, Blumen von Unbekannten geschenkt. Weitersagen!

Ich ging nach Hause und verschlief den restlichen Tag. Als ich aufwachte, war es schon spät. Ich traute mich nicht, Edie anzurufen, denn ich wusste nicht, was ich ihr hätte sagen sollen. Zunächst musste ich die Erinnerungen an die letzten Tage sortieren. Außerdem wollte ich allein sein, vielleicht um das zerbrechliche, in der vergangenen Nacht empfundene Entzücken zu bewahren, als ich mich in meiner eigenen Stadt verlief.

Am folgenden Abend besuchte ich Petit Baz. Ich wollte mit ihm zusammen sein, denn er hat mir sehr gefehlt. Mir war klar, dass ich das Gespräch mit Edie vor mir herschob, aber ich redete mir ein, es sei besser, ihr etwas Zeit zu lassen.

Am nächsten Tag besann ich mich schließlich und beschloss, sie anzurufen. Zuvor jedoch rief Charlie bei mir an.

Edie war nach New York abgereist.

EPILOG

20. 12. 2014
Von: Guillaume Degénicour (gdegenicour@free.fr)
An: Edie (ediefromparis@gmail.com)
Betreff: Mein letzter Brief
Anhang: edie.doc

Edie,

nun bist du schon sechs Monate fort. Sechs Monate, in denen ich ständig an dich gedacht habe. Sechs Monate, in denen ich mich gefragt habe, was passiert wäre, wenn wir andere Worte gefunden hätten. Sechs Monate, in denen ich Seite um Seite nur für dich geschrieben habe.

Im Anhang findest du ein langes Manuskript. Es ist kein Roman, sondern unsere Geschichte. Die Geschichte einer Liebe, die unmöglich schien. Du findest darin mein Gestammel, unsere Missverständnisse und den Abend auf der Insel, aber auch deine großartige Idee, die unseren Werdegang verändert hat – zum Guten, wie ich finde.

Gerne hätte ich dir das alles ohne Umwege gesagt, aber hättest du mir geglaubt? Ich hätte es vielleicht getan, wäre ich ein anderer Mensch gewesen. Aber ich war meiner nicht sicher, deiner nicht sicher und auch sonst verunsichert. Vielleicht hätte ich es auch getan, wenn ich gewusst hätte, dass du so schnell nach New York abreisen würdest. Ich dachte, mir bliebe mehr Zeit, um die richtigen Worte zu finden.

Hier schicke ich dir nun diese Seiten als einzigen Beweis, der meiner Meinung nach den Anforderungen genügt.

Das aber, was ich dir eigentlich sagen will, hätte Platz auf einer Postkarte: Ich liebe dich.

Ich erwarte keine Gegenleistung von dir. Nur dass du die Geschichte liest.

Das Jahr ist nun bald vorbei, und 2015 steht vor der Tür. Ein Neubeginn. Ich weiß, dass ich dich vergessen muss, denn du hast es so gewollt. Ich werde dich vergessen, liebste Edie. Versprochen. Mein Herz aber wird für immer die Spuren dieses Frühlings tragen, in dem es so heftig klopfen musste. Du kannst nichts dafür, aber auch ich nicht. Dies ist nun einmal das Schicksal großer Lieben, die hätten geschehen können, aber nie geschehen sind.

Herzliche Grüße aus Paris
Guillaume

DIE FORTSETZUNG DES ENDES

1. Januar

Während der sechs Monate, die ich damit verbrachte, mich auf unsere Eskapaden im Frühling zu konzentrieren und *Edies Geschichte* zu schreiben, ist viel passiert. Daher habe ich beschlossen, Tagebuch zu führen. Meistens halten meine guten Vorsätze nicht lange – mal sehen, ob ich diesen hier durchhalte.

Die Bilanz der vergangenen Monate sieht folgendermaßen aus: Edie ist nach New York gegangen, wir anderen sind in Paris geblieben. Keiner von uns hatte damit gerechnet, wir wollten nicht wahrhaben, dass sie tatsächlich gehen würde. Vor allem nicht so schnell und ohne Abschied. Ich weiß, dass sie unsere Freunde gleich bei ihrer Ankunft benachrichtigt hat und ihnen seither regelmäßig schreibt. Offenbar hat sie einen Job in einem Laden für luxuriöse Kerzenkreationen gefunden. Meine Nachrichten blieben unbeantwortet. (Natürlich habe ich auch keine Antwort auf meinen Brief vom 20. Dezember bekommen. Was hast du erwartet, Guillaume?)

Außer mir hat Charlie am meisten unter der Abreise unserer Freundin gelitten. Ich glaube, sie hätte sie gern als Trauzeugin bei ihrer Hochzeit dabeigehabt. Omar und Charlie haben im Herbst im holzgetäfelten Hochzeitszimmer des Rathauses im 19. Arrondissement geheiratet. Wir waren nur zu viert: das Paar und wir Trauzeugen, Charlies Schwester und ich. Zum anschließenden vegetarischen Picknick auf einer Wiese im Parc des Buttes-Chaumont kamen auch Louis-Jean und ein paar enge Freunde. Es war ein wunderschöner Tag. Charlie sah in ihrem weißen Vintage-Kleid im Stil der 1920er hinreißend aus. In ihren dunklen Locken trug sie Jasminblüten. Der Altweibersommer verweilte noch und schickte wunderbar warme Sonnenstrahlen durch das goldene Laub des beginnenden Herbstes. Louis-Jean machte Fotos. Er lichtete das frischgebackene Ehepaar in der Grotte des Parks ab, auf den Steinen im Bach und auf den Steinstufen. Auf den Fotos wirkten die beiden, als kämen sie aus einem verwunschenen Wald. Sie sahen so schön und glücklich aus.

Und dann kam auch Bertrand. Er beglückwünschte die beiden. Charlie gab ihm einen herzlichen Kuss auf die Wange. Omar und Bertrand gaben sich zunächst die Hände, klopften sich auf den Rücken – und plötzlich lagen sie sich in den Armen. Als sie sich voneinander lösten, lächelten sie verschämt. Vielleicht war es das erste Zeichen für einen Neuanfang.

Louis-Jean fliegt regelmäßig nach Tokio. Weihnachten hat Katzuko in Paris verbracht. Mit jeder Reise blüht ihre

Romanze ein bisschen mehr auf. Louis-Jean behauptet zwar, sie wollten sich noch Zeit lassen, aber mir scheint, in ihrer Beziehung naht der Punkt, an dem sie sich entscheiden müssen. Omar hat gewettet, dass Louis-Jean nach Japan zieht, Charlie und ich sind der Ansicht, dass Katzuko sich in Paris niederlässt. Louis-Jean ist deutlich sanfter geworden. Seine *Films Noirs* hat er zugunsten eher japanisch eingefärbter Projekte aufgegeben. Katzuko ist unsere virtuelle Freundin geworden. Wenn wir uns im Freundeskreis treffen, ist sie mit ihren Mangaaugen auf Skype mit von der Partie. Für uns ist Tokio gleich nebenan, New York hingegen unendlich weit weg.

Aber keiner von uns hat sich so spektakulär verändert wie Amanda. Ich habe mich als Einziger wieder mit ihr vertragen, denn ich kann verstehen, dass sie sich von Louis-Jean irgendwie verraten gefühlt hat. Und in ihren Augen waren wir anderen seine Komplizen. In den letzten sechs Monaten ist aus Amanda nicht nur eine wirklich schicke Pariserin geworden, sondern auch die Geschäftsführerin der Gesellschaft I LOVE PARIS. Dank einer Finanzspritze ihres Vaters konnte sie Edies Konzept aufnehmen und bis zur Vollendung perfektionieren. Die Agentur bietet inzwischen nur noch exklusive, maßgeschneiderte Touren abseits der allgemein bekannten Touristenpfade zu horrenden Preisen an. Darüber hinaus organisiert Amanda Hochzeiten, die Paris zum Thema haben, und damit hat sie so viel Erfolg, dass sie zwei Vollzeitkräfte einstellen musste.

Vergangenen Monat hat sie mir von der bevorstehenden Vertragsunterzeichnung mit einem jungen Schlossbesitzer im Loiretal erzählt. Das neue Konzept I LOVE CHÂTEAU beinhaltet Luxushochzeiten mit Schönwettergarantie. Zwar hat sie nicht über das Geheimnis dieser Zauberei gesprochen, aber ich kenne es ohnehin. Die Technologie nennt sich *Cloud Seeding*. Dabei werden eventuell vorhandene Wolken im Vorfeld aufgelöst, was sich bereits bei Königshochzeiten in Großbritannien bewährt hat. Woher ich das weiß? Edie hatte diese Geschäftsidee bereits im letzten Jahr, pflegte aber zu sagen: Ideen nützen nichts, wenn man nicht den Mut hat, sie umzusetzen. Amanda hatte diesen Mut. Wir alle haben sie eindeutig unterschätzt.

Und ich? Tja … was soll ich sagen, außer dem, was mir bereits bekannt war: Das Leben ist kein Roman. Ein Anfang, der zwanzig Jahre gedauert hat, eine Mitte voller Missverständnisse und ein Ende, das ausging wie das Hornberger Schießen. Irgendwie musste ich der Geschichte einen Sinn geben, um wenigstens einen Schlussstrich ziehen zu können. Das *Edie*-Manuskript hat mir dabei geholfen. Und außerdem bin ich fast gegen meinen Willen auch in anderer Hinsicht ein wenig weitergekommen. Ich habe *Das Herz von Paris* beendet. Josiane hat es veröffentlicht (hatte ich berichtet, dass Josiane dabei ist, einen Verlag aufzubauen?). Seit zwei Wochen liegt mein kleines Werk in den meisten Buchhandlungen von Paris aus, und ich habe mir einen neuen Anzug gekauft. Beigefarbener Tweed.

Meine früheren Touren mache ich nicht mehr.

Amanda bezahlt mich dafür, dass ich reiche Ausländer und angehende Schriftsteller auf den Weg der Inspiration geleite. Zu exorbitanten Preisen führe ich sie durch ein sehr persönliches, geheimnisvolles und manchmal genüsslich makaberes Paris – durch das Paris, das ich liebe. Die Tour wird im neuen Flyer von I LOVE PARIS als *»The Heart of Paris by Guillaume Degénicour, author«* angekündigt.

Weil ich immer Angst davor hatte, eines Tages durch eine App ersetzt zu werden, habe ich beschlossen, eine eigene zu entwerfen: *»Lost in Paris* – oder wie man sich in Paris verirrt und in unbekannten Straßen unvergleichliche Erfahrungen macht«. Ein Freund von Omar, der als Softwareentwickler arbeitet, hilft mir dabei. Kurz vor Weihnachten hat sich schon der erste Kaufinteressent bei uns gemeldet.

Außerdem bin ich dabei umzuziehen. Es hat einige Zeit gedauert, aber Petit Baz (der unheimlich gut drauf ist und in der ersten Schulklasse großen Spaß hat) und ich haben am Ende unserer Straße eine größere und hellere Wohnung gefunden, von der aus man immer noch den Eiffelturm sehen kann. In einem Monat ziehen wir um. Juliette hat mich für morgen Abend zu einem Abendessen zu zweit eingeladen.

Vor drei Wochen hat sie sich von Marc getrennt.

2. Januar

Die Babysitterin hat für heute Abend abgesagt. Wegen meines Essens mit Juliette habe ich Louis-Jean angerufen und gefragt, ob Petit Baz bei ihm schlafen könne. Mein Sohn vergöttert Louis-Jean, weil er bei ihm bis spät in der Nacht fernsehen und mit Pabst im Bett schlafen darf. Und am nächsten Morgen in der Schule kann er angeben, weil Louis-Jean viel cooler ist als die anderen Väter. Louis-Jean hat zugestimmt. Er stimmt immer zu.

Seltsam. Ich hatte fast gehofft, er würde ablehnen.

3. Januar

Das Essen mit Juliette gestern Abend war entspannt. Wir haben viel gelacht. Sie kam zu einem kleinen Absacker mit in meine Wohnung und wollte über Nacht bleiben. Ich war dagegen. Daraufhin sagte sie: »Wollen wir es nicht noch einmal probieren? So wie früher?« Es war spät, und ich habe ihr geglaubt. Sie blieb. Heute Morgen wurde ich früh wach. Sie lag in meinem Bett. Mein Kopfkissen duftete nach ihrem Parfüm. Sie lächelte mich an. Wie viele einsame Nächte hatte ich damit verbracht, mir diesen Augenblick zu erträumen? Und jetzt war dieser Morgen endlich wahr geworden. Aber ich spürte keine Wärme.

Ich habe erfahren, dass *Das Herz von Paris* für einen Literaturpreis nominiert worden ist, wenn auch für einen eher unbedeutenden.

Ich habe *Edies Geschichte* noch einmal gelesen, denn als eitler Schriftsteller habe ich natürlich ein Exemplar behalten.

Josiane weiß davon nichts, obwohl sie mich seit einer Weile drängt, ihr einen Roman zu liefern.

»Die Sache mit dem Preis ist sicherlich eine tolle Nachricht, Guillaume. Aber ein Roman, ein richtiger Roman, wäre noch viel besser.«

Ich frage mich … Vielleicht könnte ich die Namen ändern und in der dritten Person Singular von mir sprechen …

4. Januar

Es ist kurz nach halb sechs morgens. Juliette ist gerade weinend fortgegangen.

Als ich gestern Abend von der Arbeit kam, wartete sie in meiner Wohnung auf mich. Sie hatte noch den Schlüssel und hat ihn benutzt. »Es stört dich hoffentlich nicht, oder? Ich bin es doch nur.« Petit Baz fragte, ob seine Mama mit uns essen könne, und ich sagte: »Ja, natürlich.« Als er nach dem Essen fragte, ob seine Mama auch hier schlafen dürfe, sah ich, wie Juliettes Augen glänzten. Ich sagte nein.

Sie blieb dann doch, und wir verbrachten die ganze Nacht damit, leise in meinem Zimmer zu reden. Sie war fest davon überzeugt, dass ich wieder mit ihr zusammen sein wollte. Schon, aber das war, bevor … »Vor was?« Ich wusste nicht, was ich darauf antworten sollte.

Sie gestand mir, dass sie mich liebe. Dass es ihr seit dem Sommer klar sei. Dass sie sich deswegen von Marc getrennt habe. Dass es ein großer Irrtum gewesen sei, mich zu verlassen, und dass sie diesen Schritt ihr Leben lang bereuen würde. Jetzt aber sei sie sich ganz sicher, dass ich der Mann sei, mit dem sie alt werden wolle. Wir seien füreinander bestimmt. Und es wäre doch schön, Petit Baz gemeinsam zu erziehen. Als Familie. So wie früher.

Ich hörte ihr zu. Ich erkannte sowohl in ihrer drängenden Stimme als auch in ihrem Blick die Sehnsucht, mich kapitulieren zu sehen. Sie flehte mich an, weiter an uns zu glauben. So fest wie sie. Aber mein Körper leistete Widerstand. Bei jedem ihrer verliebten Worte verspürte ich nicht etwa Triumph, sondern nur die Bitterkeit vieler Jahre Gefangenschaft. Gefangenschaft im Kerker des Schmerzes, den sie mir zufügte, als sie mich erbarmungslos verließ. Drei Jahre hatte ich mit meiner Gratwanderung zwischen der Realität ihrer Gleichgültigkeit und der glühenden Hoffnung verbracht, dass wir eines Tages vielleicht doch wieder zusammenfinden könnten, wenn wir nur auf den Lauf der Dinge vertrauten. Jetzt aber genieße ich die Freiheit, nicht mehr auf sie warten zu müssen.

Wäre es an einem solchen Punkt leichter, mit einem neuen Partner zu fliehen? Sich mit einem Menschen zusammenzutun, der einem die Illusion schenkt, dass man mit ihm nicht leiden muss, anstatt sich dem – zugegebenermaßen verlockenden – Licht einer Liebe zuzuwenden, an der man sich schon einmal die Flügel verbrannt hat?

Plötzlich kann ich Edie verstehen. Auch ich will Beweise, dass ich nicht noch einmal leiden muss.

7. Januar

»Du willst Beweise, Guillaume? Dann sprich mit Petit Baz. Sag ihm: ›Papa und Mama sind jetzt wieder zusammen.‹ Oder glaubst du, ich würde mein Kind noch einmal unter einer Trennung leiden lassen?«

Das waren Juliettes Worte heute Morgen am Telefon. Nach dem Anruf stand ich eine Stunde reglos am Fenster und betrachtete den Eiffelturm im Einheitsgrau, ohne ihn wirklich zu sehen. Ich stellte mir vor, die dritte Person Singular zu werden. Vielleicht wüsste ich dann, was ich tun und welchen Weg ich einschlagen sollte.

Gegen dreizehn Uhr schaltete ich den Fernseher ein.

Ein Anschlag in Paris. Zwölf Tote. Charlie Hebdo.

9. Januar

Gestern wurde eine Streifenpolizistin durch eine Kugel in den Rücken getötet. Heute gab es einen Anschlag auf einen koscheren Supermarkt. Die Attentäter wurden von der Polizei erschossen. Ende der Menschenjagd. Der Ekel aber bleibt. Ich habe Bilder von Paris gesehen: das Trocadéro abgeriegelt, die Touristen in heller Aufregung. Alle Besichtigungstouren sind abgesagt. Ich verbrachte den ganzen Tag im Schlafanzug und konsultierte ständig mein Smartphone, um die neuesten Nachrichten zu erhalten.

Ich habe Angst. Ich sage es nicht, aber ich habe Angst. Bei jedem Übergriff werde ich konfrontiert, aber nicht etwa mit den »Andersartigen«, jenen Barbaren, die angeblich nichts mit unserer Zivilisation zu tun haben, sondern mit den düstersten Nuancen der gesamten Menschenpalette. Ich habe Angst, weil auch ich zu diesen Menschen gehöre. Wir alle sind so, wir alle haben in uns verborgene Strömungen, die wir nicht sehen wollen. Ich klammere mich an mein Seiltänzerseil und sehe meinen Sohn an.

Petit Baz hat heute Morgen ein wenig gehustet. Juliette und ich beschlossen, ihn zu Hause zu lassen.

Natürlich habe ich nicht mit Petit Baz über uns gesprochen. Die Ereignisse in der Stadt setzen ihm ohnehin zu; selbst die Kleinen in der ersten Klasse reden darüber. Er hat gehört, dass die Bösen Leute töteten, weil die ein lustiges Buch geschrieben hatten. Daraufhin fragte er mich: »Papa, deine Bücher sind aber nicht lustig, oder?«

»Nein, überhaupt nicht lustig, sondern sehr, sehr traurig.«

»Uff!«

Ich habe Juliette erklärt, dass ich Zeit brauche, um mir über einiges klar zu werden. Sie hat Petit Baz gesagt, dass es in Anbetracht der Umstände besser wäre, wenn wir alle drei zusammenblieben. Sie behauptet, sich zu Hause nicht sicher zu fühlen, und ich verstehe sie. Ich lasse sie auf dem Sofa schlafen. Mir scheint, es ist ihre Art, mir zu zeigen, wie einfach es ist zusammenzuleben. Und sie hat recht. Ich spüre, wie ich mich gegen meinen Willen daran gewöhne. Es ist wirklich verlockend: wir drei gegen den Rest der Welt.

Ich habe mit Freunden telefoniert. Alle sind schockiert. Umso mehr, als die Mörder aus unserem Viertel stammen – die Buttes-Chaumont, unser Paris, das Paris der Multikulti-Szene, der koscheren Supermärkte und der Halal-Metzgereien. Ich muss an Edie denken. Sie versäumt zu Hause in New York sicher keine einzige Nachrichtensendung. Sie, die schon immer bereit war, ihre Ansichten zu vertreten, und die Rassismus und

Intoleranz abstoßend findet. Bestimmt denkt sie an uns. Oder an mich. Trotz allem. Ich würde sie so gern anrufen.

Aber nein. Ich habe es versprochen.

10. Januar

»Papa, warum kann Mama nicht bei uns auf dem Sofa wohnen?«

»Weil Mama eine eigene Wohnung hat. Das weißt du doch. Und die Bösen sind jetzt fort. Sie können uns keine Angst mehr einjagen. Nächste Woche kommst du wieder zu mir, okay?«

Ich gebe Petit Baz einen Kuss, und er zieht mit seinem Ninja-Rucksack und seinem Kuscheltier ab. Juliette hat gerötete Augen und ist mit Jutesäcken behängt, in denen sich alles befindet, was sie während der letzten Tage in meine Wohnung gebracht hat. Sie nimmt die Hand unseres Sohnes und dreht sich nicht mehr um. Das Herz tut mir weh, aber ich weiß, dass mein Entschluss richtig ist. Für mich, und auch für Petit Baz.

Heute Morgen um 6:13 Uhr, nach der soundsovielten schlaflosen Nacht, habe ich Juliette gesagt, dass es mit uns endgültig vorbei ist.

Mir war klar geworden, dass ich keinen Liebesbeweis brauche. Ich will ganz einfach nur lieben.

11. Januar

An diesem Sonntag, dem 11. Januar, schaue ich von meinem Balkon auf Paris hinunter. Die ganze Stadt liegt in einem außergewöhnlichen Licht, als wäre der Frühling kurz auf Stippvisite, um nachzusehen, was im Winter hier bei uns so los ist. Ich atme tief ein und fülle meine Lunge mit dieser Befreiung. Nach Juliettes Tränen, den Anschlägen und der Angst atme ich trotz einer nicht zu leugnenden Last auf der Brust heute ein wenig leichter.

In gewisser Weise fühle ich mich auch von Edie befreit. Beweis hin oder her, sie hat mich einfach nicht genügend geliebt. Wahrscheinlich habe ich diesen Roman umsonst geschrieben, aber das ist nicht schlimm, denn es wird ohnehin heißen, dass ich ihn für mich geschrieben habe. Immerhin ist es mein erster Roman. Ich spüre, wie etwas Neues zaghaft beginnt. Vielleicht irre ich mich auch. Vielleicht liegt es nur an diesem blendenden Licht.

Eine Stunde später stehe ich bis über die Ohren eingemummelt mit meinem Schild JE SUIS CHARLIE vor dem *Foodie Nam Nam*. Omar und Charlie kommen heraus, auch sie tragen ein Schild mit der Aufschrift JE SUIS CHARLIE. Kurz darauf kommt Louis-Jean. Er stellt sich links von Charlie auf und zeigt uns sein Schild: Über einem horizontalen Pfeil stehen die Worte SIE IST WIRKLICH CHARLIE. (Das ist insofern lustig, als er der einzige wirkliche Charlie von uns vieren ist, denn er hat die Zeitschrift *Charlie Hebdo* seit seiner rebellischen Jugend abonniert. Unser JE SUIS CHARLIE hat eher metaphorischen Charakter.) Charlie muss lachen und erklärt:

»Liebste Freunde, lasst uns unverzagten Schrittes aufbrechen, Voltaires Ideen zu verteidigen.«

Untergehakt gehen wir die Rue de Belleville hinunter. Wir folgen einer Gruppe, die geschlossen in Richtung Südwesten unterwegs ist. Als wir das 20. Arrondissement verlassen, ist die Straße bereits schwarz von Menschen. Omar fragt mich, wie wir am besten zur Place de la République kommen. »Heute führen alle Wege zur Place de la République«, ruft ein Schaulustiger. Im 11. Arrondissement ist es nicht mehr möglich, sich einen Weg zu bahnen, die ständig wachsende Menschenmenge ist zu dicht. Wir lassen uns einfach treiben. Ich kann keine Straßenschilder mehr sehen und versuche, mich mithilfe der GPS-Funktion meines Smartphones zu orientieren. Aber das Netz ist zusammengebrochen.

Es ist laut. Rufe, Lachen, Applaus, die Nationalhymne … Wir sind in einer besonders stimmgewaltigen Gruppe gelandet. Ich muss schreien, um Charlie zu fragen, ob sie ein Netz hat. Sie nimmt ihr Telefon aus der Tasche und starrt sekundenlang auf das Display. Dann wirft sie mir einen merkwürdigen Blick zu.

»Ich habe gerade eine SMS bekommen. Edie ist hier.«

DAS ENDGÜLTIGE ENDE

Ich reiße Charlie das Handy aus der Hand und wähle Edies Nummer.

»Edie, ich bin es, Guillaume. Wo bist du?«

Ich kann wegen des Lärms ringsum kaum etwas hören, glaube aber, ihre Stimme vernommen zu haben:

»Ich bin … Ich bin … Keine Ahnung, wo ich bin!«

Die Leute stimmen ein Lied an. Ich halte mir das freie Ohr zu.

»Edie! Edie!«

Aber ich habe schon wieder kein Netz.

In einer völlig verrückten Anwandlung rufe ich Charlie zu, dass ich Edie suchen muss, und versuche, mich durch die kompakte Menschenmenge zu drängen. Warum gehe ich vorwärts? Ich weiß doch gar nicht, wo sie ist. Vielleicht ist sie ja hinter mir. Sekundenlang weiß ich nicht, in welche Richtung ich mich wenden soll. Ein unglaublicher Druck macht sich in mir breit und wird zur Panik, als ich merke, dass es eigentlich ganz egal ist, wohin ich will: Ich komme ohnehin nur dahin, wo die Menge hindrängt. Ich bin in dem Menschenstrom gefangen. Und dann habe ich auch die anderen verloren. Ich kann Omar, Charlie und Louis-Jean nicht mehr sehen.

Zentimeterweise schiebe ich mich quer zur Laufrichtung und suche Zuflucht auf einem Gehsteig, wo ich mich ein wenig besser bewegen kann. Meine Straßenüberquerung hat mindestens eine Viertelstunde gedauert. Aber auch hier kann ich nicht bleiben. Die Bewegung schiebt mich zur Rue Oberkampf. Ich finde mich vor dem öffentlichen Bad unter dem Wappen von Paris, FLUCTUAT NEC MERGITUR, wieder und steige die wenigen Stufen hinauf. Um mich herum sehe ich unendlich viele unterschiedliche Individuen, die in der Menschenflut an einem griechischen Feinkostladen, einem japanischen Restaurant, dem *Tel Aviv Discount*, dem Weißwarengeschäft *Fabiola* und der Metzgerei von Monsieur und Madam Leloup vorbeigetrieben werden … Ein Bad in der Menge später stehe ich vor einem kleinen Café. *Aux deux Amis*. Um zu Atem zu kommen, trete ich ein. Der mit Mosaiken aus den fünfziger Jahren ausgestattete Gastraum ist überfüllt. Ich fühle mich verloren, aber allen anderen hier geht es genauso. Trotzdem lächeln sie.

Über dem Tresen hängt ein Fernseher, auf dem man die Weihnachtsdeko vergessen hat. Livebilder aus Paris flimmern über den Bildschirm. Eine Luftaufnahme zeigt die Ausmaße der Demo. Ich bin fasziniert. Die Menschenmenge ist immens, geradezu unendlich. Der Ticker liefert Zahlen: Mehr als eine Million Menschen haben sich in diesem Moment rings um die Place de la République versammelt. Die Bilder sind atemberaubend. Ich kann mich nicht erinnern, selbst in den Archiven zur Geschichte der Stadt Paris je solche Massen von Menschen gesehen zu haben.

Ich betrachte die Männer und Frauen um mich herum mit ganz neuen Augen.

Auf dem Bildschirm sind zwischen Spruchbändern und riesigen Bleistiften Junge neben Alten, ganze Familien, Schwarze neben Maghrebinern und Asiaten, Ausländer neben Franzosen, Arme neben Reichen zu sehen, die alle miteinander marschieren. Dass auch wichtige Leute teilnehmen, versteht sich von selbst, aber es sind vor allem die weniger Wichtigen, die Unbekannten, die skandieren, singen, sich in den Armen liegen und Schulter an Schulter vorandrängen. Die sichernden Polizisten lächeln, weil man sie beglückwünscht. Sogar ein Obdachloser hält sein schwarz-weißes Schild mit der Aufschrift JE SUIS CHARLIE in die Kamera. Für ihn sind das Wichtigste die Worte *»Je suis«*, »Ich bin«. Wie eigentlich für jeden. Die Bewohner von Paris sind auf die Straße gegangen und haben gemeinsam gerufen: *»Je suis!«*

Die Menschenmenge klatscht. Rhythmisch, alle zusammen. Wie ein Herzschlag. Zunächst langsam, dann immer schneller. Was ich in diesem Moment auf dem Bildschirm und rings um mich herum sehe, ist das, wonach ich mein Leben lang gesucht habe: Es ist das Herz von Paris.

Endlich habe ich es gefunden. Wäre ich jetzt allein, würde ich heulen. Auch mich reißt dieser unglaubliche Schwung mit. Aber gefunden habe ich nicht nur das Herz von Paris, sondern auch das Herz jeder Reise, das Herz der Welt, das man überall findet, wohin man geht – die Verbindung der Menschen untereinander.

Wir alle sind eins.

Das Herz von Paris schlägt wie das jedes einzelnen Menschen.

Na, Akkordeonspieler? Und was sagst du dazu, Voltaire?

Gerade fällt der Name Voltaire auch im Fernsehen. Die Staatschefs gehen gemeinsam den Boulevard Voltaire hinunter. Ich höre eine Stimme an der Bar: »Da hier gerade von Voltaire die Rede ist – ich habe kürzlich ein Buch über das Herz von Voltaire gelesen. Es soll völlig vertrocknet sein. Aber wenn man das hier sieht, wäre ich nicht verwundert, wenn unser guter alter Philosoph dabei glatt wieder jung werden würde.« Ich suche nach dem Sprecher und spitze die Ohren, aber die Gäste haben sich schon wieder anderen Themen zugewandt. Vielleicht habe ich es mir auch nur eingebildet. Egal. In meinem Kopf wirbelt alles durcheinander. Boulevard Voltaire. Das Herz von Paris. Edie. Vertraue auf den Weg vor dir.

Boulevard Voltaire. Das muss es sein! Dort werde ich Edie finden. Zwar sind eine Million Menschen zwischen ihr und mir in diesem wimmelnden Labyrinth, zu dem Paris heute geworden ist, aber ich werde sie finden.

Ich werde sie finden, weil wir zusammengehören.

Ich stehe unter dem emaillierten Straßenschild »Boulevard Voltaire«. Die Straße ist immer noch schwarz von Menschen. Nicht einmal die Konturen kann man erkennen. Wie lange mag ich gebraucht haben, um herzukommen? Vielleicht zwei Stunden? Nach wie vor scheint die Sonne. Ihr Licht ist klar, durchdringend und warm, aber die Vorboten des Abends sind schon zu spüren.

Der Boulevard ist gewaltig. Ich würde den gesamten Rest des Tages brauchen, um das andere Ende zu erreichen. Außerdem ist er breit. Selbst wenn Paris ausschließlich aus diesem Boulevard bestünde, könnte ich Edie heute nicht mehr finden.

Neben mir haben ein paar junge Leute einen Laternenpfahl erklommen. Unter das Schild Voltaire hat jemand ein Stück Papier geklebt, auf dem »Boulevard der Meinungsfreiheit« steht. Einer der jungen Männer wackelt gefährlich auf ein paar übereinandergestapelten Kisten. Als er wieder unten ist, frage ich, ob ich auch einmal auf die Kisten steigen dürfe. Er ist einverstanden.

Ich hieve mich hoch. Die jungen Leute helfen mir. Mein Oberkörper befindet sich jetzt oberhalb der Menschenflut, die sich nach allen Seiten hin ausdehnt. Wie hatte ich nur auf die Idee kommen können, Edie hier zu finden? Ich schließe kurz die Augen und denke an meine Großmutter. »Vertraue auf den Weg vor dir.« Erneut blicke ich mich um, aber es ist natürlich vergebliche Liebesmüh. Gerade will ich von den Kisten steigen, als ich auf der anderen Seite des Boulevards eine Gestalt in fast der gleichen Höhe entdecke.

Es ist Edie.

Ich schreie aus vollem Hals. Ich brülle und gestikuliere so wild herum, dass ich von den Kisten falle. Keine Ahnung, wie ich wieder hinaufgekommen bin. Ich glaube, die Jugendlichen haben mir geholfen. Ich rufe immer weiter. Unmöglich, dass sie mich hört, aber plötzlich dreht sie sich um.

Und sieht mich.

Einen Moment lang schauen wir uns an. Die Menge bewegt sich wie ein träger Fluss zwischen uns. Ich glaube, sie lächelt mir zu. Ich öffne den Mund, um etwas zu sagen – aber was? Der Lärm ist ungeheuerlich. Plötzlich verschwindet sie. Ich habe Angst, sie wieder zu verlieren.

»Edie!«

Aber gleich darauf taucht sie wieder auf. Sie ist auf das Treppengeländer der Metrostation gestiegen und klammert sich mit einer Hand an den Streckenplan, während sie mit der anderen ihr schwarz-weißes Plakat hochhält. Und dann bückt sie sich und schreibt etwas auf die Rückseite ihres Schildes.

Sie hebt es hoch. Ich lese die großen Buchstaben, zwei-, drei-, fünf-, zehnmal, um ganz sicherzugehen. Mein Herz schlägt so wild, dass mich schwindelt.

LIEBST DU MICH NOCH?

Ich blicke mich um. Ich brauche ein Schild, schnell. Und einen Stift. Stifte gibt es hier weiß Gott genug, sie werden von vielen Leuten hochgehalten. Ich frage eine Frau gleich neben mir, ob ich ihr Schild ausleihen kann, das einen Stift darstellt. Sie sagt ja, weil heute alle ja sagen. Irgendwoher bekomme ich auch einen Marker, und schon bald stehe ich wieder auf meinem Kistenturm. Edie ist noch da. Auf die helle Rückseite eines riesigen Stiftes schreibe ich:

JA!!! UND DU?

Sie schreibt nichts, sondern nickt nur. Ich bin ganz sicher, dass sie genickt und dabei gelächelt hat. Aber jetzt sehe ich sie nicht mehr. Wahrscheinlich ist sie von ihrem Geländer gestiegen.

Ich versuche, den Boulevard Voltaire zu überqueren. Ich schwimme gegen den Strom. Bald habe ich die Straßenmitte erreicht. Und wieder habe ich Edie verloren. Aber ich weiß, dass ich sie wiederfinden werde.

Und so lasse ich mich einfach treiben. Ohne darüber nachzudenken, wohin das Schicksal mich führt. Ein Schicksal, das aus einer Million Menschen besteht. Ich lasse den Abend und die Nacht auf mich zukommen. Irgendwann erreiche ich die Place de la République. Nach und nach zerstreut sich die Menge. Musiker lassen sich nieder. Vor der Statue der Marianne hat jemand Kerzen aufgestellt. Eine Totenwache für diejenigen, die für uns gefallen sind.

Ich verharre einen Moment. Ich warte. Es ist wieder kalt geworden. Und dann endlich sehe ich sie.

Sie steht da mit ihren wirren blonden Haaren und geröteter Nase, in ihren alten Stiefeletten und ihrer Slimjeans. Edie ganz real, nicht in Technicolor. Sie ist wunderschön. Nun hat auch sie mich gesehen und kommt auf mich zu. Aber sie scheint nicht mehr ganz so forsch zu sein wie früher. Ihre so untypische Verletzlichkeit und der gesenkte Blick wirken auf mich wie eine große Liebeserklärung. Sanft berühren meine Hände ihre Schultern, ihr Haar, ihren Nacken.

Ich nehme sie in die Arme. Es ist der schönste Tag meines Lebens.

Eng umschlungen stehen wir im flackernden Schein der Windlichter. Vielleicht zehn Minuten wärmen wir uns aneinander in der kalten Nacht.

Und dann küssen wir uns.

Nur wir beide, winzig klein im Herzen von Paris.

DER ANFANG

Der Morgen, an dem ich erwache

Es dauert ein paar Sekunden, ehe ich mich erinnere, aber heute ist nicht irgendein Morgen. Heute ist der Morgen nach meiner Hochzeit mit Edie.

Gestern haben wir im Kreis unserer Freunde gefeiert. Der Hochzeitskuchen hatte die Form des Eiffelturms. Charlie hat für uns gesungen, und wir haben in der Rue de Belleville getanzt. Zwar hat es Bindfäden geregnet, aber niemand hat sich beklagt.

Heute Morgen nehme ich mir Zeit, wach zu werden. Ich höre Petit Baz, der in seinem neuen Zimmer spielt. Frühlingslicht sickert durch die Vorhänge.

Edie neben mir schläft noch.

Ich denke an die Tage, die hinter uns liegen. Ich denke an die vielen Umwege, die uns ungerecht und wie Einbahnstraßen erschienen. Ich denke an all die Dinge, die wir bereut, und die kleinen Unglücke, die wir verflucht haben, an endgültige Trauer und nächtliche Verzweiflung. Und alles nur, weil wir den Weg unbedingt über die wenigen Straßen zurücklegen wollten, die uns bekannt waren. Und vielleicht auch, weil wir das wahre Ziel aus den Augen verloren hatten.

Dabei hatte Madeleine mich gewarnt. Die Dinge nehmen, wie sie kommen, denn so erreicht man das Beste. »Vertraue auf den Weg vor dir.«

Edie bewegt sich, schläft aber noch immer. Ich betrachte sie und hoffe, dass sie nicht gerade jetzt die Augen öffnet. Madame Degénicour. Ich wage kaum, es laut zu denken.

Gleich werde ich aufstehen und Kakao für Petit Baz und einen Kaffee für mich machen. Edie mag lieber Tee. Sie wird aus den diversen Schachteln im Regal wählen und den Tee aussuchen, der ihr am meisten zusagt. Ich habe nie verstanden, nach welchen Kriterien sie dabei vorgeht. Haben wir noch Brot? Nein, ich glaube nicht. Vielleicht sollte ich ein paar Croissants kaufen. Und danach fangen wir an, die Dinge zu erledigen, die zu tun sind. Es sind so viele, dass ich manchmal den Eindruck habe, wir seien ausschließlich auf der Welt, um Aufgaben von unseren Listen zu streichen. Und dabei sollen wir doch eigentlich nur glücklich sein.

Ich verweile noch einen Augenblick im Bett, um diesen Nichtmoment zu genießen, diese Zeit zwischen zwei Tagesabläufen, die goldene Stunde, in der mir alles kristallklar erscheint.

Das Leben ist schön.

Ich schreibe es noch einmal, nur für mich, für meine alten Tage oder für Zeiten, in denen ich daran zweifle.

DAS LEBEN IST SCHÖN.
Und es ist erst der Anfang.